François Sureau

L'infortune

Gallimard

François Sureau est né en 1957 à Paris. Auteur notamment de *La corruption du siècle* (Gallimard, 1989, prix Colette). *L'infortune* a obtenu le Grand Prix du roman de l'Académie française.

« *Et libre soit cette infortune* »

Rimbaud

I

Parce que la rue Geoffroy-Saint-Hilaire porte le nom d'un naturaliste, parce que deux maquignons débattaient à l'entrée du marché aux chevaux, parce qu'en descendant le boulevard le vieux trotteur réformé de l'omnibus avait l'air moins malheureux qu'à l'ordinaire, le professeur Augustin Pieyre fut saisi d'une aimable pitié pour les choses. Il eut un instant l'idée, qu'il repoussa, de s'arrêter au Muséum, pour jouir de l'atmosphère des commencements du monde. Un peu d'eau brillait sur les pavés. On le disait égoïste. De fait, il négligeait ses amis et oubliait souvent ses rendez-vous. C'était le seul moyen qu'il connaissait pour rendre à sa vie le peu de liberté qui la colore et met dans d'excellentes dispositions à l'égard des êtres. Vivant tout à fait seul, il ne parvenait pas à comprendre comment il pouvait manquer à quelqu'un. Non qu'il fût sans cœur ; il se contentait simplement de peu. Quelques années plus tôt, il s'en était en vain fait le reproche. A présent c'était trop tard, la paix avec soi-même était venue, un peu par hasard, lui semblait-il, et il n'aurait pour rien au monde remis en

11

marche l'oscillateur mental de sa jeunesse. Comme il s'interrogeait malgré tout sur ses capacités d'aimer, il sourit en pensant à ceux qui les mettaient en doute : « S'ils me voyaient sur le boulevard, et ma tendresse pour ce pauvre cheval. » Peut-être aussi la médecine l'avait-elle déformé. Ce métier, c'était voir l'envers des gens, lorsque leur douleur ne leur appartient plus.

Au diable l'introspection, se dit Augustin Pieyre en traversant le square mal défini qui mène aux grilles de la Salpêtrière. Quelques paulownias, prodiguant une ombre bienvenue, rafraîchissaient la tête couronnée de pigeons de Philippe Pinel, libérateur des aliénés. Ces arbres sur le désert du ciel bleu, voilant quelques murs blancs, donnaient à l'ensemble un faux air de Méditerranée. Derrière, le boulevard de l'Hôpital lui-même ressemblait à une artère marocaine. Le soleil y faisait trembler légèrement la perspective. A dix heures exactement, comme tous les jours, le chirurgien passa le porche de Le Vau en évoquant l'histoire, Libéral Bruant, Théroigne de Méricourt, les massacres de Septembre et le chevalier des Grieux. Il considéra d'un œil favorable la sphère armillaire qui orne le fronton trop étroit, réduit encore par le redoublement de la devise républicaine (il n'en fallait pas moins pour cet hôpital du vice) : au centre du monde, la France, au centre de la France, Paris, au centre de Paris la Salpêtrière, et lui, bien sûr, au cœur inaccessible de tout cela, comme le couteau dans la pomme des cours de géographie.

Augustin Pieyre n'aimait pas les voyages. Il était heureux en France, heureux comme Dieu ou comme un Allemand. Il aurait volontiers fait sienne l'idée que l'étranger est une province un peu plus mal tenue,

12

habitée par des professeurs de langues. L'Angleterre? Un pub où des juges à perruque fouettaient sans plaisir de plates écolières; la Russie? Une steppe mystique éclairée de loin en loin par les feux des samovars; et l'Allemagne, hélas l'Allemagne, une manière de laboratoire scientifique au milieu des forêts où les savants pouvaient oublier la raison. Plus loin, c'était la jungle et l'anthropophagie, exception faite quand même de l'Italie, à cause du verre d'eau que l'on sert avec le café et du célèbre regard des Vénitiennes. Puisqu'en outre les œuvres d'art l'ennuyaient sans phrases, puisqu'il avait, au fil du temps, appris à se supporter sans recourir aux expédients habituels, Augustin Pieyre ne ressentait pas la nécessité de sortir de sa chambre nationale. Peu de gens, d'ailleurs, voyageaient à l'époque. Paisibles, les jeunes filles et les héritiers anglais de tendance libérale accomplissaient leur tour initiatique de l'Europe, avec débordements florentins. En armes et en troupe, les Allemands et, plus à l'est, les Balkaniques changeaient d'air. Tous s'emmenaient avec eux-mêmes et promenaient, de manière plus ou moins dévastatrice, leurs angoisses inutiles. En voyageant, on pouvait craindre de se trouver en mauvaise compagnie.

Plus encore que les pays étrangers, les colonies le dégoûtaient. Elles cumulaient pour lui tous les désavantages : en Algérie, la saleté arabe et la petitesse française, la pétanque au souk; en Indochine, les complots mandarinaux ajoutés aux complots francs-maçons, l'opium et la piastre; en Afrique, le pastis dans la nuit couleur de café. Le Mexique était la seule exception à ce refus du voyage. Il n'y était jamais allé

13

mais se promettait souvent de le faire. Cette envie remontait à l'enfance, quand, juché sur les genoux d'un oncle estropié, il s'endormait au récit de Puebla, d'un sommeil peuplé de chasseurs d'Afrique égarés dans ce désert à cactus, et où le capitaine Danjou le saluait paternellement en agitant sa main de bois. Ainsi, lorsque l'envie de bouger le prenait, il voyageait en France, seul le plus souvent. Depuis Paris, il suivait les cours d'eau dans une vieille calèche louée à l'heure, remontant la Bièvre jusqu'au moulin de Vauboyen. Parfois, le vendredi, un omnibus le portait au cœur de la Sologne, à Nançay, à Lamotte-Beuvron. Puis il parcourait, conduit par le premier paysan venu, la forêt sablonneuse avant de dîner devant une église à l'abside en roussaille, le calcaire du pays. C'était bien suffisant.

Il régnait dans la cour de la Salpêtrière la douce torpeur des matins d'été. Augustin Pieyre fut remarqué par deux infirmières voilées qui, leur garde achevée, gagnaient le boulevard. Les fatigues de la nuit devaient leur donner froid, car elles portaient, malgré le soleil, le long manteau bleu des hôpitaux. Il se retourna pour composer en esprit le tableau d'un peintre hospitalier : deux silhouettes en uniforme sous un porche frappé, vers la cour, de l'inscription familière : « Administration générale de l'Assistance publique à Paris. » Huile sur bois, ayant appartenu à divers amateurs, mise à prix relativement élevée, quelques centaines de francs peut-être. Il tenait beaucoup à ces moments fugitifs où l'on se regarde exercer le métier qu'on a choisi. Lorsqu'on l'exerce l'histoire est différente, avec ses bons et ses mauvais moments; mais rien ne peut se substituer au sentiment de connaître suffisamment le

14

monde où l'on est plongé, pour, renonçant un instant à l'explorer, à le changer peut-être, fermer à demi les yeux et ne plus voir que les quelques masses colorées qui forment sa substance. Ainsi, ce matin-là, confusément mêlés dans l'esprit d'Augustin Pieyre, ces deux femmes dont il ne pouvait seulement dire s'il les trouvait jolies, ces mots d'Assistance publique et cette longue façade pareille à celle des Invalides, derrière laquelle tant de malades subissaient la dureté du dévouement.

Une nouvelle fois l'image du théâtre s'imposa à son esprit. Des personnages, des événements en trop grand nombre; ni les actions ni les destins ne convainquant tout à fait. En apparence, rien dans le théâtre n'est laissé au hasard, mais c'était précisément l'exactitude, la rigueur des enchaînements – dans une seule vie et dans les vies entre elles – qui lui donnaient si fort l'impression que le hasard le plus pur gouvernait tout. Ses parents, son pays, ses amours, sa carrière, jusqu'à la mort, on ne choisissait rien. C'était parfois drôle et parfois triste. Lui-même n'était ni l'un ni l'autre. Il jouissait du ciel matinal, de quelques personnes et du beau métier qu'il avait choisi. Il jouissait aussi d'ignorer l'avenir. Il aurait volontiers accepté la prédestination. Le bonheur, en apparence, échapperait toujours à la prédestination; et le bonheur se réduisait pour lui à la saveur de quelques instants, saveur que même le sentiment persistant, non de l'absurde, mais de l'inachèvement de tout, ne l'empêchait pas de goûter.

Il s'était accommodé de ce sentiment. Il s'y était habitué comme on s'habitue à une infirmité. C'en était une peut-être, de prendre du plaisir à la vie tout en la trouvant à ce point incomplète. De fait, on le trouvait souvent curieux avec son air d'être là sans y être. Mais il n'avait jamais avoué. Sans doute n'avouerait-il jamais.

Il parcourut plusieurs couloirs. Au milieu de l'un d'entre eux, à l'entrée de la salle Dupuytren, un chariot comme abandonné, sur lequel une forme humaine geignait faiblement. D'une voix égale, il appela l'infirmier de garde et lui dit : « Vous savez, mon ami, un jour je vous laisserai les tripes à l'air pour aller faire mon whist. » L'homme balbutia deux mots qui n'atteignirent pas le chirurgien.

En haut du premier escalier, une silhouette familière l'attendait. Comme chaque jour, l'agrégé, qui aimait les rites et les habitudes, se plut à voir un visage trop long et trop fin sortir d'une blouse trop grande. Au-dessus d'une paire de lunettes d'écaille en demi-foyer, un regard bleu semblait prendre ses distances avec des cheveux noirs et un teint olivâtre ; et ce regard était intelligent. Dès le premier jour, en accueillant son nouveau chef de clinique, Augustin Pieyre avait été frappé de cette apparence paradoxale, fragile. Persuadé des imperfections de la médecine de son temps, Lacombe restait au bord des choses, risquait peu, n'agissait qu'à bon escient. Trop peu, au gré de ses concurrents, qui y voyaient de l'habileté. Plus souvent qu'il n'eût été nécessaire, pour sa carrière au moins, il mettait, entre les rêves ou les visions quelquefois inspirées de ses maîtres et la réalité, l'espace d'un « Peut-être » à la fois doux et sceptique. On aurait pu l'imaginer évêque ou diplomate ou critique littéraire. Il semblait en effet, à trente-cinq ans, n'avoir rien choisi. Autant cette réserve

16

et cette incertitude apparente irritaient ses collègues, autant elles lui valaient, dans le personnel et chez les malades, une certaine considération. Sa résistance physique, un peu inattendue, sa capacité de travail y ajoutaient encore; et aussi une certaine coquetterie, lorsque ce petit homme fluet faisait résonner dans les amphithéâtres une véritable voix de stentor. Augustin Pieyre ne s'était jamais vraiment interrogé sur la personnalité de Lacombe. Il appréciait assez exactement ses qualités et ses défauts professionnels, et montrait pour le reste une indifférence de bon aloi. Il tenait de son père que les hommes ne jugent pas, mais se protègent. Il n'avait pas besoin de se protéger, même d'un être aussi différent de lui. Ils avaient d'ailleurs un point commun, que l'on peut appeler le goût des lettres, et des conversations de médecins portés sur la littérature (à ceci près qu'Augustin n'aimait pas les romans. « A quoi bon ajouter aux hasards de la vie des hasards littéraires ? »). Ensemble ils traquaient les symptômes : fureur utérine chez Mme Bovary, delirium tremens un peu partout chez Zola, tréponème hérédosyphilitique chez Rousseau, mélancolie chez Mirbeau. La satyriasis sénile de Hugo, qui portait un étui phallique en baleines de corset, était un de leurs thèmes préférés. Seule l'aphasie de Baudelaire leur inspirait le respect. Parfois, après une intervention difficile, ils se retiraient dans la bibliothèque du service pour lire à haute voix le code des pensions militaires d'invalidité, et appliquer au tout venant les descriptions impitoyables qui y figuraient : l' « Obsession de ruine et de pourrissement », c'était Barrès, l' « Incontinence verbale », Gyp, le « Délire chronique », Huysmans, la « Névrose d'abattement », les frères Goncourt. On entendait de loin, malgré les portes closes, résonner dans les couloirs vert d'eau empuantis par l'éther, le rire étouffé du chef et le rire clair de l'agrégé.

Comme chaque jour, ils gagnèrent le bureau d'Augustin Pieyre. La fenêtre unique ouvrait, au travers d'un tilleul, sur une rue aux pavés disjoints, bordée de bancs où conversaient des vieillards. A voir les rails, pareils à ceux des tramways, des trains d'approvisionnements, les façades dégradées des petites maisons de brique rouge, à surprendre, de loin en loin, une conversation murmurée, on aurait cru une petite ville du Nord, n'étaient les chariots poussés contre les pavillons, les habitants vêtus de blanc ou de bleu, et le lourd dôme noir de l'église. Chez Augustin le mobilier était celui de l'Assistance, pauvre bois mal verni, table et lit d'examen en fer, méchantes lampes à pétrole, mais les murs étaient semés de machines : il y avait une sanguine de Piranèse – le mécanisme d'un lever de rideau –, un fac-similé de Vinci représentant un aérodyne, et plusieurs instruments de marine. Derrière le bureau, un dessin de Pieyre immortalisait la *machine ovobtundrique*, ou machine à casser les œufs, inventée par jeu.

Le chirurgien s'apaisait à créer et à contempler ces constructions. Dans ce royaume-là, la chair, le sang, les humeurs étaient bannis au profit du bois, du fer, de la voile, tous matériaux simples et inoffensifs, aux rouages infaillibles. Il y prenait du repos. A peine entré, Lacombe mit en marche l'automate qui garnissait le haut de la bibliothèque : un nègre enturbanné, assis en tailleur, calé contre les œuvres complètes de

Baudelocque, qui tirait sur une longue pipe d'écume.
« Il rêve d'échafauds en fumant son houka », remarqua
Pieyre. Le chef expliqua que l'échafaud ç'avait été
cette nuit, le sang répandu sur le carrelage, le forceps
difficile, le cordon noué autour du cou de l'enfant et
pour finir la mort des deux. Augustin Pieyre fouilla
nerveusement dans ses tiroirs, à la recherche d'un objet
inconnu. Chaque fois qu'un accouchement tournait
mal, il restait triste pendant plusieurs jours : les
patientes n'étaient pas des malades, et les accidents
rendaient un son d'injustice. Il y eut un silence et les
deux hommes montèrent pour la visite que Pieyre,
entouré d'une nuée d'internes, conduisait à la place du
chef de service. Il en revenait parfois en colère. L'hôpital de ce temps-là était une sorte de cloaque. Les
points d'eau étaient rares, et nombreux les nids à poussière, les réceptacles à détritus. Groupés dans
d'immenses salles communes, les malades ne luttaient
pas seulement contre la maladie, mais aussi contre les
rats. Une expérience d'empoisonnement avait semé les
bâtiments de milliers de cadavres en putréfaction. Les
punaises envahissaient les lits, les chats élevés à
demeure par les surveillantes transmettaient les micro-
bes, les crachoirs débordaient sur les parquets pourris.
Adepte de l'asepsie, Pieyre avait vu ses efforts contre-
battus par le chef de service lui-même, qui n'avait feint
d'adopter un instant la marotte de son élève que pour
enjoindre aux religieuses de retirer les crucifix muraux,
considérés pour les besoins de la cause comme des
foyers d'infection. Passant de lit en lit dans la chaleur
naissante, Pieyre fut pris de lassitude. Semmelweis
était mort fou depuis plus de trente ans. Les panse-

ments sales dont l'agrégé s'efforçait de proscrire l'usage débordaient d'un seau de fer abandonné dans un coin. Lacombe l'interrogea à l'oreille devant le corps décharné d'un malade qui semblait ne rien voir et Pieyre, de sa voix d'enseignant, décrivit un mal dont personne ne connaissait le remède.

Au moment où s'achevait la visite, un client peu ordinaire envahissait la *Brasserie des bords du Rhin*. L'endroit tirait son charme d'une sorte de *confusion des genres* : tous les éléments de la brasserie étaient rassemblés là, les canapés en moleskine bordant les murs recouverts de céramique, les glaces jusqu'au plafond, la bière et les plats rituels, le pied de porc pané, la queue et les oreilles de cochon grillées, les succulentes asperges de l'Est. Pourtant, bien que ce restaurant fût installé au cœur de Paris, à un jet de pierre du clocher de Saint-Germain, personne n'y sacrifiait aux rites parisiens, feutres taupés et huit-reflets, mélange des genres et bruyantes apostrophes, pétitions de principe. Il y régnait un air de dignité provinciale avec de la nostalgie. Le propriétaire et les garçons, tous originaires d'Alsace, y servaient un culte singulier, et leur tenue parfaite, leurs évolutions silencieuses, étaient comme un reproche auquel les esprits fins étaient sensibles. Un public discret y avait ses habitudes : quelques officiers supérieurs, un professeur de l'école libre des sciences politiques, le fils d'un sénateur inamovible de Lorraine, un maître de forges qui s'était établi sur l'autre rive et des couples légitimes. Aux pires moments de l'Affaire, jamais on n'entendit là un mot sur le capitaine Dreyfus, parce que si son cas était obscur, il restait malgré tout un Alsacien. C'était un des seuls lieux de Paris où tenir, à déjeuner, une conversation à voix basse.

En voyant le Dr Klein s'extirper de la porte à tambour, tout ce qui peuplait à cet instant la brasserie, clients et serveurs, put craindre que cet impératif catégorique de la discrétion douloureuse serait bientôt bafoué. Jacques Klein exerçait à Charenton la profession de médecin aliéniste. Peut-être l'avait-il embrassée par défi, pour bien montrer, au moins à lui-même, qu'il ne faisait pas grand cas des frontières arbitrairement tracées entre la raison et la folie. Ç'avait été d'abord un choix de l'intelligence, où il était entré aussi un peu de cette moquerie, de cet esprit frondeur qui navrait sa famille et charmait ses amis. Puis ce choix lui avait convenu. Sa distraction proverbiale, ses habitudes irrégulières, ses humeurs fantasques, imprévisibles, ne le gênaient en rien pour vivre parmi les fous. D'ailleurs, il avait fini par s'attacher à eux, du moins à ceux chez lesquels il voyait luire de temps à autre, dans la nuit où ils étaient plongés, un éclair de bon sens, ou qui lui murmuraient brusquement une parole de tristesse et d'incompréhension. Ces dispositions accueillantes, comme aussi le fait qu'il faisait profession de ne pas exclure entièrement du champ de ses pensées l'idée, après tout, de l'existence de Dieu, lui valaient auprès de ses collègues, adeptes athées de la médecine musculaire et du burin de Puech, une solide réputation d'original. Il ne l'avait pas recherchée mais ne s'en souciait guère.

– Monsieur, votre blouse !

La blouse blanche du Dr Klein s'était prise dans la porte. Il eut une sorte de rire, tira dessus à pleines mains, et, se dégageant dans un craquement, pénétra dans le saint des saints, petit espace libre devant le haut comptoir de bois où se tenait le patron, qui le reconnut. « C'est le Dr Klein », murmura-t-il au chef de rang, qui passa le mot aux garçons, qui le passèrent aux douairières, aux colonels, aux professeurs, au maître de forges. Tous ignoraient de qui diable il pouvait bien s'agir, mais furent pleinement rassurés par le nom de l'arrivant et par cette formule convenue qui laissait supposer que si l'on admettait en ce lieu cet hurluberlu en blouse blanche, c'était en raison de mérites scientifiques reconnus, qui précisément le faisaient échapper à la catégorie des hurluberlus. Donc le mouvement des couverts reprit dans l'ordre, et M. Klein fut conduit vers sa table avec la déférence inquiète qu'on accorde aux sommités en devenir.

La visite achevée, Lacombe ayant regagné la chambre d'hôtel de ses nuits de garde, Augustin remonta les boulevards, en omnibus et à pied. Descendu de l'impériale en face de Port-Royal, il s'arrêta devant le cloître. Klein, ivre mort au matin d'un bal de l'internat, y avait exécuté naguère la danse du ventre au milieu d'un parterre de houris. C'était avant que le bal, en se transportant à Bullier ou à Wagram, ne prenne le tour fastueux et mondain qui aurait étonné ses premiers organisateurs, plus soucieux de ripailles et de plaisanteries classiques. Augustin Pieyre se souvint des internes de l'hôpital Necker conduisant le long de l'observatoire un char allégorique, la cholémie congéni-

tale, familiale, matrimoniale, suivie de six roses
biliaires et de la charcuterie hépatique qui provoque la
débandade des foies. Il rit et gagna la *Brasserie des
bords du Rhin*.

Klein lisait paisiblement *the lancet* dans le bruissement étouffé des conversations convenables. Il y était
question de l'inconscient et des rêves et ce sujet l'intéressait depuis toujours.

— Alors, les fous ?

— Lesquels ?

— Moi j'aime ton côté anarchiste, lesquels ? Mais les
vrais, ceux qui portent le chapeau Napoléon et se
brossent les dents avec des casseroles, les vrais fous des
gravures, à demi nus, quand Pinel les libère.

— Horrible croûte.

— Belle perspective. La rue bordée des petites maisons des fous, le professeur dans son bel habit bleu
désignant les chaînes, et l'infirmier, ou le forgeron de
service, je ne sais pas, martelant...

— Comme un fou.

Augustin frappa son verre avec la pointe d'un couteau. Le tintement du cristal agaça un colonel, qui
fronça le sourcil. Un garçon accourut, le tablier blanc
lui battant les mollets.

— Vous désirez, messieurs ?

Ils commandèrent de la choucroute et du vin
d'Alsace, avec des mines de hussards attablés en pleine
forêt. Klein porta un diagnostic rapide sur le garçon et
s'attira les sarcasmes de Pieyre.

— Vous autres aliénistes, vous voyez des fous partout. Un jour, vous finirez par vous enfermer vous-
mêmes.

– Pour la plupart de mes collègues, c'est déjà fait. Je suis un des seuls à vivre dehors. Il faut dire que c'est commode : un grand pavillon dans un parc, des jardiniers, des femmes de chambre, tout le confort moderne...

– Les fous servent à table ?

– Évidemment.

Tout en parlant, Klein décochait à ses voisins, par jeu, des regards inquiétants. Le front immense, le nez trop fin, les oreilles en biseau, il rappelait un faune et abusait de cette ressemblance. Une dame changea de place avec sa fille, pour préserver l'enfant des regards étranges de l'inconnu. Pieyre s'amusait beaucoup. Ils trinquèrent à leurs familles : celle d'Augustin était réduite à son père, qui tenait commerce de librairie place Saint-Sulpice. La parentèle de Klein, fort nombreuse, avait quitté Niederbronn pour s'établir en Kabylie, où ils cultivaient la terre. Ils burent à Charcot, et à leur maître Potain, qui partageait le fruit de ses consultations avec ses étudiants et avait quitté un soir son service en homme de bonne compagnie, sans adieux, sur la pointe des pieds, pour ne déranger personne. « Tout le contraire d'Alcocer », soupira Pieyre.

Alcocer pourtant tenait une place dans sa vie. Parce qu'il était son patron, bien sûr, et parce qu'il le laissait quand même agir à sa guise ; mais surtout parce qu'il n'avait rien de commun. Augustin se souviendrait de sa première visite du service, Alcocer courant presque entre les lits, silencieux, regardant les malades, le regardant, pour conclure dans son bureau d'un « La voilà, notre vie » presque paternel, dans lequel il aurait pu se reconnaître.

Klein discourut sur Vienne, le Dr Freud et les rêves. Ensemble, ils s'interrogèrent longuement, pour la centième fois, sur les causes de la folie. Étaient-elles seulement physiques, ou mentales? Y avait-il une cause première, et pouvait-on cesser, ici ou là, de remonter de l'effet à la cause, chaque cause n'étant elle-même que l'effet d'une cause antérieure qu'il fallait découvrir? Le temps passait comme à la campagne. Trois heures sonnèrent au clocher tout proche. La lumière changeait d'angle pour aborder les platanes. Peu à peu, la porte à tambour rejeta vers l'extérieur les colonels et les douairières. La brasserie se vidait dans la rue comme un seau. « Cette porte est un sphincter », murmura Klein, affaibli soudain par l'alcool et qui ne détestait pas les blagues de carabin. Ils burent du café et Pieyre choisit un cigare de Manille, puis ils se séparèrent avec un peu de regret. Augustin allait consulter en ville et l'aliéniste retournait entre ses quatre murs.

C'était la France de cette époque, au début du siècle, un peu avant la guerre. Les valeurs paraissaient sûres et les sentiments profonds. L'étalon-or, les colonies et la grammaire étendaient leurs ombres protectrices. Le cardiographe de Maret mesurait les mouvements du cœur. On se passionnait beaucoup, pour ou contre Dieu, pour ou contre Dreyfus. La ligne bleue des Vosges le disputait au Tonkin. L'inauguration d'une statue à Argenton ou à Contres voyait s'opposer les partisans du goupillon et ceux de la libre pensée, et les journaux locaux rapportaient fidèlement leurs mâles paroles, qui n'épargnaient pas l'autorité publique. Le temps passait avec la lenteur des vaisseaux. Une vie ne se construisait pas en un jour. Des inspecteurs des finances coiffés du fez apuraient en français la dette ottomane. A la Bourse, on jouait le Suez ou la banque de l'Indochine. Des gouttes de sueur perlaient aux cols glacés des exilés qui lisaient *Le Temps,* à la nuit tombante, à la terrasse du cercle de Pondichéry. Dans Paris, capitale libérée de l'ordre moral et confiée au gouvernement des Jules, des princes balkaniques côtoyaient les apaches au bal Mabille et la foule se pressait pour applaudir Laurent le Beaucairois salle Gangloff, rue de la Gaieté. A Longchamp, la cavalerie soulevait de la poussière et des chansons; et pendant que les cuirassiers ébranlaient les tribunes en bois blanc peuplées d'ombrelles, d'autres soldats, à demi nus, descendaient vers le Congo. Les officiers les plus en vue étaient fichés dans d'obscurs couloirs de ministère empuantis par l'urine. Les rapports de police, écrits dans la langue de Vidocq, fourmillaient de notations morales. Augustin Pieyre aimait les événements d'un amour pur.

En province tout n'était qu'habitudes. La jalousie, la méfiance seules étaient communes à l'Est et au Sud, à la Provence et au Pas-de-Calais. Pour le reste, les préfets républicains et leurs gendarmes veillaient sur autant de pays aux mœurs différentes. Les uns étaient violents, et l'on faisait donner la troupe, les autres paisibles et l'on s'ennuyait avec sagesse. L'Alsace et la Lorraine s'effaçaient doucement. Gantées de chevreau jusqu'aux coudes, sanglées dans de lourdes carapaces de taffetas, les femmes ressemblaient à des insectes géants, dévoreurs. Les hommes apeurés et vantards se rassuraient dans les *maisons*. Les jugements étaient exécutés. Chaque mois, sous un ciel gris, le *La Martinière* quittait Saint-Martin-de-Ré pour Cayenne. Les coupons remplaçaient les indulgences. On ne faisait pas fortune et chacun connaissait son état. Un peuple de laboureurs avait grandi et regardait l'avenir. Certes, il n'occupait plus l'Europe comme les anciens l'avaient fait, qui faisaient trembler les pauvres gens de Rome et d'Iéna. Parfois, ce peuple en éprouvait de l'inquiétude : les Anglais avaient la mer, les Russes la terre, les Allemands l'histoire, et lui, que lui restait-il ? De l'esprit, de la science, les meilleurs écrivains, quelques positivistes pour le guider. Aujourd'hui les survivants ressemblent à des enfants meurtris. C'était la France de cette époque, il en coûtait de ne pas l'aimer.

II

A cet endroit, la face plate de la Champagne berrichonne était coupée par un grand bois tendant vers la
forêt et où dominaient nettement, s'élevant au-dessus
des hêtres et des érables, quelques cèdres bleus et un
pin de Nordmann écrêté par l'orage. Retour du Tonkin, le colonel de Bussy avait vécu quelque temps au
milieu de ce bois, dans une grande maison tendant vers
le château. C'était une sorte de folie dont les pièces
régulières s'ouvraient les unes aux autres avec cette
impudeur tranquille dont le siècle des Lumières a
emporté le secret. Rien de moins berrichon d'ailleurs
que cette architecture de fantaisie, qui ne faisait
aucune part aux sortilèges, sauf peut-être aux sortilèges de l'amour. L'abbé de Bussy avait imaginé tout
cela. C'était un homme de Largillière ou de Rigaud, le
front vaste et la bouche ironique, mais les yeux tournés
vers le bas qui ne disent rien de précis; l'air cavalier,
mais le petit collet, le portrait d'un aristocrate ordinaire en abbé de cour. Il se réglait en tout sur son
maître, le cardinal de Bernis, avec quelques degrés de
moins dans la liberté et le bonheur. L'exil du cardinal

lui valut d'être enterré à Bourges en compagnie d'un évêque pieux et crotté. Souple, patient, l'abbé accomplit ponctuellement ses devoirs mais se fit sans tarder construire cette retraite qui brouilla sa réputation. Un homme ne se contente pas d'une seule vie. Celui-ci était un gentilhomme entre deux eaux. A dix lieues de là, il distribuait l'aumône et dédaignait les passantes. Entre ses murs et dans son parc, le diable avait sa place. Que le toit du château ressemblât à une mitre épiscopale ajoutait encore au scandale. Les paysans, pourtant pressurés sans mesure par l'abbaye la plus proche, n'étaient pas vraiment hostiles au clergé, mais les orgies à la petite semaine où l'abbé entraînait leurs plus jolies filles les privaient à la fois de femmes et de main-d'œuvre. Plusieurs fois, il manqua de peu d'être écharpé en pleine nuit, alors que satisfait il pissait sur les parterres de roses en regardant vaguement les étoiles. Un jour, l'essieu du carrosse qui le ramenait vers Bourges en compagnie des vieux libertins de province qui partageaient ses joies se rompit et la voiture versa dans la boue d'un fossé. Pour finir, le mal de Naples l'emporta. Il avait brûlé la plus grande part de sa fortune, l'équivalent d'un comptoir entier de peaux venues du Canada. Il ne laissait rien qu'un surcroît de pauvres à son évêque, un peu d'orgueil à ses descendants, et du regret sans doute aux belles de la paroisse. Château et jardin partirent à l'abandon. Le petit temple de Cnide au fond du parc, où la comtesse de N... avait servi nue un dîner d'huîtres à ces messieurs, ne fut bientôt plus qu'un amas de pierres retournant au passé.

Devant le dernier volet, Isabelle de Bussy passa ses mains sur son front. Il faudrait bien fermer ce volet et ignorer l'avenir. C'était une grande femme blonde et presque belle, banale et douce, dont les yeux brillaient parfois d'un reste des dîners de chasse de la Vendée ou de l'Anjou, lorsqu'elle était jeune fille dans un monde qui prétendait ignorer l'Empire finissant et ses mauvaises manières. Médiocres partis, cerfs forcés, liberté de propos, vins de la Loire, et par-dessus *L'Imitation*, comme un cilice pour le rêve, les pieds des pianos encapuchonnés de blanc. Tout en s'éloignant de la fenêtre, elle fit revenir, pour se distraire, quelques souvenirs de sa jeunesse : les rues de Saumur aux odeurs d'acide hippurique et aux demi-dieux de l'École, peints en noir et si beaux, la maison dont le tuffeau gris marque les années en s'effritant, les premières promenades à cheval vers Saint-Florent, avec le coup de l'étrier dans une guinguette, le ciel changeant à chaque volte sur le manège du Chardonnet, une aventure sans lendemain. Les souvenirs rencontrèrent un jeune homme vêtu du drap bleu de l'infanterie coloniale et Mme de Bussy descendit les marches du perron où les lalandei montaient dans la chaleur de l'été. L'herbe était jaune et l'arbre planté pour son retour de Tuyên Quang déjà bien haut. Ils avaient étendu le parc, dessiné quelques allées, fait quelques visites et disposé des moutons au hasard des pelouses. Très vite, le colonel avait gagné sa chambre. Alors qu'elle passait devant la serre menacée par la rouille, sa résolution vacilla. Tout, jusque-là, avait été facile. La douleur était en elle, et ni le cercueil fermé du colonel, ni les rares amis, parce qu'ils étaient leurs amis et qu'ils étaient si peu, ni le peloton de gendarmerie, capitaine et drapeau vierge de décorations, assemblés au chevet de l'église n'avaient bousculé sa réserve. Les années d'absence avaient reporté à plus tard plus que les sentiments, la vie même. A présent la mort brouillait les cartes. Elle avait cru qu'il l'ennuyait à raconter les nuits glacées de garde au fleuve, les courtes files de fantassins progressant entre les maisons surélevées dans le grognement des cochons noirs et la cruauté des bandits chinois, les officiers de marine adonnés à l'opium. Elle avait douté qu'un soldat pût marcher en dormant, calé entre deux camarades. Elle s'était souvent endormie pendant qu'après dîner, faute de savoir parler, il chantait à voix basse ces chansons mélancoliques que les forçats et les militaires ont en commun. Plusieurs fois elle avait commis, comme on dit à la messe, l'adultère dans son cœur. A présent elle le comprenait, elle était bien près de l'aimer, et, pour la première fois peut-être, elle savait le sens qu'on peut donner à ce mot. La forêt lui parut tout d'un coup inquiétante, ce vert aux tons différents étouffant leur maison. Les jours de pluie, elle s'y promenait seule, et assise au pied d'un tronc, se perdait en esprit entre les arbres rapprochés par l'orage, et les filets d'eau glissant de feuille en feuille formaient des cascades aux bruits terrifiants. Elle avait appris en allemand la fable de ce bénédictin d'Heisterbach, devenu immortel pour avoir écouté dans les bois le chant d'un oiseau en lequel s'était incarnée l'Éternité. Sans le dire, le colonel comprenait ces bizarreries. Au fond, il n'avait pas lui-même recherché autre chose. Au milieu du bois, une dame vieillissante, un peu grave, s'assit et regarda passer entre les branches la lumière poussiéreuse de l'été. Elle ne finirait pas le salon vert en forme de rotonde ouvrant sur le parc, où l'abbé paraît-il commençait ses parties et qu'eux-mêmes avaient déserté pour se réfugier dans la bibliothèque, tant la frivolité du décor les gênait. Elle voulut prier, mais le mal et le bien sont sans raison, et le divin se prodigue quand il n'est pas attendu. Elle était vraiment seule, et, dans le soir qui tombait, ne se retint plus de pleurer.

Nathanaël de Bussy, l'esprit tout occupé de la mort de son cousin, poussa la porte de la librairie des Deux-Mondes, place Saint-Sulpice, où il avait des habitudes. Il se souvenait de l'Amérique et le nom de la librairie lui plaisait. M. Pieyre, le libraire, n'avait cure de l'Ancien ou du Nouveau Monde, de Dvorjak, des mormons et des Peaux-Rouges et de la Caroline du Sud. Il aimait seulement les livres et n'avait pas voulu changer le nom de l'endroit. Il pensait, avec une naïveté feinte, que les lieux ont un génie que l'on pourrait fâcher en le déroutant, et déclencher des catastrophes. Il disait ces choses-là en souriant. La librairie s'étendait sur deux étages à l'angle de la place, et cette disposition lui donnait un charme particulier. Pour y entrer, il fallait pousser une porte à grillages et se courber un peu. Le rez-de-chaussée était sombre. Sur de grandes tables rectangulaires, les amateurs pouvaient feuilleter les livres rares retirés des rayons. Au premier, la lumière donnait mieux sur celles des reliures qui demandaient, pour se conserver, un peu de jour. On avait aussi rangé là le fonds de spécialité de l'ancien propriétaire, auquel Pieyre ne comprenait rien mais dont il aimait les titres. C'étaient des livres de mathématiques, et les clients qui les cherchaient se passaient tout à fait de conseils. Sitôt descendu de son échelle, Pieyre tendait toujours avec plaisir *Le Traité sur*

les cercles d'Ostrorog-Dupont ou *Le Théorème de Bol-
zano-Weierstrass* à un amateur qui le recevait comme si
sa vie en eût dépendu. Sa boutique était l'une des meilleures de Paris. De parti pris du propriétaire, certains
ouvrages manquaient. On n'y trouvait ni Vallès ni
Lamartine, et moins encore Vauvenargues qu'il tenait
pour un sot, et un sot ennuyeux. Mais le curieux qui y
venait chercher les éditions successives des *Essais*, ou des
Provinciales, ou Lucien Leuwen dans son habit de chasseur vert, était rarement déçu. Il y avait aussi une section
consacrée aux voyages. M. Pieyre ne les aimait pas plus
que son fils Augustin mais il se laissait facilement pas-
sionner par les livres qui les racontent. Peu importait
d'ailleurs que ces voyages fussent ou non imaginaires, et
Phileas Fogg aux Indes valait bien Elphinstone en Perse.
Ces hommes vrais ou faux avaient connu la poussière et
l'ennui, le thé vert de Tindouf ou celui de Darjeeling, le
ghee de Mysore, et d'autres hommes qui n'étaient pas si
différents. Sans doute, devant tel paysage, avaient-ils
regretté la Suisse. Parfois, ils avaient fondé des royaumes
et de pieux serviteurs s'étaient attachés à leur pas tant
que leur fortune avait duré. A présent, leurs aventures
prenaient rang sagement dans les travées, sous le maroquin rouge ou vert. De jeunes jésuites venaient là revivre
les tribulations du R.P. Huc. Peut-être cet homme
maigre à la redingote râpée, à la barbiche tachée de nico-
tine, se préparait-il en lisant les coutumiers de l'Ouban-
gui à exercer chez les Bamilékés la noble profession
d'ethnologue. M. Pieyre voyait avec plaisir sa boutique
se transformer ainsi en cabinet de lecture, et comme il
était fort aimable, personne ne protestait lorsque le soir
venu, après avoir éteint toutes les lampes sauf celle qui

surplombait la porte, il chassait les derniers occupants d'un « Allons ! fini de rêver » définitif.

Charles Pieyre se tenait légèrement voûté. Les libraires ne sont jamais à la bonne hauteur. De haute taille, il présentait un visage ascétique et doux aux cheveux blancs ramenés vers le front à la mode de la monarchie de Juillet. Il regardait les gens dans les yeux et faisait preuve d'une politesse de l'ancien temps, sans égard pour l'apparence ou la naissance ou la richesse, mais avec un souci particulier du beau sexe ; un souci teinté d'un peu de nostalgie. D'ailleurs, sans être ni un saint ni un théoricien, M. Pieyre vivait pour les idées ; ou plus exactement, les idées, pour lui, avaient une vie. Il les voyait à l'œuvre. Il excellait à les débusquer derrière les propos banals, les discours politiques, les menus faits de la vie de tous les jours, les événements enchaînés qui perturbent l'Europe ou ramènent à la maison le fils prodigue. Cet exercice lui permettait de dédaigner les grands hommes, qu'il tenait pour d'insupportables fanfarons. Il leur reconnaissait le sens de la mise en scène mais détestait leurs airs de supériorité et les libertés qu'ils prennent avec une masse dont rien au fond ne les distingue. « Les bergers sortent du troupeau, ce ne sont pas de meilleurs animaux que nous, et bien souvent c'en sont de pires », remarquait-il. Il ne pouvait admettre que certains hommes s'arrogent le droit d'en gouverner d'autres. Il aurait pu rire de cette prétention, si trop souvent elle n'avait conduit à la guerre. Qu'il faille des gouvernants, c'est une affaire entendue, mais quelle mouche pique donc ceux-là qui se croient promis aux plus hautes destinées, et pour finir y parviennent ? Il voyait dans l'ambition, si limitée soit-elle, le signe d'une carence. Pour lui, cette carence absorberait, tôt ou tard, de l'intérieur, l'être de l'ambitieux. Les désirs de l'enfance, en effet, sont sans remède. Un maroquin, une ambassade, tous les grands cordons ne suffisent pas à les satisfaire. S'il avait eu l'âme d'un réformateur, il eût volontiers prôné le tirage au sort et les mandats uniques. Ses goûts étaient ailleurs. Les catégories morales l'intéressaient davantage. Elles avaient la densité, l'intérêt des personnes. Les Lumières, la Réaction, le Jansénisme ou le Pélagianisme lui étaient familiers, et il voyait le monde comme un théâtre de marionnettes bousculées sans arrêt de droite et de gauche par ces vents spirituels. Il s'émerveillait aussi que les nations fussent plus ou moins sensibles à tel courant, à telle hérésie, et s'amusait, mais sans plus, à l'expliquer par le climat, par le sol ou les hiérarchies familiales. C'était s'exposer à quelque risque, puisqu'il y a du danger à voir ce que les autres ne voient pas, à contourner le miroir des apparences. A Sainte-Anne, le Dr Klein soignait aussi quelques malheureux persuadés de connaître l'envers des choses ; mais M. Pieyre se retenait de chuter dans les ténèbres de la pensée. Il n'écrivait donc pas. L'honnête homme ne se pique de rien, disait-il sans amertume. Il s'était, toutefois, malgré le vacarme, mis en branle pour Dreyfus, mis en branle dans sa tête, s'entend. Il aurait aimé qu'un accusé fût présumé innocent et admis à bénéficier de toutes les garanties de la justice. Rien de cela n'était possible avec les juges militaires. M. Pieyre se méfiait beaucoup des militaires français. Il leur trouvait une fâcheuse propension à démériter sur leur terrain – gagner les guerres – et à envahir le terrain d'autrui – administrer, rendre la justice. M. Pieyre avait suivi de loin la guerre de 1870, les officiers sans cartes pillant les coffres étroits des salles de classe, les généraux politiques aux impériales cirées, la paix ignominieuse. Son seul regret était qu'Alfred Dreyfus ne fût pas lui-même un civil.

Augustin ne partageait pas cette passion des idées. « Des noms, des noms mis sur le hasard », répondait-il en souriant à son père. Pourtant il aimait leur confort. Avec les chats, les dessins, le travail, les cheminées, le silence, les idées permettaient de descendre au centre du monde et de s'y trouver bien. Il goûtait beaucoup ces sensations élémentaires.

A son père non plus la vie courante n'était pas étrangère. La mère d'Augustin était douce et belle comme sur les gravures. Elle était morte pendant le terrible hiver de 1870 et chaque soir, avant de se coucher, Charles Pieyre parlait à son portrait, fine silhouette noire dans un cadre ovale. Rien ni personne ne l'avaient remplacée. Son fils et ses amis venaient après ce souvenir. Comme il n'inspirait pas la camaraderie et se refusait à toute familiarité, il avait peu d'amis, mais excellents. Il les faisait dîner et parler, leur offrait de bons vins et quelquefois des divertissements imprévus. Certain soir où la conversation languissait – le cercle comprenait Nathanaël de Bussy, un directeur du Suez et deux jeunes diplomates – il avait mis brusquement le feu aux rideaux de l'appartement qu'il occupait au-dessus de la librairie, en expliquant qu'ainsi, « Vous ne vous souviendrez pas de cette soirée comme de celle où l'on s'est ennuyé chez Pieyre, mais comme de celle où Pieyre a foutu le feu aux rideaux ». Il n'y avait mis aucune affectation, mais simplement beaucoup du souci de l'amitié qui l'animait.

Les femmes étaient rarement admises à ces petits

cénacles nocturnes. Bussy s'en réjouissait. Il avait vécu en Orient et s'offusquait toujours, avec un rien de pose, qu'en invitant le mari on attire la femme, qu'on n'a pas demandée. Cette coutume lui paraissait révélatrice de la barbarie européenne (cette tirade était en général suivie d'un long propos sur la brutalité des croisés, opposée au raffinement de Saladin, qu'il prononçait Salah ad din, et comment ce dernier faisait gentiment circuler parmi les Francs prisonniers de gros blocs de glace, amenés en plein désert à force d'ingéniosité, afin qu'ils puissent se rafraîchir le cou avant qu'on le leur coupe. En tenant de tels discours Nathanaël de Bussy, qui prétendait faire remonter sa famille aux croisades, entendait donner, par l'exaltation des ennemis de ses ancêtres, un bon exemple de la liberté d'esprit propre aux aristocrates, toujours prêts, non seulement à la nuit du 4 août, mais aussi aux décollations subséquentes, et surtout prêts à les comprendre). Les motifs de M. Pieyre étaient plus doux. Que la femme d'un ami fût aimable ou non, dans les deux cas, par similitude ou par contraste, elle lui rappelait la sienne, dont il était privé. M. Pieyre, qui ne voulait pas souffrir, coupait ainsi la racine du mal.

Paris lui dispensait les joies les plus claires. Charles Pieyre ne supportait pas la campagne. S'il arrivait qu'il s'y trouvât, il s'aventurait rarement au-delà du perron, maudissait le temps, ironisait sur les vaches, et prédisait à ses hôtes les pires calamités, le toit qui s'effondre ou le train qui déraille, insistant sur les mille petits tracas qui guettent les adeptes de la nature, surtout les guêpes et la philosophie. Ces belles paroles valaient pour les provinciaux du dimanche, parmi lesquels il avait des relations. Pour les autres, les provinciaux de toute la vie, c'était plus grave. Il ne songeait pas à s'en moquer. La province était le réceptacle de la misère la plus insupportable, la misère des riches. En fermant les yeux, il voyait les familles à Charleville, près du kiosque où joue la musique de l'infanterie, à Bordeaux, place des Quinconces, et il avait peur. Il les voyait se donnant la main comme au tympan des églises, notaires épanouis de Loches, sous-préfets d'Issoudun perdus d'ambition, châtelains de la Mayenne volés par leurs fermiers et trompés par leurs femmes, recteurs bigoudens épuisés d'amertume devant le monde moderne, paysans beaucerons abreuvés de berluche, jeunes filles vieillissantes de partout, marinées dans la littérature : tout cela cuisant à feu doux depuis des siècles, avec la religion pour couvercle, et bientôt la morale républicaine. Cette danse macabre, complaisamment imaginée, moitié sérieusement, moitié pour rire, il aurait aimé pouvoir la peindre. Traversait-il, rarement il est vrai, Quimper ou Lyon en calèche, il se livrait à son jeu favori, qui était de compter les *Daumiers*. « Un... deux... trois », murmurait-il, qu'il fût seul ou non, lorsqu'il croisait l'adjudant avantageux, le couple mort d'avoir duré, l'étudiant mélancolique tirant sur sa pipe à deux sous. La province ressemblait au péché originel : nul ne pouvait prétendre y échapper. La prédestination s'étendait jusque-là. Les efforts faits pour quitter la province, même les plus désespérés, lui semblaient pitoyables. On restait marqué par elle, sans espoir de rédemption. Et cet homme de goût traquait jusque dans les plus beaux poèmes de Rimbaud, qu'il aimait pourtant, les mouvements dérisoires qu'il n'aurait pas eus s'il était né à Charonne et de mère inconnue (il sent le cuif, disait-il de tel garçon énervé par sa bourgade natale). Le crime de provincialisme n'était prescrit qu'après deux générations. Ce délai permettait en effet, au moins en théorie, d'échapper à ce qu'il nommait « Les niaiseries de l'enracinement » : car la capitale elle-même n'était pas un endroit d'où l'on vînt. Être de Paris, c'était être de nulle part, du cœur de l'univers, de l'universel enfin. Il y a des provinciaux de Paris, qui tirent fierté d'être nés là plutôt qu'à Nevers, d'être nés à Passy ou sur les Buttes-Chaumont, qui s'attachent à Paris comme ils l'auraient fait à leur village. Il les détestait bien plus que les Lyonnais, les jugeant coupables du crime contre l'esprit, le seul, comme on sait, auquel il ne sera pas pardonné. Le « genre » parisien et son folklore, argot, chapeaux claques, théâtre de boulevard et littérature de la rive droite, lui étaient plus que d'autres insupportables. Paris et ses habitants devaient échapper à tous les genres. Et il n'était jamais si heureux que lorsqu'il se faisait dire par les interprètes en chasse devant le Grand Hôtel et à la porte de chez Cook : « *Want a guide, Sir?* »

A Paris, tout était libre, simple et anonyme. Son père, notaire au Châtelet, avait épousé la fille d'un gantier de Belleville, qui possédait une fabrique de dix ouvriers. Tous deux aimaient la musique et formaient un couple excellent. Le jeune Charles Pieyre avait grandi rue de la Coutellerie, dans un grand appartement aux plafonds bas. Dès le printemps, il se mettait aux fenêtres et regardait les équipages décrire devant le perron de l'Hôtel de Ville les demi-cercles solennels. Lorsque sa mère jouait des mazurkas, ces scènes protocolaires apparaissaient au jeune Pieyre comme un spectacle de féerie, les uniformes de toutes les couleurs, les derniers bonnets à poil, les landaus et les victorias se déplaçant au son de Frédéric Chopin. Il s'appliquait à les dessiner, penché sur les feuilles du papier à lettres de son grand-père, qui portaient fièrement la mention « Fournisseurs de S.A. le duc de Morny », des feuilles épaisses et riches à l'odeur de Voiron et des gorges Guérimand. Plus il avançait en âge, plus il y mettait de fièvre, inquiet de voir les uniformes changer et ses parents vieillir, pendant que le papier à lettres se chargeait d'en-têtes nouveaux et accueillait à la fin le nom paradoxal de Napoléon III.

Haussmann à cette époque traçait des boulevards impossibles à barricader, où la cavalerie même pouvait charger sans encombre. L'adolescent parisien se réfugia dans les montagnes où l'ordre ne le suivrait pas. Plus tard, il raconterait à Augustin les ruelles et les maisons disparues ; le passage du Saumon, qui abritait des demoiselles à l'entresol ; et l'un de ses parcours favoris, pour retrouver un ami souffleur à la Comédie-Française : la rue des Martyrs, la rue Fléchier, la rue Le Peletier, la traversée des Boulevards, le passage des princes et la rue de Richelieu jusqu'au théâtre.

Aux Buttes-Chaumont, Charles Pieyre se sentait l'âme d'un Suisse, et contemplait la ville d'en haut de l'air de Rousseau aux portes de Genève. A Montmartre, il était plus bucolique et descendait le chemin des ruelles Saint-Vincent en s'attardant au pied des vignes plantées de Thomery. Souvent, le dimanche après la messe, il s'échappait vers le mont Valérien, les chaussures vernies couvertes de poussière et la veste en serge noire jetée sur le bras, le missel à la main. Lorsque le soir tombait sur Paris, il revenait en fiacre, les pieds douloureux et la tête confuse, le long des avenues semées d'allumeurs de réverbères.

Il avait transmis à son fils le goût des vagabondages. Augustin avait aimé très tôt les spectacles de la rue. Pour la vie imaginée des passants, pour les enseignes vieillies des quartiers pauvres et les jardins publics, Augustin aurait traversé la ville à pied. Mais son père et lui ne s'étaient presque jamais promenés ensemble. A dîner, ils se racontaient leurs marches solitaires. Parfois ils se succédaient dans les mêmes lieux : ainsi l'atelier d'un relieur, rue des Grands-Degrés. Les murs y étaient semés d'affiches républicaines. Un homme jeune encore, grand, au visage imberbe, y travaillait avec sa femme sous la protection des articles de la foi : « Les hommes naissent libres et égaux en droit. Les distinctions sociales ne peuvent être fondées que sur l'utilité commune. » De temps à autre, Augustin leur apportait des ouvrages de médecine, puis il s'asseyait près de la presse, et eux continuaient de s'affairer comme s'il n'avait pas été là.

A l'automne, levé tôt le matin, Augustin s'en allait voir la brume se dissiper autour de Notre-Dame avant de gagner l'hôpital. En été, quand il le pouvait, il remontait, après son service, le jardin du Luxembourg jusqu'à l'Observatoire. Il lui arrivait, l'obscurité venue, de rêver devant les fenêtres éclairées des appartements les plus riches, aux vies qui s'y déroulaient. Étaient-elles paisibles ou tourmentées ? Quelqu'un, entre ces beaux murs en pierre de taille, enfermait-il un regret qu'il n'avait pu guérir ? Puis il passait son chemin. L'hiver, par temps de neige, il allait à Montmartre, et jouissait du spectacle de cette masse urbaine blanche et grise, aux cheminées fumantes, où des milliers d'existences anonymes suivaient leurs cours parallèles, dessinant des figures analogues à celles d'un ballet gigantesque dont personne n'aurait écrit la chorégraphie mais qui pourtant se développerait avec régularité tout au long des siècles. Là, de pauvres gens avaient peiné et peineraient encore; là, dans cet hôtel vide, Brantôme avait cédé aux charmes de la douce Limeuil; là Balzac avait écrit et était mort. Voici le chemin de Bonaparte au retour d'Italie et la maison de Pierre Larousse; voici Saint-Eustache et la pierre tombale de M. de Chevert, qui, sans aïeux, sans fortune, s'éleva jusqu'à la dignité de Maréchal de France. Voici la synagogue des juifs allemands, rue du Chaume, et, un peu partout, les magasins des bougnats, et les réduits bretons dispersés autour de Montparnasse; voici le Parlement, rendez-vous des lingères et des libraires, des entremetteurs des amants, des lettrés et des filous, des princes, des courtisans et de la robe et, de l'autre côté des nobles murs, les scies et les brodequins pour la vérité; voici le Beauvilliers où l'on servait les oreilles de la Belle-Aurore et le poulet en poire à la Marat; voici le restaurant voisin, où son père avait dîné pendant le siège d'une tête d'âne farcie arrosée de mouton-rothschild; et parfois Augustin Pieyre se désolait d'être ainsi roulé comme un caillou dans ce fleuve sans fin.

Il se vengeait en n'acceptant la ville qu'à certaines conditions. Il fallait, pour être aimée, qu'elle se soumît à certaines règles; et d'abord aux règles du temps qu'il fait. La rue Tournefort, c'est un jour de pluie qu'il faut la voir, avec ses pavés luisants montant vers la tour Clovis au-dessus des arbres du lycée Henri-IV : par beau temps elle ne vaut rien. Le quai du Louvre, c'est le contraire, quand le soleil frappe les écailles des poissons dans leurs aquariums, et réveille dans les cages à oiseaux des bruits de jungle. Par ces jugements Augustin croyait pouvoir reprendre l'avantage.

Charles Pieyre n'avait pas toujours été libraire. Il avait même connu jadis le voyage et l'aventure. Parce que son grand-père gantait M. de Lesseps et qu'il l'accompagnait souvent, après le lycée, dans ses pérégrinations commerciales, il s'était trouvé, un après-midi de juin, monter l'escalier de service d'un hôtel du Faubourg. Là tout avait commencé. Son air vif et rêveur avait plu. A vingt ans à peine, il était parti pour Le Caire en qualité de secrétaire, de valet, de messager, d'homme à tout faire. Lesseps était pédagogue comme le sont souvent les hommes d'action. Il aimait décrire à son chaouch les beautés de l'Égypte. A cheval, ils s'échappaient des chantiers et, galopant dans le désert, gagnaient Alexandrie. Lesseps pouvait rester là, dans une échoppe à l'ombre d'un palmier, à boire du thé vert longtemps, au milieu des indigènes attroupés. Après quelques mois, le jeune Charles Pieyre avait été affecté à la Caisse de la Compagnie pour apprendre les écritures et la protection du maître du canal continuait de s'étendre sur lui. Nathanaël de Bussy s'y tenait en qualité d'aide-comptable. Le Suez a toujours bien accueilli, par la suite, les fils de famille simples et exacts, qui ne prétendent pas, ne jouent pas à l'homme d'affaires et ont l'habitude des beaux meubles, du ton qu'il faut. Au début, c'était plus rare. Aux meilleures familles, ce Lesseps si volontaire, si voyant, apparaissait un peu comme un déclassé. Il y avait chez lui de l'âpreté et du génie, les qualités les plus propres à effaroucher la société. Aussi ne déléguait-elle là-bas que les plus incapables, les mal disciplinés, les fugueurs. Le Suez était à l'aristocratie ce que l'Algérie

43

était au peuple, moins qu'un champ d'exercice, une manière de caniveau. Après tout, les meilleurs reviendraient riches et les autres avaient toutes les chances de disparaître. Nathanaël de Bussy était parti de lui-même. Élevé rue du Bac par une mère légitimiste qui passait sur une chaise longue, soit dans son boudoir, soit dans son jardin, le plus clair de son temps, transporté chaque été aux confins du Berry, il avait voulu, certain automne, se donner de l'air. M. de Lesseps, qui connaissait sa parentèle, et de plus voisin berrichon, avait fait l'affaire (il était entendu que Lesseps ne refuserait pas ce service qu'on lui demandait, qui se trouvait compensé par l'honneur qu'on lui faisait de lui envoyer un Bussy, et d'ailleurs ces beaux raisonnements n'avaient effleuré personne). Charles Pieyre et Nathanaël de Bussy s'étaient connus là, dans un petit bureau jouxtant la cabane de l'ingénieur en chef, assis sur des caisses au milieu des liasses abîmées par le sable. Le second rêveur et bon vivant, le premier précis et sceptique, ils s'étaient parlé comme les exilés le font. Tous deux étaient bons, chacun à sa façon. Ils s'étaient acquis ensemble parmi les ouvriers arabes une solide popularité. Ensemble, ils avaient découvert un peu de l'Orient : Bussy y avait même contracté la vérole. Ensemble, ils avaient respiré la chaleur du jour et ressenti de l'angoisse devant ces paysages immuables. Ensemble ils avaient suivi Lesseps, Bussy l'admirant sans réserve, Pieyre le voyant plus exactement peut-être, comme un entrepreneur qui pourrait devenir un aventurier, et un aventurier qui pourrait mal finir.

Ils se séparèrent un automne. Plusieurs ouvriers du chantier revenaient du Mexique où ils avaient combattu autour de Vera Cruz. En Égypte, il y avait du soleil comme toujours, mais en France à huit heures le matin le brouillard frais couvrait les champs. Le grand-père de Charles Pieyre venait de mourir. Le jeune homme reprit la fabrique, armé de ses connaissances égyptiennes. L'affaire marchait bien; il la fit croître encore. A Bussy resté là-bas, il écrivait quelquefois. Il lui parlait du Paris rouge et or de l'Empire, de ce côté théâtre, des fausses grandes manières, des financiers et des grisettes et du souverain vieilli. Nathanaël évoquait l'Égypte éternelle et les petites misères du chantier. Charles épousa la fille unique d'un agent de change aimable qui ne vit pas d'obstacle au mariage. L'homme jouissait d'une honnête aisance, rien de plus. L'un des seuls de sa profession, il déplorait les *coups de Bourse* qui agitaient Paris et que les traditions bancaires se perdissent. Il avait toujours regretté que la France fût en retard sur l'Angleterre, mais s'alarmait de voir ce retard rattrapé à coup de manœuvres douteuses et dans un grand envol d'immoralité. Il était veuf, minuscule, très bien habillé et possédait une étonnante collection de livres rares. Il avait de l'ironie et du dédain à revendre, avec un peu de cette tristesse particulière aux gens moraux. Charles s'amusait beaucoup à dîner chez lui. Quand la journée n'avait pas été propice et qu'on lui demandait : « Que pensez-vous d'un tel ? » il répondait, le plus fréquemment d'une voix lasse, en baissant ses yeux gris : « Ah! Quel déconcertant salaud!... » ou « Quelle triste vomissure! » ou quelque chose d'approchant. Le maître d'hôtel alors passait un plat, et c'était : « Que voilà une étrange mixture... » Le contraste de cet accent feutré et comme indifférent et de ces affirmations péjoratives était d'un comique irrésis-

45

tible et, de fait, Charles et Florence éclataient souvent de rire, tant et si bien qu'un sourire finissait par éclairer la face du beau-père.

Devenu homme, Augustin emploierait aussi ces expressions qu'il n'avait pas entendues. Son père alors resterait quelques instants comme perdu dans un songe, les mains croisées sous le menton, la vue brouillée.

Charles ne fut pas appelé pour la guerre et Florence mourut l'année du siège en donnant naissance à Augustin. Le père crut devenir fou de chagrin. Il ne venait plus à la fabrique et ne s'arrêtait de marcher au hasard des rues, la tête pleine de brefs souvenirs, que pour s'écrouler sur les bancs. La France était défaite et l'on brûlait les Tuileries. Charles écrivait à Nathanaël : « Je ne savais pas qu'on pouvait se sentir si misérable. Je ne peux pas imaginer que d'autres ont connu cela avant moi », mais Nathanaël était parti sans laisser d'adresse, et sa famille ne savait pas où le trouver. Il parlait à Florence et cette habitude ne cessa pas. Les Versaillais écrasèrent la Commune. La paix revint et Charles ne put guérir. Il vendit la fabrique et acquit le fonds de librairie de la place Saint-Sulpice. Désormais plus d'effort, se disait-il, attendre la fin, simplement. En compagnie de Florence disparue, il redevenait un petit garçon rêveur. Le soir il lui semblait l'entendre, elle lui parlait doucement pour le consoler, lui racontait des histoires. Son beau-père vint lui acheter des livres, il feuilletait, ne parlait pas et s'en allait avant de pleurer. La vie revint peu à peu, mais trop tard. Charles Pieyre avait à moitié disparu.

Un soir, longtemps après, au début de l'hiver, il s'apprêtait à fermer quand on passa la porte. Le visiteur s'assit, posa son chapeau près du fauteuil et sourit.

C'était Nathanaël. Ils se regardèrent en coin pour évaluer le poids des ans, puis éclatèrent de rire. Charles parut s'ébrouer, sortir d'un rêve. Il oublia le temps et raconta tout ce qu'il avait traversé.

Nathanaël trouva en Charles Pieyre un auditeur attentif. Pourtant, très vite, il abrégea son récit. Par pudeur, bien sûr, mais aussi par crainte, en s'adressant au plus cher témoin de sa jeunesse, de réveiller il ne savait quoi. Charles, c'était déjà, depuis longtemps, un peu de lui-même; et ce qu'il avait appris de lui-même l'incitait à la prudence. Quand il connut Augustin, il fut séduit, tout de suite, par l'économie de ses gestes et de ses paroles. Augustin s'éprit de ce vieillard dans les yeux duquel une lueur avait passé.

III

Il lui fit connaître la *Brasserie des bords du Rhin*. Ils y allaient le soir. L'atmosphère y était différente. Les clients étaient moins nombreux, la pendule plus sonore. On avait plus de mal à la quitter, à retrouver le pavé derrière la porte tambour et toute cette vie abandonnée au temps.

« Vois-tu, Augustin, j'étais assez heureux en Égypte. Enfin j'étais seul et même mon nom ne signifiait rien pour les pauvres gens qui m'entouraient et aussi pour les autres, plus évolués. De la baraque aux caisses que j'habitais avec ton père, les pieds dans le sable, je voyais le canal avancer au loin. Charles est parti trop tôt. Il n'a pas vu comme c'était beau, ces deux pans presque verticaux coupés à même le sable et plongeant vers le mince filet d'eau, en bas, tout au fond, qui devait transporter les vapeurs. Je comptais en partie double, je classais, je rangeais, enfin j'étais un peu utile et j'échappais à cette suffisance héréditaire dont je sentais bien, quand j'étais en France, qu'elle finirait par me gagner comme elle avait gagné les autres, qui avant moi avaient été peut-être jeunes et sensibles.

Depuis le départ de ton père je n'allais plus dans le désert. Mes rêves n'étaient plus accordés à la majesté du paysage. Ils étaient devenus plus doux et plus modestes. Je fumais le narghilé au village et, rarement, je poussais jusqu'aux faubourgs du Caire. Je m'asseyais dans les échoppes. Les indigènes à la fin ne m'accordaient presque plus d'attention, je veux dire qu'ils étaient indifférents et respectueux. A intervalles réguliers, Lesseps voulait m'emmener en représentation, au consulat, chez le Sultan, mais je déclinais tout. Un soir, je me suis aventuré jusqu'à l'hôtel Shepeard's. La lumière jaillissait de partout, descendait en cascades vers la rue noire où attendaient les chaouchs, et avec eux des ânes, des mendiants, des porteurs d'eau, de simples passants, avec cette immobilité infatigable de l'Orient. Il devait y avoir une fête, à moins que toutes les nuits ce paquebot échoué ne s'éclairât de tous ses feux, comme par principe. Je me suis aventuré jusqu'au pied des marches du Shepeard's et je suis parti. Je n'avais nul dégoût de ces spectacles; ils m'étaient devenus étrangers.

Enfin, Lesseps acheva son canal. La tâche n'avait pas été facile. Il y avait eu les Anglais, le désert et Lesseps lui-même. Il avait fallu flatter Ismaël et satisfaire les lubies des petits seigneurs. Je me souviens d'Abd ul Aziz auquel la Compagnie avait offert des oiseaux, des chiens et des chevaux, du matériel de cage et de chenil pour monter un jardin d'acclimatation. Et combien de manœuvres! Plus de sueur de couloir que de sueur de désert... Les bagatelles de la Porte et les traquenards des Tuileries. Un matin pourtant la dernière digue s'ouvrit par le milieu dans un jaillissement d'écume, et les eaux de la Méditerranée se heurtèrent aux eaux de la mer

Rouge. Ce matin-là, il n'y avait pas d'officiels sur les rives, seulement Lesseps lui-même, ses ingénieurs, Voisin Bey, Laroche, Paul Borel, Lavalley – ton père doit bien se souvenir de Lavalley – et deux envoyés du Khédive. Le temps était gris. Superstitieux comme toujours, Lesseps avait fait consulter les astres avant de décider du moment où la jonction aurait lieu.

Puis il y eut l'inauguration officielle, l'Impératrice Eugénie, l'Empereur d'Autriche, les ambassadeurs et les généraux accourus en foule ; les fêtes à Ismaïlia, cette ville jaillie du désert, d'ordre de Lesseps, pour le plaisir du Khédive ; les campements de bédouins le long du canal où s'engageaient les bâtiments à vapeur ; et Lesseps dans ce décor de magie, planant très haut au-dessus de lui-même. J'ai pensé aux débuts, à notre baraque de bois et à nos caisses, aux recommandations de ma famille : « Personne ne sait ce qu'il trafique là-bas, mais tu verras du pays. »

Je suis rentré en France. Je n'avais jamais été si profondément hésitant. Je ne savais plus quel jugement porter sur moi-même et sur ce que j'avais vécu. Avais-je fait mon éducation et devais-je rentrer au pays ? Ou bien avais-je commencé une vie d'errance ? Je ne savais certes pas dans laquelle de ces voies je serais le plus heureux. Cette question du bonheur, vois-tu, c'était la pomme de discorde entre ma famille et moi. Ce mot n'avait aucun sens pour eux et il était pour moi chargé d'espérances. Je pouvais les comprendre : après tout, j'aurais aimé me trouver privé aussi de ce goût singulier, être comme eux dans ma vie comme dans une grande boîte aux côtés peints, sur un mur la religion et sur l'autre la chasse, une grande boîte posée dans l'herbe, et de l'autre côté des parois il y a la nature, mais tout le monde l'ignore ou veut l'ignorer. A l'intérieur de la boîte la vie s'écoule, agréable. Elle a ses plaisirs et ses chagrins. Au fond, on ne croit pas sérieusement à Dieu ou aux autres grands mots. On croit simplement, on veut croire que cette boîte, c'est tout l'univers. On y parvient le plus souvent.

Je ne sais ce qui a fait peur aux miens dans le passé. La Révolution peut-être, cette merveilleuse aventure (il est vrai que si nous l'avions connue, nous aurions été frappés avant tout par la médiocrité des hommes, la confusion des situations, et choqués également par les beaux sentiments et par la violence vulgaire). Peut-être ont-ils construit la boîte tout doucement au fil des siècles, et s'y sont-ils installés progressivement, sans éclats, sans bruit, les plus jeunes aidant les plus vieux, les couples charmants se donnant la main. Le couvercle est retombé lentement, et l'on voyait toujours un peu de ciel ; un jour, il n'est plus rien resté du ciel que le plafond peint, une fresque à la Tiepolo sous le pinceau d'un artiste de la campagne, et personne ne s'en est aperçu.

Là-dedans ils ont continué à vivre, à aimer, à souffrir. Ils se déplaçaient d'un château à l'autre en automne, vieux fusils, rires de velours côtelés, petits adultères dans les longs couloirs déserts qui me faisaient peur quand j'allais me coucher. Je n'ai pas toujours été malheureux dans la boîte, à cause des cousines, des grands bouquets de fleurs jaunes dans les entrées, et de grand-père qui ne disait rien. C'était un homme grand et bon, un peu lointain. Parfois, il sortait sur la route et poussait un gros soupir en regardant l'horizon. Je ne sais pas ce qu'il guettait de si poignante façon. L'été, quand le Berry tremblait de chaleur, j'allais dans sa chambre. Il y avait des gravures de marine aux murs et de grandes malles en bois de camphrier qui attendaient les voyages. Je ne suis pas sûr que grand-père soit jamais parti. A dire vrai, ma famille était un peu une famille en trompe l'œil. Il y avait dans le petit salon un uniforme de zouave pontifical de provenance tout à fait inconnue. De mémoire de grand-père, le seul expatrié de la famille avait été l'oncle Victorien, qui avait épousé d'un seul coup une béké et une plantation de canne à sucre – et quand je dis expatrié, c'est expatrié du Berry qu'il faut comprendre. L'existence, en effet, avait deux pôles, le Berry et deux vieux hôtels en lisière du faubourg Saint-Germain. Ma mère et moi nous occupions l'un d'entre eux, le reste de ma famille l'autre, et les pièces étaient repeintes au gré des variations de la rente. A la fin du printemps les mâles du troupeau organisaient d'eux-mêmes une transhumance sans bergers. Deux ou trois fiacres réquisitionnés pour l'occasion, notre vieille victoria, le landau des cousins acheminaient au départ du Paris-Orléans les enfants et les valises, les gouvernantes et les cartons à chapeaux. Les mâles suivaient à cheval. Arrivés à Dun-sur-Auron nous nous séparions pour gagner nos villégiatures dans les charrettes des paysans. Là-bas nous retrouvions nos habitudes. Grand-père nous attendait dans la maison aux volets à demi fermés pour garder la fraîcheur. L'exil d'été commençait avec ses mouches et son ennui.

Je n'étais pas un révolté. Le passé de ma famille m'était très cher. Je crois même que l'alcool familial m'avait un peu tourné la tête : je mélangeais les croisades, le chevalier d'Assas, les aristocrates chantants et les découvreurs de continents. Un vrai noble pouvait être dur ou compatissant, riche ou pauvre, il pouvait courir le monde ou rester chez lui, vivre à la cour ou galoper sur ses terres. Il restait toujours supérieur à lui-même : une espèce à part, élevée par Dieu pour rien, pour le plaisir. Un jour que ma mère m'avait reproché de m'être conduit en bourgeois, j'avais douze ans à peine, j'ai retiré ma chevalière, je l'ai portée aux cabinets, et j'ai tiré la chasse. Puis je suis revenu au salon sans rien dire. Et de quinze jours je n'ai pas adressé la parole à ma mère. Il faut dire que les livres n'arrangeaient rien. Au grenier, des heures durant, je me composais le personnage d'Athos, si beau, si grand, avec ce mal secret qu'il avait apprivoisé. En redescendant vers les miens, je m'efforçais de garder l'air impénétrable. Mon grand-père s'inquiétait un peu de ces rêveries. J'aimais mon grand-père, il se tenait très droit, les paysans se découvraient en le voyant venir. Il était né sous le Consulat. Il me disait en souriant : « Ex libris, Bussy ! » Je traduisais cette injonction par « Sors des livres, Bussy ! » Et j'ai cru pendant longtemps que les vignettes collées sur les couvertures des livres et qui portaient, au-dessous de nos armes, cette mention, n'avaient d'autre but que de nous précipiter, et moi en particulier, dans la vie.

Je n'étais pas un révolté, mais il me semblait que les siècles, et spécialement le nôtre, s'étaient refermés sur nous sans que nous le sachions et que l'étouffement était proche. Je voyais la famille s'appauvrir comme un fleuve qui s'étend, se divise en rivières, en ruisseaux, en mille ramifications, et couvre davantage d'espace en perdant de sa substance.

A supposer que ce sentiment correspondît à la réalité, il était si facile alors, dans le Berry, de l'oublier ! Le département tournait autour de nous, mon grand-père présidait le conseil général et se flattait que les trains l'attendissent à Nançay. Les préfets changeaient ; nous étions éternels. Nous n'étions pas bien illustres mais nous remontions loin, très loin, et la société du lieu nous reconnaissait une sorte de magistère moral. Enfin nous nous prenions pour des dieux. L'Olympe, là-bas, s'étendait pour l'essentiel, comme à la ville, sur deux domaines séparés l'un de l'autre par dix kilomètres au plus. Le premier était le nôtre, à mon grand-père, à ma mère et à moi. On l'appelait Villers. Mes sœurs, qui étaient mariées, y venaient irrégulièrement, flanquées de leurs proches (tu as sûrement remarqué, Augustin, qu'en règle générale les affections des autres nous sont incompréhensibles). C'était, entre Saint-Denis et Palin, un petit château dans le genre italien, posé là peu après 1800 : un seul bâtiment rectangulaire de deux étages et dix fenêtres, coupé en son milieu par une sorte de colonne de trois étages et trois fenêtres, et les croisées du haut, sous le fronton classique, ouvraient au-devant sur une terrasse d'où l'on voyait en contrebas la rivière traverser un petit marécage planté de peupliers. C'était une vraie maison de riches, une maison de plaisance, et même notre homme de peine y était un peu déplacé : jamais de lourds travaux des champs, mais plutôt de petites expéditions de jardinage pittoresque inspirées de l'Angleterre. Gaston suivait ma mère au potager, le panier à la main, l'air malin, respectueux et dubitatif.

Bussy, c'était une autre histoire. Ou plutôt Bussy avait une histoire. Un abbé libertin l'avait fait construire au XVIIIᵉ siècle. Le personnage ne m'a jamais semblé bien digne d'intérêt ; il était taillé sur un modèle très courant à l'époque, petit seigneur et mauvaises manières. Il faut porter à son crédit qu'il avait suivi dans l'exil le cardinal de Bernis en renonçant aux facilités de la cour. J'ai souvent imaginé l'abbé débarquant à Bourges, mi-hagard, mi-ironique. C'est lui qui a élevé le petit château, qui ressemble plutôt à une folie, à un hôtel particulier égaré en plein champ. L'endroit eut très vite mauvaise réputation dans le pays : l'abbé y organisait des orgies. J'ai connu mes premiers émois en découvrant dans les tiroirs de grand-père un grand cahier de toile rouge qui contenait plusieurs dizaines de feuillets relatant les bruits infâmes et délicieux qui avaient couru alentour. L'abbé avait un sens très sûr du mélange des genres. Il déflorait les paysannes, les fouettait au besoin, pendant que de jeunes paysans bien dotés réjouissaient les plus belles dames de la société des environs, à l'instar des mirebalais de la cour du Régent. Tu vois le spectacle, perruques poudrées, jarretières piquées de saphirs, un air de clavecin, et les bougres du village se fabriquant des souvenirs : de petites fêtes, mais délicieuses, la mesure et le charme français. Un peu de boue devant le perron quand même, et ces pauvres filles, que devaient-elles penser, parfois il devait y avoir des drames, de mauvais réveils. Le ciel gris, les bas sur les chevilles et, qui sait, le dégoût de soi-même. Je ne suis pas sûr pourtant que nous puissions encore y comprendre quelque chose, Augustin, nous qui sommes devenus les fils de l'amour unique.

Beaucoup de ces orgies commençaient au salon, un petit salon vert d'eau, en rotonde, ouvrant sur le parc par trois fenêtres. Mon grand-père évoquait ce salon en termes mystérieux et, chaque fois, ma mère faisait dévier la conversation. Les paysans du village en parlaient aussi. Lorsque Mère sortait de chez nous, les plus vieux lui demandaient, avec une nuance d'inquiétude : « Et à Bussy, le salon, toujours debout ? Pas de travaux en vue ? » De loin en loin, Gaston posait les mêmes questions à mon grand-père, qui répondait évasivement. C'est qu'il y avait une légende. Elle venait tout droit de la méfiance des paysans de jadis envers l'abbé, de la médiocre réputation du château en ce temps-là. Le salon avait été refait en 1789, puis juste avant l'enrôlement des Marie-Louise, puis juste avant l'expédition d'Espagne. Du coup les gens du pays s'attendaient, pour peu que l'on en repeignît le plafond, aux pires catastrophes. Je me souviens encore de l'air consterné de Gaston apprenant de ma mère qu'à Bussy, les cousins avaient décidé de restaurer les boiseries du salon. Au fil des générations, l'hostilité était devenue légende.

Le Berry, Augustin, est une terre de sortilèges. Pour le comprendre, il faut avoir entendu le vent sur les étangs de la Brenne. Là-bas, on cloue les crapauds à la porte des granges pour conjurer les malédictions. Il y a des « J'teux d'sorts » et de vieilles femmes qui ont connu la Terreur et guérissent les brûlures par imposition des mains. Certains hameaux se nomment « prends garde à toi ». Alors les légendes tiennent bon. Nous autres, nous nous en moquions, naturellement.

Je n'étais pas malheureux ; j'étais un enfant solitaire, indépendant. Je voulais aller plus loin. Je n'étais jamais en repos, me demandant sans cesse comment était le paysage derrière cette forêt, cette colline, et la ville au-delà, et encore plus loin. Dans nos familles la vie continuait, régulière. Les enfants portaient le même prénom que leurs grands-parents et les semaines, les journées, les heures étaient semblables. Il y avait le mois de Marie, la semaine du marché aux chevaux, les jours anniversaires, les heures de promenade. A six heures tous les jours, lisant sur un banc de pierre, je voyais ma mère aller au verger. Et voilà vers quoi je revenais, après l'Égypte. Sur le bateau j'avais l'impression d'aborder ce passé comme une terre étrangère. Je ne savais pas bien comment m'y comporter. Nos souvenirs nous échappent comme le reste. J'ai souvent envié ton père, Augustin, avec ses manières si réservées, si différentes des miennes, avec ce sûr instinct de lui-même, de ce qui lui est nécessaire. J'espère que tu l'as hérité de lui. J'arrivai chez nous par un beau soir d'été. Il régnait dans la petite gare de Dun une agitation tout à fait inhabituelle. Les voies de garage étaient encombrées de wagons. Plusieurs dizaines de soldats du régiment de ligne cantonné à Dun coltinaient des ballots et des caisses et les officiers du train criaient des ordres. J'étais si fort ahuri que je m'assis sur les malles pour contempler le spectacle. Le chef de gare, en chemise, tout suant, accourut pour me dire que c'était un grand malheur, bien sûr, mais qu'enfin dans dix jours nous serions à Berlin. Alors seulement je vis sur les murs les affiches blanches de la mobilisation. Déjà Gaston se saisissait des malles, les hissait dans la charrette, se frayait un chemin au milieu des soldats, des paysans. En passant le portail de Villers, il me dit tout bas, comme s'il craignait d'être entendu et grondé, comme un enfant : « Ça devait arriver, monsieur Nathanaël. Ça devait arriver. A Bussy, *ils* ont terminé leurs boiseries, le salon est flambant neuf, allez, pour ce à quoi ça aura servi ! »

J'eus encore un court moment de répit, quelques heures à peine. Déjà, dans l'allée sablée qui menait à la

maison, je me sentais à nouveau sur le départ. Je ne fai-
sais qu'une courte halte à cet endroit qui avait été pour
moi celui des interminables heures d'été, perdues jour
après jour. Le présent bousculait le passé. Sur le bateau
je m'étais attendu à retrouver au moins un peu de mon
enfance, par hasard, par effraction, au détour d'une
allée, dans l'inflexion d'une voix, dans un regard. Mais il
m'apparut que l'enfance s'était retirée comme un flot, ne
laissant derrière elle que des objets indifférents, des
choses sans saveur. Le constater m'aida, j'imagine, à partir pour la guerre. En même temps je croyais vivre un
rêve. Tout était si convenu : le retour, la maison fermée,
le vieux serviteur, la guerre. J'ai marché dans le jardin
comme un personnage de théâtre. Je souffrais d'en être
un – et d'autant que j'ignorais si j'étais le personnage
principal, ou un comparse, ou la figure anonyme qui
personnifie le destin – et j'en jouissais. Quand le bon
Dieu nous a créés, il m'a curieusement donné des sensations de bourgeois littéraire, et ton père – et toi peut-être
– vous avez hérité de la réserve aristocratique. Enfin
j'étais désemparé. Mon grand-père était mort en disant,
un peu pour se faciliter les choses, un peu par véritable
fatigue : « Pas fâché de m'en aller, après tout ce que j'ai
vu. » Gaston lui survivait avec cet entêtement impénétrable qu'ont les gens de la campagne. Ma mère était
retournée à Paris. Je ne pris même pas la peine d'ouvrir
la maison. Le lendemain matin, réveillé par le jour à travers les volets, je fus saisi d'angoisse à l'idée d'être seul
dans cette maison vide pendant qu'au-dehors le torrent
roulait les hommes, le pays. Je sortis brusquement. Gaston m'apporta du café sur la margelle du puits, près de la
fontaine où je venais de me raser. Je me souviens très

bien de ce court moment de plaisir; mais déjà l'inquiétude me reprenait. Il me fallait m'en aller. J'aurais voulu revoir Bussy et mes deux cousins préférés, Marie, qui bien que plus jeune me traitait en gamin, en chien fou, du haut de son inépuisable réserve de sagesse (c'était un vrai mystère pour moi, qu'on pût vivre la vie si réservée des jeunes filles de nos milieux et pourtant paraître ainsi, sans une once d'affectation, tout savoir de la vie en général; et ce savoir ne se fondait pas sur l'expérience, mais sur le pressentiment de ce qui serait bon ou mauvais et qui dispense de recourir à l'expérience), et Paul, le seul qui me ressemblât un peu, qui voulait voyager lui aussi. Paul est parti, il a servi dans l'infanterie de marine après la guerre, il s'est battu à Tuyên Quang et puis, malade, est revenu dans le Berry. Marie est dominicaine des prisons. Quand j'ai appris sa prise de voile, j'ai pleuré, parce que j'étais un peu épris d'elle, mais surtout parce que la volonté de Dieu, au contraire des autres volontés, éloigne de nous les êtres chers d'une manière absolue : on devine des cheminements, des questions, des élans, un dialogue peut-être dont le sens restera pour nous à jamais obscur. Le Créateur ne reprend pas ses droits à moitié. Plus tard, Marie m'a dit : nous pouvons L'oublier, Lui ne nous oublie jamais. Ce jour d'août 1870, elle n'était qu'une belle jeune fille en robe rayée, avec dans le dos la lourde natte blonde de l'enfance. Mais ni elle ni Paul n'étaient à Bussy. Le château était fermé. Seuls quelques paysans, trois ou quatre, discutaient devant la façade. En me ramenant à la gare, Gaston m'expliqua que des énergumènes avaient jeté au petit jour de la paille enflammée dans les cheminées, pour faire brûler le bâtiment maudit. Gaston, lui, aurait préféré qu'on lui jetât des sorts bénéfiques. Il ne plaisantait pas du tout.

Moi, j'avais l'esprit ailleurs. J'étais frustré de ce retour avorté, de n'avoir pas pu goûter le plaisir amer de la nostalgie, qui est l'un des plus vifs. Sur le bateau je m'étais interrogé en pure perte : la vie m'avait pris de vitesse, ce qu'elle fait quelquefois. Elle avait condamné les portes du paradis de la lenteur, du temps qui s'écoule goutte à goutte. L'ange qui défendait l'entrée était revêtu du gros drap du fantassin, le chassepot dans la main droite en guise d'épée de feu. Il avait une culotte rouge et l'air un peu fuyant des conscrits. Je n'insistai pas. Je n'étais pas mélancolique ; une aventure nouvelle s'offrait à moi. Je me doutais bien qu'elle ne serait pas idyllique, mais je me croyais assez fort pour tout supporter. Tu sais bien que lorsqu'on est jeune on croit que la vie, qu'elle vous enrichisse ou vous émonde, vous fait grandir. Personne ne pense qu'elle puisse vous diminuer, vous abattre progressivement, discrètement, jusqu'à la fin. C'est le secret le mieux gardé du monde : même les vieux ne le divulguent pas, moins par altruisme que pour ne pas dissiper le dernier rideau de fumée, l'espoir qui leur tient encore à cœur. »

IV

« Depuis dix ans, j'ai lu beaucoup de livres sur la défaite. Je me suis intéressé aux grands problèmes, l'unité allemande, l'Autriche, les Hohenzollern sur le trône d'Espagne et le principe des nationalités. Dans les livres tout est en ordre, les causes et les effets, l'essentiel et l'accessoire. Tu as lu ces livres et tu le sais bien. Mais en réalité, quel bordel c'était ! J'avais été élevé dans le culte de l'histoire, des gros livres à couverture rouge, des jugements péremptoires et des personnages légendaires, *L'Iliade* et *L'Odyssée*. Et c'était ça, l'histoire, tout ce désordre et toute cette imprécision. Je me suis demandé s'il n'y avait pas un peu de charlatanisme dans les exercices magiques par lesquels les historiens additionnent les faits et leur composent un ordre, une dignité. Et si l'histoire après tout n'était que le tourbillon des petits faits dérisoires, enchevêtrés, que rien ne permet de classer par ordre d'importance, la pluie à Châlons, la mort du chasseur d'Afrique, la fuite de l'Impératrice ?

Chez nous rien n'était cohérent. Il y avait d'un côté l'enthousiasme des anciens, l'exaltation des bonapartistes, la chaleur de l'été, les parades, les souvenirs d'Italie et de Crimée ; et de l'autre les faces inquiètes des *remplaçants* arrachés à la moisson, les trains égarés sur des voies désertes, les états-majors, l'Empereur et les souvenirs du Mexique. Ton père a dû connaître cela, j'imagine. Je n'ai pas pu lui en parler. Pas le courage, et puis il ne voulait rien dire. Et à toi, en a-t-il jamais parlé ?

J'ai écrit à ma mère et je suis monté à Orléans m'engager dans les zouaves où j'avais un parent officier. On a noté mon nom sur un grand registre. J'ai dû traverser à nouveau la mer pour me faire équiper près de Bône. Puis je suis revenu en France avec plusieurs dizaines de mes camarades. Il nous a fallu gagner Châlons par nos propres moyens ; à notre arrivée le régiment était parti sans nous. Peut-être se battaient-ils déjà ? En nous hâtant, nous avons rejoint les Turcos de la division Abel Douay, ceux de Wissembourg, dans les collines d'Alsace. Les unités refluaient ou s'élançaient dans le plus grand désordre. On aurait dit des mouches dans un bocal ; des cuirassiers par escadrons, des bandes de fantassins, des hussards un peu partout. Il y avait des caissons d'artillerie dans les fossés. Des officiers généraux passaient au grand galop sur la route ou paraissaient errer doucement, par groupes de deux ou trois. Nous les suivions des yeux sans rien comprendre, en essayant d'espérer, d'avoir confiance. On voyait des hommes débandés fuir à travers champs et d'autres apeurés se soulager contre les pommiers, dans le sifflement des balles. Comme il faisait très chaud, l'odeur de merde et de sang imprégnait les vêtements, et, eût-on dit, le paysage.

Alors les Bavarois nous ont délogés de Morsbronn. Leur artillerie nous canonnait sans relâche. Par ce grand soleil, je voyais luire les tubes des canons dans les petits bois en face de nous. Un colonel nous a fait reculer pour fortifier Reichshoffen. Nous nous sommes repliés par la route, courant en file indienne sur les bas-côtés, pendant que la cavalerie lourde remontait en sens inverse, dans le bruit formidable des chevaux, des cuirasses et des cris. Je ne les ai pas vus charger dans cette campagne de vignes épaisses comme des houblonnières, coupée de fossés profonds. Je ne les ai pas vus charger et c'est tant mieux. Pendant qu'ils s'ébranlaient, nous finissions une barricade à l'entrée de Reichshoffen, près d'un vieux moulin, une ancienne papeterie. Un moment la canonnade et la fusillade s'arrêtèrent (le plus étonnant dans les batailles ce sont ces vides, ces blancs, où pour un court instant la vie reprend son cours naturel avant d'être à nouveau interrompue). J'entendis distinctement le bruit de l'eau brassée par la roue du moulin. Le ciel était très bleu. J'étais debout, appuyé à mon fusil sur le bas-côté, et, tout d'un coup, un uhlan apparut à cent mètres de moi. Je restai interdit. Je le vis abaisser sa lance et éperonner son cheval. Je pris mon fusil, tremblant de peur, essayant de faire venir la haine, mais rien ne vint. Tout allait se jouer là ; mais brusquement la canonnade reprit, deux zouaves sortirent d'une maison, le paysage s'anima, et le uhlan tourna bride, partit à travers champs. Je dus m'asseoir, les jambes coupées. L'instituteur du village, un jeune homme maigre à lunettes cerclées de fer, en redingote grise, un vieux fusil de chasse à la main, me tendit un flacon de schnaps : « Donne-lui tout de même à boire, a dit mon père », dit-il en souriant. J'avoue que cette citation ne me fit pas rire. Puis nous nous remîmes au travail, en pure perte puisque après que les géants en cuirasse se furent fait massacrer, l'ennemi nous enveloppa comme un essaim d'abeilles. C'était un véritable tourbillon. Montés sur de forts chevaux gris, les dragons prussiens sautaient les haies, sabrant les fantassins éperdus qui lâchaient leur équipement pour courir plus vite. Groupés à quelques-uns derrière la barricade, nous essayions d'ajuster ces insectes chaussés de casques à pointe qui déferlaient sur nous. De temps à autre, sur la route, leurs rangs s'ouvraient de manière inexplicable pour laisser revenir vers nos lignes un cuirassier blessé, au grand trot, dans un bruit de ferraille, le sang coulant sur la selle. Enfin, l'ennemi nous submergea et nous dûmes nous replier, fuir, courir, détaler jusqu'à Niederbronn. Je revois l'instituteur embroché sur la lance d'un uhlan, j'entends leurs cris : « *Vorwärts! Vorwärts!* » et les nôtres : « Nous sommes trahis ! » Parfois un officier se retournait, faisait face, un ou deux hommes le rejoignaient ; en cinq minutes ils étaient morts. A l'entrée de Niederbronn un grand diable de hussard mit sabre au clair et se jeta au grand galop sur la route en hurlant : « Assez ! Assez ! » La masse brune l'absorba, nous le vîmes tomber, puis il disparut. Dans le bois autour de Niederbronn, nous avions de l'artillerie. Elle arrêta pour la nuit nos poursuivants.

Le lendemain, on me remit la croix dans la cour de l'école. Cette cérémonie était évidemment plus touchante de prendre place à cet endroit. La troupe formée en carré était très disparate, zouaves, artilleurs, dragons démontés, et je regardais ce drapeau que la famille n'aimait pas. Ce fut alors que je décidai de rentrer chez moi.

Rentrer chez soi, pour un soldat, cela s'appelle déserter, dans toutes les armées du monde. Mais le soldat ne

64

l'entend pas de cette oreille, il ne déserte pas, il rentre chez lui. Jamais cette différence entre deux termes ne fut aussi grande que cet été-là. Je ne me cherche pas d'excuses. Je n'avais pas peur. Je n'étais pas blessé, ni malheureux. Ce n'est pas par lâcheté que j'ai fui, c'est par raison – enfin, j'imagine ; tout cela était absurde à la fin. J'avais tort, bien sûr, mais je ne regrette rien. Le lendemain de la cérémonie, j'ai pris des vêtements civils dans une maison abandonnée et je suis parti seul à la pointe du jour. Les soldats dormaient dans les rues à même le sol. Les habitants avaient fui, par crainte de nous ou des Prussiens, qui sait ? Par longues étapes, je suis redescendu vers le sud en évitant Paris. Plusieurs fois, j'ai traversé les lignes. C'était partout le même spectacle, anarchie, effondrement. Des régiments sans chefs pillaient les villages à plusieurs centaines de kilomètres du front. Les paysans regardaient froidement cette armée de fuyards. Les meilleurs soldats du monde, ceux qui avaient fait fuir l'Europe, fuyaient à leur tour. A Lure, je fus recueilli par des sœurs, qui sans poser de questions m'offrirent un lit avec des draps blancs, où je passai plusieurs jours. Dans un village de Bourgogne, je vis sur un mur, au-dessus de la tonnelle d'un cabaret, une inscription à demi effacée : « Vive l'Empereur. » Un cavalier l'avait tracée à la craie, un bock à la main, à la bouche la pipe en terre de Lassalle chargeant. C'était un de ces cavaliers dont Wellington disait à Waterloo qu'ils avaient des faces terribles, âprement militaires. Alors j'eus honte comme j'avais eu peur, une seule fois de toute cette guerre.

En arrivant à Bourges, j'appris que j'avais été porté disparu. Les héros ne fuient pas : ils sont portés disparus.

Gaston m'ouvrit Villers sans un mot. J'avais craint qu'il ne me questionnât. Je me trompais. Les gens du peuple n'ont pas ces réactions-là. Gaston me cacha jusqu'à l'hiver. Je vécus dans la bibliothèque, tous volets fermés, ne sortant qu'à la nuit et seulement pour faire le tour du parc. Notre vieux serviteur m'apportait chaque jour de la nourriture et des nouvelles. Je crois que personne au village n'eut vent de notre manège, sauf peut-être la vieille près des abattoirs qui me dit longtemps après, à voix très basse : « Ah, monsieur le Comte, le vieux Gaston, y prenait des risques, on dit même qu'il cachait des déserteurs. » Et dans son visage ridé qui ne conservait plus aucune trace de sa jeunesse, une lueur féroce avait passé. Au milieu des livres sombres, juché le plus clair du temps sur un tabouret de bibliothèque, j'appris Sedan, la chute de l'Empire, Napoléon à Bellevue rejetant la faute sur son peuple. Au-dehors, les premières feuilles tombaient et vers six heures la pluie secouait les fenêtres. Je lus dans les journaux le nom étrange de Gambetta. L'ennemi descendait sur Paris où ma mère se trouvait, mais je n'étais pas trop inquiet. L'hiver commençait quand la rumeur de l'arrivée d'une troupe importante à Salbris traversa le pays. C'était l'armée de la Loire qui se repliait de Meung et Beaugency. Beaucoup d'hommes alors, la moisson achevée, prirent une arme pour rejoindre les soldats. Ils avaient brûlé leurs champs, chaussé leurs meilleures bottes et rempli d'eau-de-vie leurs gourdes en cuir, et ils partaient résolus, indifférents, comme ils étaient toujours partis. L'Alsace était loin, mais les Allemands chez eux, jamais. Un matin de novembre, Gaston me présenta un cheval tout sellé et me dit simplement : « A Bourges, il y a un général et des soldats, monsieur Nathanaël. Bonne route. » Il me regardait sans arrière-pensées. Il me tendait un cheval. Il accomplissait sa tâche. Je montai en selle et repartis vers la guerre comme j'en étais revenu. Pourquoi ? Je n'en sais rien. Ces ressorts-là s'arrêtent et se remettent en marche d'une manière inexplicable.

A Bourges, en effet, le général Crouzet était passé avant de remonter vers le nord. Il appartenait à l'armée de Chanzy. En compagnie de quelques hommes, je le suivis à travers la Sologne qui commençait à geler. Décoré, je fus bien accueilli ; titré, volontaire, ayant vu le feu, j'inspirais confiance. On me donna à commander une section de ligne. Dans l'Est, je n'avais rien appris, je m'étais battu au hasard, et d'ailleurs l'armée entière tiraillait. Là, j'appris le rudiment avec mes soldats.

Cet hiver fut terrible. Les paysans et les mobiles mouraient de froid sur les talus. Je n'avais jamais connu cette sensation que le corps, mordu, attaqué de toutes parts, va disparaître, ce désir du sommeil pour en finir, ni vu ces faces grises levées vers le ciel. Nous nous battîmes longuement, dans ce pays peu fait pour la guerre, où rien ne rappelait la guerre. On n'y sentait pas, comme en Alsace, cette vibration particulière des zones frontières. Les cadavres en uniforme y étaient déplacés, et nos colonnes dans le brouillard évoquaient davantage l'armée catholique et royale des guerres de Vendée que les divisions modernes du gouvernement de la Défense nationale. A la vérité, à voir nos bivouacs, on pouvait redouter une armée de brigands. Et puis, malgré quelques beaux combats, ce fut la retraite à nouveau. De la forêt de Marchenoir à Blois, de Blois à Vendôme, de Vendôme au Mans, le grand-duc de Mecklembourg sur les talons.

Cette fois, j'enrageais : la troupe avait du cœur, les généraux de la tête, et nous fuyions encore? Mais l'affaire avait été mal engagée au début, à présent les digues étaient rompues et plus rien n'arrêterait le flot. J'enrageais surtout de voir ces petits princes allemands qui devaient tout à la France nous envahir et nous infliger la honte d'être poursuivis par des personnages d'opérette : Mecklembourg! Bientôt à Paris, les jolies femmes lèveraient la jambe et ce serait tout à fait Offenbach. Pendant que je remuais ces pensées moroses, nous sortions tout doucement des limites du monde connu. A Noël, quelques unités dont la nôtre rejoignirent Bourbaki. J'étais poussé en avant par le désir de voir le point exact où s'achèverait l'aventure. La camarilla de déclassés qui l'avait lancée était loin déjà. Cette demi-mondaine d'Eugénie buvait du thé en Angleterre et nous, soldats de toutes les nations, Berrichons, Provençaux, Bretons, Bourguignons, nous pataugions encore dans la boue glacée du Jura. « C'est pas bien d'avoir fui en nous laissant dans la mélasse, grognait un artilleur. Elle aurait pu au moins venir aux armées tendre son cul aux militaires, histoire de consoler le pauvre monde! » Et la troupe éclatait d'un rire gras et triste.

Pendant la guerre, la vie continue, on s'amuse, on boit, on mange, à des heures régulières quand c'est possible, aux heures régulières des civils. On cherche ses aises, parce que c'est nécessaire pour combattre mais surtout pour ne pas couper tout à fait les ponts avec ceux du dehors. L'odeur du café fraîchement moulu, quand on en trouve, vous tire de la guerre, vous rappelle à la vie. Et comme l'ennemi fait de même, il arrive parfois qu'on se sente plus proche de lui que des civils.

Là-bas, l'ennemi c'était Manteuffel, Werder, Wartensleben, et les mêmes hommes gris par milliers. Nous les tirions parfois comme des chasseurs, du haut des arbres, sur leurs arrières, mais nul ne s'y trompait : c'est nous qui étions le gibier. Peu avant Pontarlier, le général Bourbaki retourna contre lui son pistolet. C'était la fin. Les Prussiens nous encerclèrent dans cette région désertique; l'armée se rendait par pans entiers, les divisions aux régiments, les généraux aux capitaines. L'armistice venait d'être signé. Les défections se multiplièrent. Tout s'arrêta : les officiers ne bougeaient plus, ne commandaient plus, la troupe s'effondrait sur place. Autour du général Clinchant, nous prîmes la route de la Suisse. Il ne nous restait plus qu'une seule voie, celle de la Chapelle-des-Bois, étroite comme un sentier, obstruée par les neiges. Il fallut encore combattre pour opérer cette retraite : les Prussiens gagnaient la montagne. Le général de Brémond d'Ars et ses zéphyrs les arrêtèrent pour la dernière fois sur la route d'Oye. Nous passâmes le col de la Cluse. Ce n'était plus une armée, seulement une longue cohorte d'hommes épuisés et malheureux. Tout s'achevait.

Je restai en Suisse jusqu'au printemps. Un homme qui a perdu une guerre n'a plus d'obligations. Il a bien gagné, pense-t-il, le droit de s'amuser. Je devais exercer ce droit quelques années. A Delémont, dans le Jura suisse, des bourgeois du lieu m'hébergèrent. Leurs ancêtres avaient fui la Bourgogne à la révocation de l'édit de Nantes : le jour de la révocation était la grande date de leur histoire. La femme d'un de ces bourgeois venait de Genève et s'ennuyait dans la montagne. Elle avait cette tournure douce, plantureuse et fade de certains Fragonard. Mais c'était un Fragonard suisse, avec cet accent si curieux auquel on ne s'habitue pas tout de suite. Voilà six mois que j'étais seul dans la guerre. Je n'ai pas nécessairement besoin de coucher avec des femmes, mais j'ai besoin de vivre parmi elles. Combien de fois dans la retraite avais-je imaginé, pour me donner du courage, les robes blanches et bleues de mes cousines, les parfums de mes tantes, le sourire méchant de l'une d'entre elles surtout, l'odeur de chair, de savon et de café de leurs lits ouverts le matin. Le monde des femmes, Augustin, n'est pas le nôtre. Les matières, les sons, les sentiments y sont très différents. A celle-là je n'ai pas déplu. Je lui parlais et elle ne disait rien. Nous avons dormi ensemble une fois. A nouveau des dentelles, des caresses, c'était presque le bonheur.

Rétabli, je rentrai en France. Le pays était morne. Il me semblait que les personnes, les pensées, avaient été mutilées avec le territoire. L'Empire était vulgaire mais il n'était pas triste. Cette France-là était triste. A Paris, où ma mère était morte pendant le siège, plus rien ne me retenait. Je remplis une malle et filai vers Le Havre. Un mois plus tard, j'entrais dans le port de New York.

Les droits imprescriptibles de l'homme, mon petit, sont la liberté, l'égalité et la poursuite du malheur. C'est ce que j'ai compris là-bas, sur cette terre vide ou mal remplie où affluaient les rescapés des pogroms, sur cette terre qui n'est pas l'Amérique parce qu'il n'y a pas d'Amérique. On pourrait mettre à la porte du continent : « On peut apporter son destin. » Dès l'appontement, je vis tourbillonner des millions de destins individuels ; c'était la dernière chance. Des gens qui s'étaient raconté leurs vies sur le bateau se séparèrent sans un mot, déjà indifférents, fuyant vers le lendemain. Le quai surplombait une eau ocre, presque lagunaire, mais au-delà une énorme rumeur montait de la ville. Le ciel était sans pitié, bleu profond, comme au-dessus d'un campement de fortune. J'ai cherché mon chemin. Même les vestiges anglais ne me rassuraient pas. Ils étaient là, au coin des rues, l'air George ou Tudor, mais dépassés, contournés, oubliés : l'avenir dictait sa loi.

Alors, tout doucement, par d'invisibles étapes – à la vérité, elles m'ont pris de longues années –, de New York à Atlanta, de Boston à Salt Lake City, le passé a reflué en moi. Mon passé. Bien sûr, j'avançais dans ce continent et je m'émerveillais quelquefois de toutes ces choses nouvelles. Mais dans mon cœur, la retraite en bon ordre avait déjà commencé. Bientôt le voyage lui-même s'en ressentit. Je quittai les grandes villes brutales pour la province, le Sud des mystères et de la douceur de vivre, qui comme moi se remettait à peine de la guerre. Puis je quittai la province pour la nature sauvage. En Amérique, les conventions sont les seules règles d'un jeu cruel, et non, comme chez nous, le fruit de l'habitude et de la commodité : on les respecte absolument. C'est une chape de plomb plus lourde qu'en Europe. Pourtant, j'ai aimé l'Amérique, les maisons de bois aux planchers bleus auxquelles se heurtent les grands oiseaux de mer, les femmes avec leurs yeux doux et leur air d'ailleurs ; je l'ai aimée comme on aime le cousin qui est parti vivre loin et qui vous fascine, celui face auquel on reste silencieux, et l'on admire ses bottes de cuir et ses manières décidées. Mais, progressivement, j'ai abandonné le terrain. Pas sans lutter cependant : à cheval, seul, j'ai remonté l'*Appalachian trail* à la recherche du shortia, cette plante découverte par le botaniste Michaux et dont on avait perdu la trace. Je devais avoir grand air, avec ma vieille redingote et mes sacoches en toile qui me battaient les flancs. Le soir, en protégeant ma bougie avec les restes d'un chapeau de feutre, je lisais un livre de botanique. Puis, un jour, sur un sentier poussiéreux où j'allais au pas, j'ai su que j'étais déjà rentré.

J'ai donné quelques coups de boutoir, mon petit, et j'ai fait retraite. Ce n'est pas tant de n'avoir rien accompli qui me chiffonne, car je n'ai jamais eu d'ambition, c'est de n'avoir pas trouvé de fenêtre sur la mer. J'ai eu la vue sur la cour, peut-être d'autres ont-ils plus de chance. J'ai reculé pied à pied, en résistant bien, et je suis retourné dans le Berry. Villers n'a pas changé et moi, eh bien, j'ai repris mon rang et je joue honnêtement mon rôle, dans mes costumes de velours. J'ai même appris à chasser. Le fils de Gaston me sert de garde. Là-bas, je suis une manière de héros, et j'explique le siècle à mes petits-neveux. Ce n'est que lorsque leurs mères me parlent doucement que je pourrais pleurer dans ma moustache blanche. Rien ne peut plus m'arriver, n'est-ce pas ?

Le jardin a grandi. J'y ai planté des pins d'Autriche et de nombreux arbres japonais, car le Hillier's est devenu ma bible. A l'église je me tiens à droite du chœur. Voilà dix ans que je suis rentré chez moi ; c'était hier. Je peux divaguer des heures avec un vieux cousin sur notre famille qui n'a pas cessé de s'élargir, et nous remontons le temps au gré des alliances. Je confonds les prénoms. Je n'attends plus grand-chose. C'est cela la vieillesse, mon petit, le cœur serré.

Je lis encore des récits de voyages et je feuillette des atlas. Désormais, je me satisfais de l'écume. Je rêve à l'Arsenal et je revois la mer, le grincement des poulies et l'odeur du bois salé. Je prononce pour moi-même les noms sacrés, les alidades à pinnules, les portulans, l'arbarestrille; et lorsque je rends dignement la justice de paix, j'ai parfois l'esprit ailleurs. Les paysans me pardonnent parce que, disent-ils, j'ai vécu.

Je possède une étonnante collection d'images. Au cours de mes voyages, j'ai observé plusieurs peuples. Aucun d'eux ne voit le monde de la même manière. Un matin de fine brume sur la Seine : le Français en jouit et passe; l'Anglais se perd en rêveries sentimentales où combattent des figures de fable; l'Allemand écrit un poème symphonique. Nous sommes une nation de peintres, même lorsque nous n'avons pas de talent. Dans ma collection, j'ai des pastels, des fusains, de la sanguine. Un bivouac de uhlans au petit jour, vus d'une colline, au crayon gris, des lithos de Bourges et de Paris. Les couleurs sauvages, à l'huile, des plaines américaines. Les blés sans tache de la champagne berrichonne. Le dessin d'une femme de dos, à la Watteau, les épaules légèrement voûtées, la nuque offerte. Lorsque je rentre en moi-même, ma collection secrète est là. Personne ne peut en profiter que moi-même.

J'ai payé mon dû. Je ne regrette pas d'avoir changé de place. Autrefois, je ne supportais pas l'inéluctable : devoir mourir un jour, c'est-à-dire tous les jours. Je voyais en rêve la mort comme un gros insecte sale qui montait sur mon lit de malade et me plantait ses pinces dans la gorge. Mes mains trop faibles glissaient sur sa carapace chitineuse, je voulais crier mais j'étais sans voix. Maintenant, elle vient du fond de ma chambre par une autre porte ouverte. Je l'ai un peu apprivoisée. La fatigue peut-être. J'ai fait ce qu'il fallait. »

Pendant ce discours, la voix de Nathanaël de Bussy avait voyagé avec lui. Elle était montée sur les crêtes, elle avait plongé dans les rivières et traversé de grandes étendues désertiques. En l'entendant finir sa course, à la fois éraillée et profonde, avec ses restes de jeunesse envahis par l'âge, comme un domaine qui a connu des jours meilleurs et qui cède pied à pied aux malheurs du présent, Augustin avait douté de lui-même. Nathanaël n'était pas désenchanté. Il n'était pas non plus satisfait. Il était comme entre deux mondes. Mais pour avoir découvert quoi ? Et avait-il toujours été ainsi ? Augustin devinait que Nathanaël n'en saurait jamais rien lui-même, que telle était son histoire, histoire d'un homme qui, jusqu'à la fin, n'en saurait jamais rien lui-même. En l'écoutant, il s'était demandé ce qu'en aurait pensé son père ou ce qu'il pensait. Regrettait-il que son compagnon d'autrefois se soit tant exposé pour recevoir si peu ? Pour Charles Pieyre, sans doute, les erreurs, le courage ou la vertu de Nathanaël n'avaient pas la moindre importance. Lui qui aimait si fort les idées se gardait bien des jugements. Comme il réservait aux constructions abstraites le prononcé de sentences qui ne paraissent arbitraires qu'à ceux que la vérité atteint, il lui restait pour les êtres un inépuisable trésor d'indulgence – ou plutôt il n'acceptait pas que les êtres, et Bussy moins que personne, eussent besoin d'indulgence. Au fond, comme Augustin l'avait souvent remarqué, cet homme charmant ne croyait pas que l'amitié pût être profonde. Sans illusions sur ce point, il était le meilleur des amis. Aussi Bussy et lui avaient-ils repris leur commerce avec autant de naturel que s'il eût été interrompu la veille. Presque chaque jour Nathanaël passait la porte du libraire. Pieyre sortait ses plus beaux livres, et ils échangeaient en silence leurs sentiments en suivant du doigt reliures et frontispices, alourdis par l'âge, vaguement heureux. Mais de ce qu'il avait appris de Nathanaël, Augustin non plus ne pourrait jamais parler à son père. Et lorsque ce soir-là ils s'étaient retrouvés, Bussy et lui, devant la porte tambour dans la nuit silencieuse, l'un gêné d'avoir parlé, l'autre d'avoir entendu, Augustin était reparti pour la Salpêtrière au lieu de rentrer chez lui.

V

Ce jour d'été où Bussy, l'esprit tout occupé de la
mort de son cousin Paul, franchit le seuil de la librairie
des Deux-Mondes, il ne vit pas d'abord Charles
Pieyre. Les volets avaient été fermés pour garder
l'ombre, et, en clignant de l'œil, Bussy distingua, derrière l'escalier en colimaçon, deux personnages en dis-
cussion dont l'un pouvait être le libraire. Quelques
clients parcouraient les ouvrages sur les larges tables
cirées. Nathanaël reconnut la voix douce et entêtée de
Charles.

— Monsieur, je suis infiniment désolé, croyez-le bien,
mais *La Description de l'Égypte* n'est pas à vendre.

Son vis-à-vis, un homme puissamment charpenté,
leva les bras au ciel dans un geste de protestation plutôt comique.

— Mais comment donc! C'est bien naturel! Voilà un
libraire qui ne vend pas ses livres! Tout peut arriver...

Il se fit suppliant, exagérant ses gestes :

— Allons mon bon Monsieur, concluons, je vous en
prie. Je vous assure que je suis digne de l'œuvre. Je
suis égyptien, copte, diplomate et je n'aime pas la

République et j'aime les femmes et je suis en exil...
Avez-vous connu l'exil, monsieur le libraire ? A cinq
heures du soir quand la pluie envahit la ville ? Allez !
J'avoue pour que vous me preniez en pitié : je suis le
consul général de France à Panama et j'ai besoin de cet
ouvrage. J'ai besoin du port d'Alexandrie et du Mné-
monium de Thèbes... Sans cela j'en serai réduit à
m'amuser comme les autres et comme les autres je crè-
verai d'ennui...

– Peste, il y tient, le bougre, à la description de
l'Égypte, marmonna Bussy en avançant vers les deux
hommes.

Pieyre répondait en souriant :

– Croyez, monsieur le consul, que je compatis tout à
fait à votre misère diplomatique, mais, voyez-vous, *La
Description de l'Égypte* m'est aussi nécessaire, à moi,
je n'envisage pas de m'en séparer, pour des raisons peu
différentes sans doute de celles qui vous portent à
l'acquérir.

Il usait d'une politesse lente, un peu cérémonieuse
mais tout à fait sincère.

Le gros diplomate cligna de l'œil.

– Un ami de Vivant Denon, hein ? Peut-être même
avez-vous fondé une secte... Non ne protestez pas, laissez-moi deviner... C'est cela, j'y suis... Une fois par an,
tous les six mois peut-être, on se réunit dans une petite
maison du Parc aux Cerfs, on loue *la rivière de Ram-
bouillet* et de jolies femmes, un peu frelatées les jolies
femmes, elles ont servi mais ma foi, et l'on s'exalte...
On s'exalte, Vivant Auguste Marie chevalier de Non,
priez pour nous... On embroche les dames... Peut-être
on fait tourner les tables, Pompadour es-tu là, ton café

fout le camp, la France aussi... Attendez, laissez-moi deviner le nom de la secte : les chevaliers du cœur volant ? La société du moment ? Les libertins sans lendemain ? Ah, monsieur le libraire, à vous voir, qui se douterait ?

– Ç'aurait pu être ça, mais non, vous faites erreur. Notez que je ne vous en veux pas, j'ai été content de bavarder avec un connaisseur. Enfin, bavarder est un grand mot. Sans regrets ?

– Oh que si ! Mais vous êtes un homme charmant, souffla le consul qui aimait se donner grand air. Il gagna vivement la porte pour ne pas s'attarder sur les lieux de sa défaite, heurta Bussy qui maugréa, déborda sur le trottoir.

– Ne l'accable pas, dit Pieyre, c'est un copte. Et d'ailleurs il est déjà sorti.

– C'était pour quoi, toute cette scène ?

Charles Pieyre désigna, ouverts sur la table, de grands cahiers rectangulaires reliés en maroquin vert. D'autres étaient empilés, fermés, sur un escabeau tout proche. Les deux amis s'assirent côte à côte et Pieyre commenta en tournant les pages :

– Tu connais Vivant Denon ? Curieux bonhomme.

– Un raisonneur ?

Et Bussy haussa le sourcil, selon une habitude familière. Certes il était bien plus fin que ces remarques de hobereau ne pouvaient le faire croire, mais il avait toujours eu tendance à accuser ce trait héréditaire du mépris de l'intelligence, et l'âge n'avait rien arrangé. Pieyre d'ailleurs ne s'en plaignait pas, cette manie lui permettant de donner la réplique en défendant la raison, et les deux de s'opposer ainsi pendant des heures.

– Le contraire d'un raisonneur... Raisonnant moins que Laclos, que Chamfort... Pas d'amertume... Aucun sens du drame, de l'injustice, l'esprit plat et le corps en relief, d'ailleurs il était graveur... Le chevalier de Non...

– Joli nom.

– Le chevalier de Non, ancien favori de la Pompadour, a gravé pour David les planches du costumier national. Il échappe à la Terreur. Et puis c'est Bonaparte... La mission d'Égypte de l'Institut, pendant la campagne. De Non la dirige... Regarde ces planches frémissantes, pleines d'encre, noires et blanches, si belles... On les croirait encore sablonneuses... L'heptanomide de Beni-Hassan avec la felouque entre les hypogées, l'obélisque de Fayoum, le château d'Alexandrie, tu te souviens ? On les imagine groupés par trois ou quatre, nos savants, suant sous leurs redingotes... Certains ont des airs butés d'anciens révolutionnaires, d'autres des têtes d'habiles, d'autres de belles têtes fades d'Ancien Régime. Ils ont ouvert devant eux de grands cartons, sorti trépieds et chevalets, et ils dessinent, au milieu des soldats, des indigènes. Et voilà.

Pieyre ouvrit un nouveau livre. La longue couverture heurtant la table fit sursauter l'un des lecteurs. Des cartouches mystérieux, des costumes ottomans. Bussy donnait raison à Charles d'avoir conservé cette collection. Ces planches dégageaient un charme opiacé : la rencontre de l'Orient et de l'Occident, du froid et de la chaleur, de la droite et de la courbe, sous la plume ou le crayon d'hommes qui sortaient juste d'une secousse terrible. Pieyre reprit :

– Puis viennent les honneurs, la reconnaissance du

maître. Jean Auguste Dominique Vivant, chevalier de Non, devient Vivant Denon. Le baron Denon. Il vole de droite et de gauche, en Italie surtout. Il achète le *Gilles* de Watteau. Il dirige le mobilier national. Il met des sphinx dorés aux pieds des fauteuils. Il incline vers les belles parvenues sa vieille tête ironique. Napoléon se méfie quand même un peu. Il flotte encore dans l'air un petit parfum de scandale. Oh bien sûr le temps a passé, il y a eu la Révolution, la Vendée, le Directoire et Joséphine. Mais quand même...

— Accouche, fit sobrement Bussy. Termine ton éloge académique par un trait étonnant, parce que jusqu'ici d'accord, l'Égypte c'est bien, mais la carrière de ton bonhomme... Rien d'autre qu'un reptile à perruque se faufilant entre les régimes, et pas un gros reptile, un petit orvet, bien doux au toucher...

— Quand il n'était encore que chevalier, dans les années 1780, Vivant a écrit un petit livre. Soixante pages. *Point de lendemain.*

— Les libertins sans lendemain...

— Voilà. Un jeune homme fait son éducation sentimentale. Il suit une dame de la société, la poursuit à travers des salons, des passages secrets, des recoins, et finit par l'avoir. Il se croit tout-puissant ; mais c'était seulement pour le plaisir de l'amant régulier de la dame, caché je ne sais plus où. Dans ce livre il n'y a rien que cette histoire. Vivant n'était pas un révolté. Et pourtant...

— Ça me rappelle Bussy, dit tristement Bussy.

Pieyre continua sur sa lancée, soit qu'il n'eût pas remarqué cette tristesse dans la voix de Bussy, soit qu'il voulût le distraire : car Pieyre ne posait jamais de questions.

80

– Enfin, tout ça, ce n'est pas le genre Empire. C'était un homme curieux Bonaparte, tout à fait dix-huitième par certains côtés, mais en amour...

– C'était un artilleur, sourit Bussy, qui reprit, pour se changer les idées : Moi, j'aime bien l'Empire, le premier. Il y a de la poésie dans l'Empire. La redingote grise, le chambertin, tout ce fatras à la Béranger est assez plaisant. Et cet homme au teint jaune dont les roues brûlent le sable, le pavé, la neige pendant près de dix ans...

– Et puis ces noms curieux, la Moskova, d'Albufera, Rovigo, Plaisance...

Bussy prit un air supérieur :

– A qui le dis-tu...

– L'Espagne, Suchet gouvernant ces petits diables huileux, si fiers... On dit qu'ils sciaient les percepteurs entre deux planches.

– A mon tour de t'apprendre quelque chose. Moi aussi j'ai mon personnage énigmatique. L'Empire est plein de mystère. Le baron Fain ?

– Ça n'me dit rien, dit Pieyre appuyé au dossier d'une chaise et qui pour marquer son intérêt prenait toujours l'accent de Paris.

– Tant mieux. Le baron Fain était un personnage très secret. Un vrai secrétaire. Le secrétaire de la main. Pendant la fin du règne il suivait l'Empereur partout, il écrivait des lettres. Que de fois il a dû vibrer... Et sourire...

– Tu connais la lettre à Decrès, où Napoléon dispense son ministre de la marine de le comparer à Dieu ?

– J'aurais beaucoup donné pour écrire celle-là.

81

Enfin bref, il a dû pisser le sang aussi. Par le poignet bien sûr, le malheureux. Il a écrit des souvenirs.

– C'est bon ?

– C'est drôle. Il voit tout à l'envers. Il ne voit pas des États, il voit des tentes ; il ne voit pas des armées, il voit des soldats. Il tient le petit bout de la lorgnette de combat de l'Empereur. C'est un homme droit. Les trahisons de la fin le dégoûtent.

– Malheureusement, les immoraux voient souvent plus juste.

– Enfin ! C'était mieux que le second.

Pieyre réfléchit, pesa le pour et le contre, puis répondit.

– Oui, c'était mieux que le second. Tiens, regarde.

Un croquis montrait la fête de la République au Caire, le 22 septembre 1798 : au milieu d'une place, une grande enceinte entourée de colonnes décorées de drapeaux tricolores, et pour y accéder un arc de triomphe au fronton frappé de la formule rituelle : « Il n'y a de Dieu que Dieu et Mahomet est son prophète. » Et, au milieu de l'enceinte, un obélisque de bois portant sur ses faces : « A la République française, l'an VII. A l'expulsion des mamelouks, l'an VI » et au pied de l'obélisque, des généraux empanachés, des membres de la commission des sciences et des arts, du Kiaya du Pacha gouverneur et du Divan.

– Quelle folie, murmura Bussy.

– Les Français étaient trop nombreux, répondit Pieyre.

Un à un les clients étaient partis. Le libraire arpenta les rayons. Il releva la disparition du livre de Strauss, l'explorateur : les règles de dévolution du pouvoir chez les Karens de Birmanie. Se pouvait-il que ce jeune homme tranquille, vêtu comme un séminariste... ? Le jeune homme pauvre bénéficia de la sollicitude de Charles Pieyre, qui entreprit de fermer les volets. Bussy feuilletait les planches de *La Description de l'Égypte*.

– Tu as vu ? Dans le deuxième volume, une note et des croquis de l'ingénieur Lepère, à propos d'un tracé de canal...

– Non, je n'avais pas remarqué.

Bussy s'absorba dans la contemplation de la carte, du tracé. Au même moment sans doute, de fins vapeurs passaient sur les bords ourlés du désert.

– Il était drôle ton consul... Les libertins sans lendemain, ç'aurait pu être nous...

– Oh, si peu, dit Pieyre qui pensait à sa femme. Et d'ailleurs maintenant nous sommes trop vieux, ajouta-t-il pour atténuer la sécheresse de sa réponse.

– Vieux, vieux, c'est beaucoup dire... Tu te souviens, lorsque nous étions jeunes...

– Nous n'étions pas vieux alors, coupa le libraire en riant.

Bussy fit mine de grommeler en guise de protestation contre le poids de la réalité et le fatalisme, au moins apparent, de son ami. Lorsque Pieyre eut tout remis en ordre, il entraîna Bussy vers la porte.

– Allons dîner, veux-tu ? Pas à ton hôtel, dans un bistrot, comme deux charretiers. Tu n'avais rien prévu ?

– Rien du tout. Allons-y.

La lumière du soir frappait avant de disparaître l'eau verte de la fontaine Saint-Sulpice, lui donnant un air vénitien, sale et lumineux. Bussy y jeta trois sous, pour se porter chance.

– Comme Lesseps en moins grand, dit Pieyre.

– J'ai payé mon dû, tu ne crois pas?

Ils ne marchèrent pas longtemps, et s'attablèrent à un petit restaurant où leur mine étonna. Revêtant leurs expressions familières, le haussement de sourcil pour l'un, l'arrondi des épaules pour l'autre, ils commencèrent l'une de leurs innombrables conversations parallèles, celles où Pieyre de son côté rêvait à voix haute sur les mots profonds qui ouvrent une trappe sur l'inconnu (le mal est sans raison, Dieu fait aussi de tout petits miracles), et où Bussy du sien parlait des arbres, des insectes, de lieux étrangers. Parfois ils se rencontraient eût-on dit en plein vol. Ces chocs étaient en général prémédités par l'un ou par l'autre, puisque chacun connaissait le moyen de faire déraper son partenaire dans ces jeux oraux, sans pour autant que les moyens en question pussent être réputés infaillibles. Dans la plupart des cas cependant, il suffisait à Bussy de jeter négligemment un « Ce boutefeu de Chamfort » ou « Ce larmoyant crétin de Rousseau » pour voir Pieyre s'élancer, vengeur. Car Pieyre, qui aimait l'intelligence et l'honnêteté, souffrait au titre de l'intelligence que Voltaire jouît d'une plus grande réputation que Rousseau et au titre de l'honnêteté que Chamfort, l'un des seuls parmi les écrivains du dix-huitième à n'avoir pas eu la doctrine de ses appétits, fût considéré comme un simple exalté. (Rien n'exaspérait Pieyre autant que les gens qui pensent toujours ce qu'il leur est commode de penser, les luxurieux défenseurs précisément du libertinage, les cupides défenseurs précisément du libre-échange, les bourgeois trop certains de la supériorité de la bourgeoisie, les duchesses trop certaines de la supériorité de l'aristocratie, etc.) En retour, il suffisait à Pieyre de risquer « La province » et plus précisément « Le Berry » – en général, il faisait précéder cette flèche au centre de plusieurs flèches à la périphérie, destinées à préparer la cible, et qui visaient la Creuse, la Lozère, le Limousin ou le Poitou – pour que Bussy s'enflammât, modérément il est vrai, le souvenir de ses fugues de jeunesse tempérant son indignation. Ce jour-là pourtant, ils redescendirent sur terre plus naturellement, portés par une simple remarque de Nathanaël, prononcée d'un ton rêveur et peut-être mélancolique.

– Ce consul, il était à Panama, tu as entendu...

– Je le connaissais déjà. Il vient souvent à la librairie, mais l'endroit est trop petit pour ses souvenirs.

– Drôle de destin, Lesseps. Je parle du vieux, bien sûr. On ne lit pas facilement dans cette vie-là, et probablement lui-même moins que tout autre.

– De toute façon, maintenant c'est un peu tard pour le faire.

– Il me fait penser à Gordon : après la Chine, le Soudan ; après Suez, Panama. Comme s'il fallait aller chercher les parois du bocal, ou l'extrémité de la terre, là où elle s'arrête et où le grand vide commence...

– « Tu diras à Mohammed Ahmed qu'on appelle le Mahdi, que Gordon Pacha ignore la peur, car Dieu l'a créé sans peur », cita Bussy.

– Une bonne question : le Mahdi existe-t-il dans le monde avec ou sans conscience de lui-même ? ironisa Pieyre.

– Quoi qu'il en soit, le destin les a frappés tous les deux, et Lesseps avec, dirait-on, une dilection particulière. Le destin n'aime pas les...

– Berrichons. Le destin n'aime pas les Berrichons. Ou alors c'est le Berry qui n'aime pas qu'on le néglige, tu penses, trente ans à courir le monde. Ou bien c'est Dieu, le Dieu de la géographie, qui n'a pas voulu que le Berry après l'Égypte s'étende jusqu'au Panama. Tu vois, il y a plusieurs explications possibles.

– Le Berry t'agace donc tant ?

Pieyre réfléchit un moment en silence puis, joignant les mains à hauteur du menton :

– Oui, j'ai mes raisons... j'ai une raison. Je suis un peu sérieux quand même quand je charrie ta province. Je ne crois pas à beaucoup de choses, seulement à quelques-unes, et encore plus par intuition qu'autrement. Je crois d'abord à l'égalité.

– Je ne te savais pas si ardemment républicain...

Et Pieyre, de fait, ne l'était pas. Ni l'un ni l'autre n'étaient ce à quoi on aurait pu s'attendre. Le libraire n'aimait pas les idées bêtes et le propriétaire terrien avait couru le monde. Aussi le premier ne soutenait pas plus la République des Jules que le second ne regrettait la restauration manquée de Chambord.

– Non, non, je ne te parle pas de politique. L'égalité la plus simple, l'égalité des gens, des personnes, le duc et le savetier, le général et le soldat, le maître et le valet... Tous les mêmes enfants égarés, qui s'interrogent en vain. Les jeunes interrogent les vieux, les inconnus les hommes illustres, en vain. Alors les dorures, les airs d'autorité... En province on oublie ces vérités-là : les gens y sont à leur place.

Peut-être était-ce tout bonnement la mort qui faisait tenir à Charles Pieyre ce langage.

– Mais ça n'empêche rien...

– Si, je crois. Moi, j'ai toujours été gêné d'être servi à table.

– Tu es une sorte d'anarchiste, dit Bussy avec affection, et pour lancer un mot convenu.

Puis :

– Tu vois, moi je l'aime, la province, dit Nathanaël. Je comprends bien ce que tu veux dire, pourtant. Mais je crois que c'est mieux comme cela. Note que je ne l'ai pas toujours pensé... Est-ce un effet de l'âge, de préférer une bêtise qui a toujours été faite à une idée juste qui n'a jamais été appliquée ? Est-ce un effet de l'égoïsme de croire que les paysans seraient plus malheureux s'ils ne nous avaient pas ? Je ne sais pas.

Pieyre ne disait rien. Nathanaël reprit :

– Quand j'étais en Amérique la guerre de Sécession venait de finir, ou presque. Ils l'appelaient la guerre civile. Dans le Sud, ils disaient : c'est vrai il y avait l'esclavage, mais il aurait bien pris fin un jour, et puis les nègres, nous les connaissions par leur nom – comme le bon Dieu – nous les protégions, alors que maintenant, ils vont crever la misère autour des grandes usines du Nord... libres... Est-ce qu'on sait ?

Pieyre aima que Bussy ne sût pas. Comme encouragé par ce silence, Bussy reprit :

– Mais au fond tout cela m'est égal. Le Berry est une île, et comme je suis revenu des voyages je suis si bien dans mon île... Une île c'est tout le contraire des voyages. L'immobile, l'immuable, l'inaccessible et le repos... ou alors un Royaume. Si je ne dis pas une

République c'est par habitude et aussi parce que là-bas il n'y a pas beaucoup de républicains. Quand je rentre chez moi par la route, dès Saint-Just, au sud de Bourges, j'imagine des poteaux frontières, très grands, tout blancs, à l'orée de la ligne des bois vert profond et gris fer qui s'en vont vers l'horizon et isolent le Berry du reste du monde...

Il s'arrêta pour boire et, la voix plus sourde :

– J'imagine que si j'en parle avec ce lyrisme, c'est parce que mon cousin Paul vient de mourir.

Il avait dit « J'imagine », par pudeur, pour atténuer l'effet du mot « mort », pour ne pas gêner Pieyre. Il avait l'habitude de ponctuer ses phrases de cette formule, qui mettait de la distance entre le monde et lui.

– Paul, le marsouin ?

– Oui, il me ressemblait un peu. Enfin, nous nous ressemblions. Il habitait Bussy toute l'année, depuis son retour du Tonkin il y a, quoi, quinze ans peut-être... oui, quinze ans, quand j'ai fait réparer les toits à Villers.

Pieyre le regarda avec amitié. « Ce vieux Bussy », pensa-t-il.

– Maintenant sa femme veut s'en aller... Isabelle, la femme de Paul, ils s'entendaient bien. Ils s'aimaient, je crois. C'était rare dans leur génération. Elle veut vendre Bussy... L'amour fait vendre... et aussi les sortilèges, parce qu'elle prétend qu'on avait envoûté ce malheureux Paul, ce qui est absurde : seul le Tonkin a envoûté Paul. Ce serait la première fois qu'on vendrait... Elle veut partir, à Paris ou en Anjou, je ne sais pas.

– Tu ne veux pas racheter ? Ce serait dommage...

– Non, je ne veux pas. J'ai déjà assez à faire avec Villers. Bussy, ça n'est pas d'un bon rendement.

Le propos étonna Pieyre, pour qui, au fond, toutes les maisons de campagne, pourvu qu'elles aient la taille suffisante pour qu'on puisse les appeler « châteaux », n'étaient que des maisons de plaisance, insusceptibles de rapporter de l'argent ; car Pieyre était un citadin.

– Et puis, tout ce passé sur ma seule tête, Villers et puis Bussy, c'est trop, j'imagine. Déjà je suis revenu, j'ai repris ma place, il ne faut pas m'en demander trop.

Mais qui donc, se dit Pieyre, pouvait « demander trop » ? Le Dieu des gentilshommes, le génie du Berry, l'esprit des ancêtres ou l'autre Nathanaël de Bussy, l'aventureux, celui qui commençait à mourir ?

– Je vois bien que tu me trouves un peu... incohérent, avec mes sornettes sur le pays secret, mon royaume, et sur ma famille, et sur mes gens, et ne pas vouloir reprendre cette maison.

– Mais je comprends très bien, dit Pieyre, qui comprenait en effet que Bussy, qui avait à peu près son âge, balançait désormais entre ses rêves et son confort, et s'en apercevoir lui fit un peu peur. Il continua :

– Et les cousins ? les nombreux cousins ?

– C'est sûr, il y a des Bussy tant qu'on en veut, mais occupés ailleurs... à Paris, à Londres, au Bazar de la Charité, c'est l'époque qui veut ça. La magie du Berry leur passe par-dessus la tête. A dire vrai, j'ai toujours pensé que ce moment viendrait, mais j'imaginais que c'était pour plus tard...

Charles Pieyre hasarda une plaisanterie, tant le dîner s'alourdissait vers la fin.

– Et puis il y a la malédiction, n'est-ce pas ? le mauvais sort, l'envoûtement du salon vert... le vaudou du Berry... personne ne veut risquer d'être à l'origine d'une nouvelle guerre, qui tournerait probablement à la débâcle...

Bussy sourit un peu.

– Tu plaisantes... au contraire... et puis ce sort, c'est très bien, on va la vendre plus cher.

Il resta un moment silencieux.

– Adieu l'abbé.

Il y eut un autre silence. Bussy maniait ses couverts, et paraissait chercher ses mots. On eût dit un collégien devant sa première déclaration d'amour. A la fin, il se jeta à l'eau :

– Dis-moi, Charles, je suis sans doute ridicule de te proposcr ça, mais Bussy... enfin voilà... tu ne le voudrais pas ?

Pieyre, surpris, leva un sourcil. Comme pour différer une réponse qu'il devinait négative, Bussy s'élança :

– Je sais, tu n'aimes pas la province, mais tu la découvrirais, nous serions voisins... ça te changerait les idées, aussi...

– Mais je ne veux pas me changer les idées, répondit doucement Pieyre.

– Et puis le patois berrichon t'offrirait de beaux sujets d'étude. Je te ferais donner des cours, il y a toute une philosophie là-dedans : tiens, prends le verbe *réêtre*, être à nouveau... aucune autre langue ne le possède... et les *drôlières*, ces belles jeunes filles que l'abbé entreprenait... pauvre abbé...

Il plaisantait, mais sa voix tremblait un peu. S'il était bien sûr que Pieyre n'accepterait pas, il eût aimé qu'une dernière fois l'improbable se produisît, que les murailles s'écroulent, que les habitudes s'effacent et qu'une seconde jeunesse leur soit rendue avant la fin. Il eût aimé que le destin leur tendît à tous les deux une nouvelle page blanche, la dernière. Du moment où il avait passé la porte de la librairie jusqu'à celui de son offre, il s'était senti oppressé par cette idée, si riche, si pesante et peut-être si vaine. A présent il en était délivré.

— Mais ce n'est pas possible, dit Pieyre de sa voix fine et entêtée.

Lorsqu'ils sortirent, la nuit était venue, une nuit chaude et sans air. Les habitants du quartier prenaient le frais devant leurs portes, comme à Aix ou à Naples. Pieyre et Bussy, ces deux vieillards beaux et dissemblables, le premier blanc et voûté, le second noir et droit, furent l'objet de leurs regards bienveillants.

Au moment de se séparer Nathanaël dit encore :

— Et ton fils ?

Charles sourit.

— Augustin à la campagne... Il est de la ville, comme moi. Il n'aime rien tant que cette impression que la machine tourne toute seule. A la campagne, il faut la faire tourner. Je le sais parce qu'il me l'a dit...

— Le vague de la ville, dit Bussy.

— Et puis, sans en avoir l'air, il est un peu rêveur. C'en est même curieux. De ces rêveurs qui ont besoin du spectacle de la rue. Des heures le nez en l'air ; une promenade sans but et sans fin...

— Mais avec des maisons, et beaucoup de gens à l'intérieur. J'avais un peu remarqué qu'il était comme ça. Rien qu'à voir sa manière de partir sur le boulevard. Curieux...

– ...

– Moi j'ai tant aimé les espaces. Et les plus vides.
Et les plus minéraux possible. Le Caire me désespé-
rait, pas l'Égypte des tombeaux. En Amérique, j'ai
recherché les grandes étendues désolées où rien ne
bouge.

– Sans le grouillement de la vie, dit Charles.

– Voilà. Les fleurs plutôt que les hommes, bien sûr,
et même plutôt que la campagne ordonnée de chez
nous. Mais les champs plutôt que la jungle. Et les
pierres plutôt que les fleurs.

– Mon Dieu... soupira Charles Pieyre.

Nathanaël se tut. Ils écoutèrent le bruit de la fontaine. Autour d'eux la nuit chaude et le bruit de l'eau
dans ce grand bassin.

– C'est ici Grenade, murmura Nathanaël.

– Autre chose, reprit Charles... Mon fils, il inquié-
terait peut-être les gens chez toi, non ?

Nathanaël eut un geste qui pouvait signifier qu'ils
pouvaient avoir d'autres raisons d'être inquiets. Ou
que leurs inquiétudes étaient si particulières que la
question ne serait pas posée, ou encore que cela n'avait
pas d'importance. Puis il dit :

– Et puis Bussy, ce n'est pas si lourd.

(A nouveau, ce rapprochement de la famille, de la
personne et de l'endroit amusa Charles Pieyre. Il ne se
lassait pas de ces impressions enfantines qu'on éprouve
à part soi.)

– Allons, c'est un château quand même ? Une sorte
de château.

– Pas de ces mots, Charles... Une maison tout juste,
et qui n'est pas brodée comme un melon, je t'assure.
Rien que six fenêtres sculptées dans le tuffeau.

Il s'animait, soulagé qu'il restât une possibilité, une chance. N'insistons pas, se dit-il. Laissons traîner l'idée, elle va germer peut-être. Charles se demandait ce qu'après tout Augustin en penserait.

Sans se l'avouer bien sûr, ils ne voulurent pas se séparer sur ce point. Ils tournèrent un moment encore autour de la place sans rien dire. Dans un coin, la pergola de la rue de Vaugirard, avec ses pauvres piliers carrés, faisait une bouche d'ombre. On n'en voyait pas la fin.

Pendant ce temps, sur la table cirée de la librairie des Deux-Mondes, l'Égypte vivait du rêve indulgent du chevalier de Non. Caffarelli regardait les étoiles et réformait l'agriculture; Bonaparte, entouré de Monge et de Paradis, tenait Divan au Caire avec les cheikhs; le bazar d'Alexandrie grouillait d'uniformes de drap en quête de fraîcheurs et de trafics; et les immenses statues des rois, dont les paroles jetées au vent effrayaient les soldats égarés dans le désert, dédaignaient de porter sur cette aventure leurs regards absorbés par d'autres rivages. Ce rêve privé de couleurs leur convenait mieux qu'aux Français. Le lendemain, Bussy regagna ses terres. L'été – bêtes groupées sous les frondaisons, faces noires de la récolte – s'achevait; et le sol qui brûle au soleil, les grands carrés jaunes incendiés vers le soir, la chaleur. Bientôt la saison de chasse allait déployer dans le Berry le long cortège des dîners et des fêtes. Il en serait. Il revit avec le même plaisir, chaque fois aussi fort, la ligne des bois fuyant, parallèle à la route, au fond des vallons, et, annonçant l'arrivée, ce tournant de côte si raide qu'il fatiguait l'équipage. Puis ce fut, au milieu d'un épais buisson de ronces constellé de mûres, la croix de fer forgé marquant l'endroit où le petit comte Lambron était mort d'une chute de cheval. Les arbres agités par un grand vent se heurtaient comme des vagues et mêlaient leurs feuillages, les chênes et les cèdres ne bougeant presque pas, les ormes, les hêtres et les bouleaux venant à leur rencontre dans le craquement des branches mortes et le sifflement des peupliers.

VI

Augustin Pieyre secoua son poignet endolori par l'effort. Il écrivait comme on opère, très vite, très concentré, le corps courbé sur la feuille; comme s'il souhaitait avant tout se délivrer de ce qu'il avait à dire et qui peut-être le gênait. De temps à autre, il se renversait dans le fond de son fauteuil et promenait son regard sur les machines accrochées aux murs; ou bien, ramassant les feuillets déjà écrits, il mettait un peu d'ordre sur sa table avant d'ouvrir devant lui un grand pot à tabac en faïence dans lequel il plongeait la main. Puis, cette opération achevée, il allumait sa pipe en marchant, un peu grisé par l'odeur du latakieh mêlé de virginie. Ces gestes rituels lui servaient à reprendre pied, à retrouver, même deux ou trois fois par heure, confiance et bonheur de travailler. Certes il ne se sentait pas écrivain; mais il connaissait le simple plaisir du papier, des petits objets qui servent à l'écriture, des doigts tachés d'encre, des méandres de l'esprit attaché à la feuille. Cet artisanat-là le changeait de l'autre; puis il était anonyme. Écrire sur la médecine, ce n'était pas écrire. Il n'était d'ailleurs pas sûr de vouloir signer. Sur les quais, découvrait-il un livre d'auteur inconnu, il était pris d'un élan d'affection, par-delà les années. « Bien d'accord, mon vieux. Ça n'en vaut pas la peine. C'est trop plat à la fin, ces noms et ces visages. »

Deux heures avant la visite du matin, l'hôpital s'éveillait. On entendait rouler les chariots d'approvisionnement. Sortant de la torpeur de la nuit, les malades appelaient : une puis deux, trois ou dix voix se joignaient dans un concert plaintif. En revenant de la messe, les sœurs prenaient leur service, les plus âgées instruisant les plus jeunes. Pieyre entendit à travers la porte la voix forte – étrangement forte – de Lacombe ordonnant qu'on débarrassât le couloir des ballots de linge qui gênaient la circulation. Une saute de vent fit trembler les fenêtres. Le ciel était couvert. En roulant sous la lampe un gros livre de chirurgie, Pieyre pensa avec satisfaction à l'arrivée de l'automne. L'été, les grandes chaleurs augmentaient encore l'insalubrité et diffusaient *la pourriture d'hôpital,* – ainsi nommait-on la gangrène. En parcourant *L'Ins-truction aux chirurgiens* de Dominique Larrey, Augustin trouva le passage qu'il cherchait. Avec un soupir, il recopia ces lignes écrites pendant l'expédition d'Égypte, quelque part du côté de Jaffa : « Pour le chirurgien qui panse et qui opère, il doit mettre beaucoup de dextérité et de vitesse, s'abstenir le plus possible de toucher par aucunes parties de son corps celles du malade, son lit ou ses vêtements, et en faisant le pansement, il doit tremper souvent ses mains dans le vinaigre dont il faut qu'il ait toujours une certaine quantité avec lui ; il doit en arroser le lit du malade et autant que possible toutes les parties environnantes. Il doit se retirer le plus promptement pos-sible, se laver de nouveau avec la même liqueur les mains, le visage et toutes les parties exposées au contact de l'air. Au sortir de l'hôpital, il faut quitter promptement sa tunique, la passer à l'eau et l'exposer à l'air, comme sa chaussure, changer tous les vêtements, en mettre de nouveaux qui auront été promptement exposés à l'air; laver ses instruments avant de sortir de l'hôpital avec de l'eau-de-vie et les placer dans un endroit aéré; faire brûler au fur et à mesure tous les linges et charpie qui auront servi aux pansements; enfin ordonner que toutes les fenêtres des salles soient constamment ouvertes et qu'on y maintienne la plus grande propreté. » C'étaient de belles pages, plus fermes, plus nettes que celles de beaucoup d'ouvrages littéraires. « Ils sont peu nombreux, ceux qui tiennent à côté, pensa Augustin. Stendhal, c'est sûr. Montaigne aussi. » Ayant copié, Pieyre commenta les propos de Larrey. On en retrouvait, sauf pour la transmission des infections par l'air, l'écho chez Semmelweis. Un siècle avait passé et cet âne de Desprès vantait encore les vertus des pansements sales. Pieyre ralluma sa pipe. Il était quand même étonnant que Larrey, entre les mamelouks, les cosaques, les commissaires des guerres et l'Empereur, ait toujours pris le temps de se laver les mains avant d'opérer, et que ces ablutions soient jugées impossibles par les contemporains. L'impatience le saisit, et il coucha sur le papier quelques phrases vengeresses. La porte s'ouvrit sur Lacombe, qui parut surpris de le voir.

– Excusez-moi. Je ne vous savais pas là. De si bonne heure... La garde s'est bien passée.

Pieyre, à regret, lâcha le fil de son raisonnement. Lacombe contourna le bureau.

– Pardonnez mon indiscrétion. C'est votre travail sur l'asepsie ?

– Oui, répondit Pieyre qui ne désirait pas en dire plus. L'attitude ambiguë de son chef là-dessus l'irritait un peu. Lacombe, en théorie, partageait les vues de l'agrégé, mais sa prudence naturelle, cette attitude d'abstention volontaire qu'il semblait adopter en face de toute question d'importance, le conduisaient à ne jamais le dire, surtout en présence d'Alcocer.

Pieyre se leva et enfila sa blouse pour la visite. Lacombe le regardait en coin, gêné par ce mutisme dont il devinait la raison.

– Et... puis-je vous demander ce que vous comptez en faire ?

– J'ai trouvé un prête-nom à l'Académie. Il lira une communication.

– Et qui prendra ce risque ?

– Oh, j'ai déniché le sujet idéal. C'est un élève d'Hyppolite Larrey, confit en dévotion devant la famille ; j'ai réussi à le persuader que Larrey père était un précurseur de Semmelweis. Et puis c'est un ancien militaire, il en a vu d'autres...

– Ça, entre le ricanement des académiciens et le sifflement des balles, je ne saurai vraiment pas quoi choisir.

– Mais ni l'un ni l'autre, cher ami, ni l'un ni l'autre, ironisa Pieyre en lui tapant familièrement l'épaule.

Lacombe ne le prit pas mal. Ils montèrent l'escalier.

– Semmelweis, dit Lacombe... ça a mal fini.

– Il s'est coupé le doigt, pour finir. La gangrène, vous voyez ça. On est puni...

– J'y pense, je vous enverrai Destouches.

– Je veux bien. Qui est Destouches ?

– Un de mes externes. Il veut faire sa thèse sur votre Semmelweis. Il a déjà fait des recherches. (« Mon Semmelweis », remarqua Augustin, qui leva le sourcil. « On dirait que je lui parle de porcelaine de Hongrie. »)

– Avec plaisir, répondit-il.

La surveillante venait en sens inverse, le bas de sa robe brune dépassant du tablier blanc, frôlant le sol poussiéreux. « Le patron veut vous voir, monsieur », dit-elle à Pieyre. Celui-ci haussa les épaules. C'était l'heure de la confrontation hebdomadaire. Déjà Lacombe s'enfuyait vers la bibliothèque.

Alcocer, son maître, Augustin tenait à lui malgré tout. Presque autant qu'à son père et désormais au vieux Bussy. Il était dans sa vie comme une divinité un peu étrange, devenue familière. Elle lui rappelait ses enthousiasmes d'interne et de chef de clinique et aussi d'autres étonnements. Augustin ne parlait pas de femmes, ni avec son père ni avec ses amis. Klein restait chaste. Lui-même employait les moyens ordinaires. Alcocer n'hésitait pas à raconter ses aventures passées en termes charmants. « J'ai habité près de Saint-Germain-de-Charonne, au bon temps... Nous étions quelques-uns, un autre Cubain comme moi, deux Mexicains... Des écuyères du cirque Falcone venaient nous voir dans un petit appartement, et nous les enfilions sur le canapé... Et pour rien, car c'étaient de bonnes natures... Quand je les voyais le lendemain, au cirque, saluant les spectateurs en minaudant, je riais en pensant au canapé... »

Joaquin Alcocer se tenait debout, bombant le torse sous le veston d'intérieur. Il mettait de la coquetterie à ne jamais s'asseoir, fût-ce dans un salon, laissant voir à ce trait qu'il vivait d'une vie différente, plus forte, plus nerveuse que les autres, qu'il allait au cœur de la vie quand les mortels ordinaires s'attardent sur ses frontières. Il était rare qu'on le vît derrière son bureau. Parfois, en pleine journée, il s'affalait sur un vieux divan qu'un paravent oriental dérobait à la vue, et, en une demi-heure, il se remettait des fatigues de la nuit, car il ne dormait pas plus qu'il ne s'asseyait.

Était-ce par réaction aux mœurs de son île ? Joaquin Alcocer était né à Cuba vers le milieu du siècle. Fils d'un Espagnol de Sagua la Grande et d'une jeune fille de la meilleure société, il aurait pu prétendre aux premiers rôles sous les tropiques ; mais sous les tropiques il n'y a rien que la forêt et les premiers rôles, alors comment se distinguer ? Il lui fallait les chocs, l'âpreté d'une concurrence soutenue, celle qu'on trouve dans les vieux pays regorgeant de talents énervés. Il quitta son père et sa mère, les perroquets dans leurs cages ouvragées, les églises d'architecture jésuite qui se défont avec le temps et l'air incertain des confins du monde. Il vint à Paris, un peu timide, un peu gauche, mais brûlant d'en découdre et ne laissant jamais oublier qu'il descendait des conquistadores, c'est-à-dire des durs paysans de la Castille ou des Asturies. Comme il lui fallait tout connaître, il se plongea d'abord dans les plaisirs : il fréquenta le foyer de l'Opéra, les salons à la mode, et les maisons de banque : les Mexicains de toutes sortes étaient populaires à Paris. Puis, ayant dissipé l'essentiel de sa fortune, et lassé d'être confondu, par les grisettes et les marquises, avec les marchands de guano, il se précipita dans la chirurgie, commençant une grande carrière.

Il mit à s'instruire l'âpreté des jeunes gens qui ont,

selon le mot des vieillards, vécu. Jeune agrégé d'anatomie, sa tournée d'inspection dans les salles de dissection finie et les élèves dispersés, il restait seul, assis sur un haut tabouret, le regard fixé sur les viscères abdominaux d'un sujet, les soulevant parfois d'une longue pince, réfléchissant, analysant. De cette étrange manière de travailler, qui laissait ses collègues perplexes, on devait voir plus tard les fruits dans sa façon d'opérer. Élève de Dieuleveult, il devint l'agrégé de ce maître célèbre qui préconisait l'opération systématique et recherchait plus que tout la rapidité d'exécution. Dans ce combat contre les chirurgiens temporisateurs, ceux qui attendent, disait Dieuleveult, le « refroidissement final », Alcocer fut un précieux second. Sitôt le patient disposé sur la table, il se lançait, avec une exactitude brutale, foudroyant, épuisant les aides et les infirmières, taillant comme si le chloroforme n'existait pas : « J'opère avant le choc », disait-il. Confiant dans sa force musculaire, dans les capacités de tout son corps tendu à l'extrême pour gagner quelques minutes, il dédaignait le plus souvent les instruments lourds, le serre-nœud de Desault, le tourniquet à boule de Mayor, l'écraseur de Maisonneuve. Et Dieuleveult, qui était né à Figeac, regrettait seulement que ce garçon ne fût pas français.

Alcocer ne devint pas français, mais Mlle Dieuleveult devint cubaine. La voie des honneurs s'ouvrait à l'Américain en exil. Il succéda au vieux maître et fut élu à l'Académie de médecine. Il se surpassa, s'attachant à perfectionner sa propre technique et à doter la chirurgie des nouveaux instruments qu'elle demandait. Brutal, il faisait irruption dans les salles, arrachant les malades à ses assistants et procédant lui-même :

– Vous êtes un âne, mon vieux. Plus vite, il va crever.

Il prononçait *créver*, mais personne ne songeait à rire, parce que son habileté impressionnait et que la chance lui souriait toujours. Il ne se préoccupait d'ailleurs pas de former des disciples. C'était un enseignant médiocre, confus le plus souvent, et qui s'exprimait par interjections. Aussi bien ses collaborateurs, jugés fainéants ou incapables, étaient-ils rapidement renouvelés. Seul Augustin Pieyre, si calme, si efficace, lui en imposait un peu. Devant Augustin seul il se laissait aller. Il évoquait quelques souvenirs. A certains moments, il ressemblait à un cheval fourbu. Vers le soir surtout, quand certains gestes trahissaient une immense lassitude.

Il ne s'intéressait pas aux malades. Il ne prononçait jamais une parole de compassion, un encouragement. Il n'avait ni la rudesse de la pitié, ni la plaisanterie facile qui permet d'oublier un moment la misère. Il était froid et seulement froid. Il avait partagé avec Lannelongue l'honneur d'être appelé en consultation au chevet de Gambetta, et comme son confrère avait porté un diagnostic exact, malheureusement récusé par Charcot et ses amis, d'où la mort de l'illustre patient. De cette erreur dont Lannelongue avait conçu de l'amertume, à cause précisément de Gambetta, Alcocer n'avait retiré que l'occasion de tourner en dérision des maîtres reconnus : Gambetta lui était indifférent.

Toutes ces caractéristiques l'avaient fait hisser sur une sorte de piédestal. Là-haut il se sentait très droit, exposé à l'admiration et à la critique. Alcocer était un oiseau de muséum égaré sur les côtés de l'Assistance publique. Il n'appartenait vraiment à aucune catégorie. Il demeurait ailleurs, à part, avec une fierté qu'on disait espagnole.

Négligeant de fixer un but précis à ses activités, il s'intéressait également aux modalités d'ablation du kyste de l'ovaire et à la technique de désarticulation de l'épaule. Les maladies vénériennes le passionnaient, et spécialement la syphilis, à laquelle il avait consacré plusieurs travaux. Redouté plus que respecté, d'une intelligence insaisissable, il allait son chemin sans rencontrer personne.

Les débuts de l'âge eurent sur ce tempérament emporté des conséquences prévisibles. Refusant de se laisser instruire par ses subordonnés, il s'enferma dans le passé. Sa technique restait excellente; mais, prudent et très attaché à sa réputation, il saisit plus rarement les occasions de l'utiliser. Son énergie rentrée s'épuisant en sarcasmes, il devint un fléau. Le personnel en vint à désigner sous le nom de « Bacille d'Alcocer » la fureur rentrée qui fait casser les assiettes et les carrières. Il était imprévisible, il devint chaotique, tumultueux; il était confus, il devint inquiétant. Ce fut au point que ses assistants malmenés envisagèrent de canaliser ses ardeurs vers un service entièrement imaginaire, un service de faux malades, où il aurait passé une fausse visite et donné de fausses indications thérapeutiques, à l'instar de ce chef d'État du sud de l'Europe qui, sénile, présidait chaque semaine un faux conseil des ministres organisé pour lui. Mais nul ne pouvait prendre Alcocer pour l'un quelconque de ces vieux patrons qui ne se décident pas à s'en aller et que l'intérêt général et la simple charité conduisent à enfermer dans leur bureau dès le matin. L'idée fut donc abandonnée. Augustin Pieyre supporta de plus en plus la charge effective du service et ne s'en plaignit pas. Il y trouva l'occasion d'enseigner l'asepsie que brocardait son chef : « Allons, Pieyre ! Ce sont des histoires d'enfant de Marie ! Nous avons toujours baigné dans la merde et le sang, et vous n'y pouvez rien ! »

Écarté par lui-même de son service, Alcocer se répandit dans les salons. Souvenir de sa jeunesse dorée, il y avait toujours été présent ; mais dès que Pieyre eut pris la direction des affaires, il s'y laissa aller, s'y abîma. Son origine lointaine lui valait d'être largement reçu, tout comme un cardinal. Cet homme de belle carrure, au teint mat, à la parole hésitante, était fort considéré. Ses hôtes le craignaient aussi, comme s'il eût été possible que, mécontent du vin ou de la conversation, il proférât les diagnostics les plus inquiétants en public, pour se venger, condamnant tel ministre à la mort à brève échéance, tel écrivain à la mode à l'asile. Naturellement, il n'en faisait rien. Ses plaisirs étaient plus simples. Pérorant sans mesure, il pouvait passer des heures à instruire une jolie femme des beautés de l'appareil de Blondeau pendant qu'à deux pas, à la Salpêtrière, ses internes improvisaient.

L'argent et les femmes ne l'avaient pas épargné. Il dépensait pour son hôtel du parc Monceau, pour son château en vallée de Chevreuse, pour les quatuors de Mozart qu'il faisait jouer, tard dans la nuit, lorsqu'il était seul, et pour les femmes. Les femmes, toutes les femmes, le rendaient fou depuis longtemps : il les aimait, pauvres ou riches, en linon ou en soie, en drap ou en taffetas, blondes ou brunes, pourvu qu'elles fussent suffisamment bêtes et cambrées, tant il est vrai que rien comme la croupe des femmes n'a d'effet sur les vrais voluptueux. La notoriété fit le reste. Il avait su convaincre quelques amies de ses talents, et le bouche à oreille féminin ne le desservit pas, bien au contraire : il n'eut jamais de mal à satisfaire ses désirs.

Lorsque ceux-ci furent, avec l'âge, devenus plus précis, il relâcha son attention et devint moins exigeant, comme un homme qui sait que les jours sont comptés et qu'il faudra bientôt dételer. Il passa plus souvent derrière les bonnes et prit le chemin des *maisons*. Il y emmenait d'ailleurs des dames du meilleur monde qui frémissaient d'être traitées en gourgandines. Mme Alcocer, qui était une femme de devoir, et d'ailleurs adonnée aux seuls plaisirs de la table, ne se plaignit pas trop d'être délivrée de la corvée, car pendant longtemps le professeur avait mené le combat sur tous les fronts. Parfois la sous-maîtresse avertie de ses goûts lui procurait une Espagnole au parfum de cannelle et de sueur, et Joaquin Alcocer retrouvait dans l'étreinte un peu de sa jeunesse.

— C'est le bordel, ce service, mon vieux. Il va falloir remettre de l'ordre. Vous savez bien que je ne veux pas m'en occuper.

Le partage des rôles leur convenait à l'un et à l'autre. Ils le savaient tous les deux. Alcocer, le menton relevé par le col dur, l'œil méchant, semblait partagé entre l'envie d'une algarade et le désintérêt le plus profond. Mais aussi, il aimait Augustin. Il croyait connaître son secret. L'hésitation était si visible que Pieyre pensa : « Il se dégrade. » Et il demanda calmement :

— De quoi s'agit-il, monsieur ?

Alcocer prit le parti de l'indifférence. Il jeta, négligemment, comme s'il manipulait un objet poussiéreux avec ses mains gantées de frais :

— Fournier a encore opéré saoul cette nuit. Une version ; perforation de l'utérus ; puis il a confondu les intes-

105

tins avec le cordon ombilical et ligaturé les intestins. Faites-moi disparaître ce jean-foutre, ou nous allons faire rire tout Paris. *La fièvre de Bercy* n'excuse pas tout.

Comme beaucoup de Parisiens d'adoption, Alcocer employait volontiers les expressions populaires.

– Ce sera fait.

– Autre chose (il prit l'air dégoûté). Je voudrais que vous fassiez un peu la morale à vos internes... Enfin, suffisamment au moins pour m'éviter de recevoir des lettres du préfet de police. Passer au nitrate le cheval de ce fou de Berger et le transformer en zèbre, très bien. On n'a pas idée de venir à l'hôpital en cabriolet. Murer le directeur de Port-Royal dans son bureau avec une vache, parfait. Abandonner en face de l'Élysée un cadavre déguisé en garde républicain, pourquoi pas. Mais pas d'équivoque...

– Et qui a fait quoi, monsieur? demanda Pieyre qui se retenait de rire.

– C'est Achard. Il est appelé auprès d'une danseuse en pleine crise d'hystérie, il s'isole avec elle, et quand le directeur du théâtre revient, il trouve Achard en train de la branler. Cris, insultes, commissariat, etc. Vous lirez le rapport du médecin de la préfecture, il n'est pas mal. « Suggestion et pression ovariennes... » Hum... Je doute qu'Achard sache que ça s'appelle comme ça, il est si peu savant...

– Je lui dirai, monsieur, sourit Augustin Pieyre.

Alcocer ricana.

– C'est cela, apprenez-lui le rudiment, mais suivez-le à la trace. Le préfet de police est un ami, alors évitez-moi sa correspondance... A moins que ce ne soit à propos de sa femme, bien sûr, cette descente de lit...

106

Pieyre regarda par la fenêtre en direction du boulevard, par-dessus la cour. Les épaules de Pinel se cou-
vraient de feuilles jaunies, bientôt balayées par le vent.
Le professeur voulut revenir un peu en arrière, effacer
un propos qu'il trouvait lui-même déplacé. Chaque jour
il se contrôlait moins et laissait passer un mot, un geste
de trop qu'il fallait ensuite rattraper. N'ayant rien perdu
de sa lucidité, il souffrait de ces exercices de voltige.

— Et vos travaux, Pieyre?

— L'asepsie? Les religieuses sont sales, monsieur.

— La charité les protège. On ne peut rien contre elles.
Et puis vos histoires, ce sont des fadaises d'accoucheur.
Et la pince?

— Jean-Louis Faure a terminé les dessins. Nous
allons passer aux essais.

— Dépêchez-vous, fit Alcocer, paternel. Mettez la
main au premier essai, ou elle s'appellera la pince de
Faure, peut-être même la Jean-Louis...

(Du moment qu'elle marche, pensait Augustin; et puis
la Jean-Louis, ce n'est pas mal, alors que la pince de
Pieyre lui donnerait mauvaise réputation.)

Penché sur son bureau, Alcocer allumait un cigare
long et fin, l'esprit ailleurs. En fait, il ne pensait plus à
rien. Lorsque des internes passèrent sous les fenêtres,
mêlant dans leurs chants Paris – à la Bastille, on l'aime
bien, Nini peau d'chien – et la Province – de Nantes à
Montaigu, la digue, la digue – Pieyre seul s'amusa de la
coïncidence. Il ouvrit la croisée et se pencha un peu, non
sans désinvolture pour le vieux maître. Quand il se
retourna, Alcocer, qui aimait les départs précipités
autant que les propos brusques, Alcocer, qui aimait la
facilité, avait disparu.

L'hôtel du chef de service était aussi parisien qu'un Espagnol de ce temps-là. On aurait pu s'y perdre, tant il était grand et contourné, et ceux qui s'y perdaient aboutissaient immanquablement à une immense volière donnant sur la cour où s'ébattaient, dans un bruit maritime, les plus beaux oiseaux des tropiques. La plupart des hommes enferment leurs secrets dans une petite bibliothèque, un salon à demi-plafond, ou un *foutoir*, quand ils ont des secrets. Alcocer gardait les siens dans une cage ouverte sur le ciel de Paris. Le moyen de les découvrir était des plus simples, puisqu'il suffisait de se perdre. Alcocer n'aurait jamais conduit qui que ce fût à cette extrémité de son domaine, mais se plaisait à imaginer tel ministre, telle jolie femme, égarés dans les couloirs et débouchant sur l'autre monde. Il savait que leur indiscrétion serait punie par une frayeur légère, comparable à celle des enfants qui n'arrivent pas à retrouver leur chemin dans le noir. Lorsque l'invité retrouvait la société plus calme de ses semblables, le maître d'hôtel à la rassurante barbe grise, les bruits soyeux des robes, le salon laqué semé de tapisseries de verdure et de meubles en reps vert, la bibliothèque au milieu de laquelle le portrait de sa mère, encadré de peluche rouge, veillait sur son exil, Alcocer se plaisait à relever sur le visage de son hôte les marques éphémères de l'étonnement, ou, parfois, d'un sentiment plus profond.

Ce jour-là, il passa directement dans la bibliothèque aux fauteuils lourds recouverts toute l'année de ces housses blanches qui donnent aux intérieurs les plus bourgeois des airs de campement et rappellent la guerre, les départs, les séparations. Heureusement les tableaux, fixés aux murs à touche-touche, empêchaient de considérer cette pièce comme un simple établissement de fortune. Sur des toiles immenses, assez longues, assez larges pour supporter des banquets boulangistes, le peintre préféré du chirurgien avait étendu des matières sombres et sales pour évoquer l'Orient ; et dans cet Orient d'odalisques et de janissaires, il avait fait reluire, en connaisseur, émeraudes et rubis. Alcocer, qui d'habitude s'abîmait un moment dans la contemplation de ces scènes sauvages, saisit *Le Gaulois* d'un geste las, le déplia, le parcourut à peine et le jeta au feu. « Si Pieyre savait... pensa-t-il. Pieyre... sans les putains et sans Cuba j'aurais été comme lui... J'aurais attendu, insatisfait, que quelque chose arrive... sans cette rage ; quelquefois la colère m'aurait pris, mais rien de grave... Sans Cuba, sans les putains... Mais peut-être je me vante. Je n'aurais rien valu peut-être sans Cuba et sans les putains. »

L'œil fixe, il regarda la flamme consumer le carré de papier par le centre, puis en enlever les vestiges vers le conduit de la cheminée, dans un tourbillon mécanique. La migraine revenait, comme tous les jours. Il se prit la tête à deux mains. Lorsqu'il se fut assis à la table du déjeuner et enquis, pour tromper sa douleur, du menu, il lâcha une des plaisanteries étranges dont il était coutumier :

– Du foie ? du foie de jeune fille, j'espère ? La viande la plus tendre et la plus succulente...

Sa femme le regarda, apitoyée, vaguement inquiète. Elle lui montrait depuis longtemps de l'estime et de la soumission, comme elle l'avait fait à son père ; mais le voir parfois si douloureux, si étrange, lui donnait un sentiment curieux, entièrement nouveau pour elle, où se mêlaient tendresse et dégoût. « Que sait-elle, bon Dieu ?

Elle ne sait rien. Son père aurait compris. Pauvre fille. »
Il se leva brusquement, jeta au feu un second journal, et
resta appuyé au manteau de la cheminée, en se tenant le
front. Les flammes, brèves et sèches, éclairèrent un instant son visage fatigué d'une lueur de sabbat.

Augustin, qui dînait avec les internes à deux pas de
l'hôpital, s'interrogeait sur Alcocer. Il avait eu, sûrement, un père et une mère. Comment était sa mère ?
Brune comme les femmes sur lesquelles il se retournait
sur le boulevard ? C'était trop facile. Il les imaginait tous
deux dans un petit cimetière cubain. « C'est peut-être
d'être loin des morts qui le rend curieux, pensa Augustin. Mais moi aussi j'en suis loin. Mon père va toujours
seul au Père-Lachaise. Il me parle de ma mère en
l'appelant Florence... Je suis curieux aussi. » Et tout
d'un coup, au milieu des rires, des lumières, plongé dans
les odeurs de brasserie, l'envie le prit d'être heureux.

VII

L'Académie de médecine siège non loin des bords de la Seine, à deux pas de l'École des Beaux-Arts. Certains prétendent que ce voisinage n'a rien d'innocent (non seulement les planches de Vésale ont leur beauté plastique, mais encore la médecine repose-t-elle davantage sur le génie que sur la méthode). Et d'ailleurs, le fait pour cette institution d'être reléguée derrière l'Institut, assez près pour jalouser, assez loin pour ne pas déranger, un peu comme des enfants à leur table à côté de la table des grandes personnes, indique qu'il lui reste quelques degrés à parcourir sur l'échelle sociale.

Le premier regard ne dément pas cette impression. On pousse une lourde porte en fer sertie de glaces dépolies, pour découvrir un hall de petites dimensions, dévoré par un escalier monumental à l'allure de névé, qui s'élargit en descendant et paraît s'écraser sur le sol. Une loge de concierge permet d'observer discrètement les vieillards qui tentent quotidiennement l'ascension, sous l'approbation muette de leurs ancêtres montés en buste, la canne en guise d'alpenstock. Les bustes, en effet, sont partout : dans les escaliers, dans la biblio-

111

thèque, dans l'amphithéâtre et jusque dans la salle de
réunion la plus reculée, celle, perdue au bout d'un couloir poussiéreux, où les femmes de charge ont découvert, peu avant une séance, un académicien mort que
personne n'avait réclamé depuis une semaine (l'Académie n'est ouverte que le mardi, jour de séance). Il y a
La Peyronie, premier chirurgien de Louis XV, la
bouche dure et le regard si moderne que sa perruque
en paraît déplacée ; Alphonse Laveran, costume de
médecin colonial avec brandebourgs surmonté d'une
barbe grise surmontée d'un lorgnon, et cet empilement
a découvert l'hématozoaire du paludisme ; Pierre-
Joseph Desaut, l'ami de l'enfant du Temple, l'air d'un
Mirabeau de la médecine, bouche libertine, nez révolu-
tionnaire et poitrine avantageuse ; Marc-Antoine Petit,
chirurgien-major de l'hôtel Dieu de Lyon, qui souligna
les méfaits de l'onanisme ; Joseph Rollet, chirurgien-
major de l'Antiquaille de Lyon, qui décrivit le chancre
syphilitique ; Baudelocque, qui, un soir de décembre
1792, accoucha Mme Fouquier-Tinville ; Pierre-Fidèle
Bretonneau, le créateur de la médecine moderne, la
coiffure de Chateaubriand et la bouche de M. Bertin, et
Pasteur, et Tarnier, et Malgaigne et Velpeau : la
grande famille de la souffrance, prise dans le marbre
ou le plâtre comme dans la glace.

Au premier étage, au débouché de l'escalier solennel,
on se croirait au foyer d'un opéra de province. C'est la
salle des pas perdus. Tendue de velours rouge, semée
de fauteuils et de banquettes Napoléon III, elle ouvre
par une série de portes en demi-cercle sur l'amphithéâtre de l'Académie. D'aimables vieillards y
méditent, y manœuvrent jusqu'à la mort – et peut-être

les manifestations d'âpreté propres au grand âge retardent-elles le dernier instant. L'âge les a rejoints, a fondu leurs qualités et leurs défauts. On leur trouve des gestes trop lents ou trop rapides. On les voit envahis par eux-mêmes. Les plus jeunes en plaisantent et dissimulent leur inquiétude. Pourtant on respire à cet endroit le charme des époques passées. Les vieillards sont comme ces flacons débouchés dont parle Baudelaire : chaque génération goûte à leur contact le plaisir amer de la nostalgie. Ici, celle de Lacombe a regretté Couvelaire, celle de Martel Babinski, celle de Péan Larrey. Un regret sans fondements et peut-être sans objet, sans force aussi, un regret d'hommes de progrès, mais suffisant pour faire rêver, et donner de l'indulgence pour les anciens.

Philippe Pinel se demande si l'on peut « concevoir une passion quelconque sans l'idée d'un obstacle opposé à l'accomplissement du désir ». C'est un peu le Buffon de la médecine : il classe les fièvres en six ordres et dresse un immense tableau nosologique. En 1793, il libère les aliénés de leurs chaînes. Deux vastes compositions ont immortalisé cet instant. Sur la première, on le voit au milieu des folles de la Salpêtrière, l'air d'un bourgeois, le ventre dépassant du gilet mal fermé, le chapeau de travers, la main à hauteur de poitrine tenant une canne. A ses pieds, une folle assez jolie, coiffée d'un petit bonnet, baise l'autre main. Sous l'œil réprobateur d'un infirmier sanglé dans un tablier, un aide enlève les chaînes d'une pauvre fille à la Rousseau. A quelques pas, sous un portique en chêne foncé, d'autres malheureuses, tourmentées, indifférentes, vautrées par terre, d'autres folles. Le second tableau est plus classique, si la scène est à peu près la même. L'action, cette fois, se passe à Bicêtre. Cette fresque-là occupe un mur entier de la salle des pas perdus. Il arrive qu'on la regarde longtemps. Le geste de Pinel est plus, en effet, qu'un geste d'humanité.

A l'Académie chaque acteur joue son propre rôle. Les feux de la scène sont les derniers. On croirait parfois que les personnages vivants s'apprêtent à gagner les tableaux qui les proposeront à l'admiration des générations futures. Augustin Pieyre aimait cet endroit où la comédie s'achève comme elle a commencé.

La séance du mardi semblait placée sous les auspices d'Empédocle : du rôle de l'eau dans la nutrition, de l'action de l'air sur les plaies. Mais c'était bien pour Alcocer que tous ces gens se pressaient dans l'escalier aux bustes et sous le tableau dédié à la gloire de Pinel. En ce temps-là, les communications académiques, comme aussi les cours au Collège de France, rassemblaient la cour et la ville. Les dames, accompagnées souvent, se pressaient au cours où M. Bergson remontait aux sources de la morale et de la religion. La faculté et l'Académie de médecine étaient également très prisées, moins sans doute par goût pour les sciences que par souvenir de l'heureux dix-huitième siècle où l'on s'amusait de tout, cornues, machines chirurgicales, bains de Mesmer, expériences bizarres, et par un trouble intérêt pour les corps. Ce jour-là, le public se préparait à entendre le Professeur Alcocer, dont on disait tant de bien et tant de mal, traiter de la paralysie générale d'origine syphilitique. Une demi-heure avant l'ouverture de la séance, le frisson du plaisir et de la curiosité parcourait déjà la foule semée d'aigrettes et constellée de barbes blanches. Un fort brouhaha montait de cette masse fluide de drap, de satin et de poils qui glissait dans l'espace en remplissant tous les vides. On distinguait parfois un profil triste, une parole intelligible, puis tout disparaissait dans le flot renouvelé. Quelques dames invitaient à la ronde, et, eût-on pu croire, au hasard, mais au fait il n'en était rien. Une ou deux décennies de pratique parisienne, ajoutées pour certaines à l'éducation reçue, avaient développé et durci les antennes qui leur servaient à choisir. Les critères de ces choix étaient différents, non la méthode – et ces différences, patiemment élaborées, faisaient de chacune une petite artiste de la vie sociale, dont la touche ne ressemblait à aucune autre. Dans un coin, appuyés au buste de Lepage, deux internes de Sainte-Anne promenaient sur cette foule brillante un regard circonspect. Les sillages des parfums se croisaient comme ceux des bateaux.

Passant devant la loge du concierge au bas de l'escalier, Alcocer, qui venait à l'Académie tous les mardis depuis quinze ans, jeta d'un air froid : « Je suis le professeur Alcocer » à l'homme qui le connaissait parfaitement ; comme si, à force de ne reconnaître personne, il avait cessé d'être familier avec lui-même.

Parvenu sur l'estrade, debout derrière le pupitre de bois blanc, il considéra l'assistance qui se pressait pour prendre place aux loges et dans le parterre. On eût dit un petit théâtre rococo, les puissants en bas, des femmes aux balcons, leurs compagnons appuyés aux colonnes, tous scrutant la foule, se désignant les sommités. Quelques habits violets de l'Académie des sciences ennoblissaient le décor. On négligeait les médecins militaires. De petites cours éphémères se formaient autour des uns et des autres et quelques vieillards oubliés attendaient qu'on leur manifeste les derniers signes de considération dont ils pourraient jouir. Derrière les grillages bas des étages supérieurs, collés presque aux plafonds peints, les internes faisaient un bruit d'enfer et les parents pauvres, sagement assis, les mains sur les genoux, osaient à peine bouger.

Augustin se précipita sous la voûte, échappant aux premières gouttes de pluie. En entendant le tonnerre, Alcocer qui arrangeait les feuillets numérotés de son discours se souvint des jours anciens de Sagua la Grande, quand sa maison, isolée du reste du monde par les rideaux épais d'une pluie chaude et grasse, lui semblait un navire à l'ancre dans la baie que la mousson recouvre, et la côte disparaît pour longtemps aux regards. Enfin le silence se fit.

« Communication de M. le Professeur Alcocer sur la paralysie générale », annonça gravement le président.

Sagua la Grande : le port et les maisons de bois, les pétrels damiers de la haute mer et les pistes en pierre plate que les Espagnols lançaient dans la jungle ; et dans la jungle, des animaux inconnus. Il n'était pas un enfant peureux pourtant. Dieu sait quels monstres... Là, derrière, quand toute la maison craque et que les lumières s'éteignent de manière inexpliquée.

« Monsieur le Professeur... »

Il aimait l'odeur des cigares de son père, dispersés dans des coupes, un peu partout. Pour qu'ils soient bons, il fallait paraît-il qu'on puisse les presser au point que le pouce et l'index se rejoignent à travers la feuille et le tabac. Une vision obscène le fit sourire. Il regarda les dames, leurs peaux blanches, leurs chignons dominateurs

116

et les carapaces de taffetas pincées à la taille qui leur faisaient des culs énormes, presque tragiques. Sagua la
Grande : la croix du Christ dansant entre les seins brunis
où perlent des gouttes de sueur.

« Monsieur le Professeur... »

Quelques regards étonnés sont lancés vers l'estrade où
le Professeur se tient, sans rien voir dirait-on, les yeux
comme morts. « J'y arriverai », pense-t-il. Augustin là-
bas, près de la petite porte latérale, remarque son air des
mauvais jours, avec en plus quelque chose de triste,
d'indéfini. C'est comme un arrière-goût de malheur.
Peut-être, plus simplement, la pluie qui désormais bat
les vitres plombées au fond de l'amphithéâtre. « Mes-
dames, Monsieur le président, Monsieur le perpétuel,
mes chers collègues, Messieurs, je veux tenter devant
vous un essai de description exhaustive de la paralysie
générale, dite aussi démence paralytique. »

Un frisson parcourt la salle. Les internes du poulailler
ont ouvert leurs calepins et, appuyés à la rambarde, se
préparent à écrire. Les pages blanches couvrent la rambarde, lui donnant un air de fête.

« Je me suis souvent interrogé pour savoir quel sens
attribuer à la parole apparemment profonde de notre col-
lègue Charcot : les catégories n'empêchent pas d'exister.
S'agit-il de montrer la distance qui sépare nos pauvres clas-
sements des réalités de la folie ? Ou de suggérer qu'aucune
des formes que la clinique permet d'observer n'est au fond
si grave, puisque la vie elle-même des fous n'est jamais
sérieusement menacée ? Au premier cas, M. Charcot nous
dispense un conseil de prudence, fort utile à qui veut soigner ces malheureux. Au second, il nous indique que la
folie n'est pas la mort. Je me garderai bien de le suivre sur

117

ce terrain. *L'hystérie* qu'il a mise en évidence est d'ailleurs effectivement moins près de la mort que la démence paralytique dont je veux vous entretenir. »

Étonnant début, pensa Pieyre, surpris par la brutalité de l'attaque, et le ton métaphysique du propos. La suite souleva quelques murmures. « N'attendez pas de moi qu'en décrivant les origines vénériennes de la paralysie générale, je m'attarde à montrer que le mal vient de l'immoralité, ou pis, qu'il en est la juste sanction. Le mal ne vient pas, ne vient jamais de l'inobservation des règles de la morale. Il vient du hasard, que celui-ci soit héréditaire ou non. Et aussi, parfois, de la pauvreté. Je vous entretiendrai d'abord des réalités de l'expérience et non pas de vos préjugés ou des miens. »

« Revoilà ce cher vieux hasard, sourit Augustin Pieyre. Alcocer et moi, Alcocer et l'humanité, l'humanité et moi avons le hasard en commun. Voyons la suite. »

Alcocer décrit les premiers symptômes, la fatigue de l'attention, les troubles de la mémoire, l'insouciance, la perte du sens moral. Il cite de nombreux cas, commente les attitudes. Parfois il trébuche sur un mot.

Sagua la Grande, les processions pour fêter les saints d'Espagne, les enfants de chœur en rouge et blanc pieds nus dans la poussière, et le vieil ostensoir du couvent des jésuites levé vers le ciel.

Après une heure, au moment d'en venir aux discours délirants, Alcocer s'interrompt, et reste immobile, fatigué, presque abattu. L'assistance, captivée par la force et la clarté de l'orateur, attend avec respect qu'il se reprenne. Pieyre ne l'a jamais vu si net ni si puissant.

« Interné, le malade annonce lui-même aux visiteurs, avec indifférence : " Je suis dans une maison de fous ", ou, avec satisfaction : " Je suis dans une jolie maison où l'on mange très bien. " »

Alcocer donne à voir la folie dans son domaine de briques et l'assistance découvre l'angoisse.

« Le délire le plus fréquent est le délire hypocondriaque. Le malade affirme qu'il n'a plus de cerveau, que son corps est en putréfaction. Il peut sombrer dans une sorte de stupeur mélancolique qui fait craindre le suicide. Ce délire alterne avec le délire des grandeurs... »

Pourquoi ce bredouillement, cet air accablé ? Pieyre se sent pris d'un malaise indéfinissable. Quelques internes ont cessé d'écrire et s'entretiennent à voix basse. Le perpétuel, tourné de côté, observe l'orateur.

« Vous rencontrerez, mes chers collègues, des malades qui prétendront avoir trois cent cinquante mètres de haut. Tel affirmera être âgé de mille ans. Tel autre, qu'il a créé le ciel et la terre. Tel autre enfin s'écriera : " Je suis tout ! J'ai des milliers d'enfants ! " L'une des déclarations les plus caractéristiques est celle par laquelle le malade indique que telle ou telle partie de son corps est faite d'une matière précieuse, l'or en général. Le malade peut aller jusqu'à affirmer que ses testicules sont en or. »

Une onde d'amusement, d'inquiétude, de consternation et peut-être de pitié parcourut le public. Le silence revint.

On s'attendait à ce que le professeur continuât, mais il restait là, légèrement courbé sur son pupitre, et ceux des premiers rangs étaient frappés de ses yeux larmoyants, de ce curieux regard qu'on eût dit perdu dans la contemplation d'une plante, d'un insecte exotique, vraiment extraordinaires. Il semblait parler à voix basse. Puis, d'un coup, il se redressa et reprit d'une voix étrange, comme étouffée, où passait un reste de l'accent qu'il avait perdu :

« Vous ne croirez pas, messieurs, ceux qui vous affirmeront qu'ils ont les couilles en or... »

Le président et les membres du bureau se regardèrent, interloqués. Seuls les sourds restaient indifférents. Comme ils étaient nombreux, la salle paraissait s'animer par plaques, d'autres plaques ne bougeant pas. Alcocer avait l'air concentré et pourtant il paraissait si loin. Augustin s'habituait à la vérité.

« Ce sont des menteurs... Il est clair que personne ne peut se vanter d'avoir les couilles en or. Ce privilège est réservé au petit nombre. Non pas que... que je veuille en rester le seul détenteur... J'aimerais au contraire que tous vous puissiez posséder d'aussi beaux organes... Oui, messieurs, je... »

Le président se leva brusquement. Alcocer, agrippé au pupitre blanc, balbutiait des mots sans suite. Il ouvrit sa jaquette et porta les mains à la ceinture de son pantalon comme pour le dégrafer. Un murmure dramatique s'éleva. « Au fou ! » cria un homme au parterre. Augustin Pieyre et deux internes gagnèrent l'estrade et emportèrent le professeur. Dès qu'ils furent sortis, le silence se fit à nouveau, un silence inhabituel, stupide. L'événement passait la mesure. Les conversations reprirent dans l'escalier et dans la rue. Les amis, les maîtres, les élèves d'Alcocer s'assemblaient par petits groupes. Les plus hardis déclaraient s'expliquer mieux telle ou telle de ses réactions passées. Il y eut des insultes. Pendant ce temps le flot mondain s'écoulait au-dehors, dans un bruit de paroles et de soie. Un interne fendit la foule en fredonnant :

> *Il est en or, il est en or,*
> *on disait qu'il prend son essor,*

c'est pas du toc, ni du melchior
comme la canne du tambour Major.
Il est en or, il est en or.

« Pauvre éloquence », dit un homme qui passait, et ce fut tout.

VIII

Augustin Pieyre décida d'acheter Bussy. Il prit cette
décision comme il prenait toutes les autres, par instinct, par raison, sans trop y penser pourtant. Après les
événements des dernières semaines, il avait envie de
s'échapper, d'être ailleurs. Et il aimait bien le vieux
Nathanaël, qu'il regardait comme une gravure du
temps passé. Il avait dit à son père : « Ce sera pour
mes vieux jours. » Alors Charles Pieyre avait eu ces
propos souriants qui ne pouvaient qu'aviver les désirs
de son fils : « Dépêche-toi donc d'y arriver. La vieillesse, c'est les grandes vacances. On a fait son devoir et
payé tous les tributs que la société vous impose. Le
travail et les chagrins sont derrière. On est enfin
libre. »

En descendant du train à Nançay, Augustin se souvint de ces paroles et se dit qu'avec un peu d'exercice
il parviendrait peut-être, deux jours par semaine, à
jouir par anticipation de cette curieuse liberté. Comme
pour une promenade ordinaire, il prit une sorte de landau rural qui avait connu des jours meilleurs et servait
d'habitude à transporter les notables du pays, et cet

équipage un peu solennel le conduisit vers Bourges à travers la forêt d'automne. En deux heures, il connut là les impressions que ce pays peut donner, de merveilleuses impressions, aussi capiteuses que le vin de Bourgogne, mais pourtant fraîches et douces. Le soleil déjà froid de la saison venait frapper par l'arrière la voiture dont l'ombre s'allongeait sur la route, et des gouttes de sueur perlaient sous le chapeau du cocher. De longues allées sablonneuses coupaient leur chemin à angle droit, et Augustin crut voir deux cavaliers passer au fond d'une perspective. Les campagnes françaises, se dit-il, sont grandes dispensatrices de mystère : souvent on y découvre, au détour d'un vallon, dans la profondeur d'une forêt, quelque château oublié du monde et dont on voudrait, l'espace d'un instant, apprendre les secrets. Il se laissa bercer par le défilement du paysage : petits chênes jaunis battant comme une vague au pied des sapinières, et, parfois, rompant l'harmonie de ce concerto vert et jaune, la note plus âpre d'un hêtre pourpre pour évoquer la chasse, le sang, les pleurs du cerf. De loin en loin, une épaisse rangée d'arbres lui semblait une haie gigantesque, sans doute destinée à protéger des regards une maison également disproportionnée, une maison de géants.

Il traversa Bourges en remontant les siècles. Tout d'abord une ceinture récente de demeures bourgeoises et de fabriques, avec les murs de briques et les grilles en fer forgé, et l'on eût dit la périphérie d'une ville de l'Est. Il fut déçu par les sapins efflanqués abandonnés au hasard des jardins, par les petites esplanades vaguement plantées de marronniers, et même par le charmant spectacle d'un moulin et d'un lavoir bâtis en demi-cercle. Le canal du Berry, avec ses peupliers et ses cheminées d'usine, lui rappela la Meuse en amont de Charleville. Des mulets bâtés par deux étaient rangés le long du poste de douane, et quelques pauvres péniches vides le long du quai sablé mangé d'herbes folles. Plus loin le dix-huitième siècle déployait les fastes militaires d'une architecture universelle : la caserne Condé, l'hôpital, l'école de pyrotechnie, le quartier des artificiers; le monde des lignards et de M. de Gribeauval, dont les canons avaient ravagé l'Europe. Vêtus de drap blanc, le képi mou sur le côté du crâne, les soldats du contingent y polissaient les derniers arguments de la République. Augustin Pieyre croisa des *libérables* qui manifestaient bruyamment leur joie de quitter l'uniforme et ce « sale patelin ».

Le cocher s'arrêta sans crier gare devant la terrasse du café des *Beaux-Arts*. La soif le tenaillait, ou bien le simple désir de boire. Il disparut dans les profondeurs cossues de l'établissement. Dédaignant quant à lui les petites tables en zinc et la morne façade de la conciergerie, Pieyre s'en fut à pied vers le cœur de la ville. Il y découvrit les charmes du petit royaume et de la Renaissance des financiers : des hôtels hauts et sombres à l'allure de coffres à bijoux, comme autant de symboles du goût de vivre, d'amasser et de dominer. On aurait pu croire une petite ville italienne, aussi pleine d'énergie qu'une grenade pour avoir vidé de sa substance le pays avoisinant et réduit la *surface utile* à ces quelques hectares bâtis de si somptueuse manière. Au bas d'une rue en forte pente, la maison natale de Jacques Cœur, une modeste construction à colombages, rappelait le chemin parcouru. Augustin s'éprit de cette ville morte comme d'une terre étrangère.

Il quitta Bourges par la route opposée, mais le spectacle était le même. Après le cœur désert, à nouveau les casernes et les arsenaux, puis la banlieue moderne. La voiture longea l'institut des aveugles, et suivit un mur gris, interminable, avant de s'engager dans la Champagne berrichonne. A la surprise d'Augustin, le paysage changea d'un coup. Rien ne rappelait plus la Sologne. La route fuyait tout droit vers l'horizon, à travers un univers nouveau, vallonné, coupé de haies, où les pierres blanches affleuraient dans les champs. La forêt avait disparu. Seuls subsistaient, de loin en loin, quelques grands bois qui ne laissaient pas pénétrer les regards. A cette heure du jour, en fin d'après-midi, une brume légère descendait sur les prés. La campagne parut à Pieyre étrangement silencieuse. Parfois, au passage de la voiture, le concert plaintif d'un troupeau de moutons s'élevait d'une cuvette au fond nappé de lambeaux gris. Les bêlements s'éteignaient très vite, et les roues, le claquement du fouet et les encouragements du cocher faisaient un bruit d'enfer. Alors Bourges apparut à Augustin sous un jour nouveau. C'était comme si cette ville apparemment si calme avait été l'avant-poste, le fort frontière du monde connu : de là les militaires, les chalands, et ce concentré d'époques différentes, vestiges de civilisation bien disposés pour rassurer le voyageur. Après, c'était le pays des sortilèges. Il se souvint de la légende de Bussy et releva le col de son manteau noir. Chaque fois que la charrette abordait le sommet d'une colline, un vent léger et coupant le prenait au visage.

Nathanaël de Bussy avait fait inviter Pieyre chez le général Grigorieff qui demeurait à quelques lieues de la maison. Condisciple du colonel de Bussy à Saint-Cyr, Grigorieff s'occupait à présent d'Isabelle. Peu avant l'arrivée d'Augustin, il l'avait conduite à la gare de Bourges : ainsi n'aurait-elle pas à faire visiter l'étranger.

Il faisait presque nuit quand la charrette s'arrêta dans un profond repli de terrain, en lisière d'un bois. Pieyre vit une rivière bordée de peupliers, et, tout près, un ensemble de bâtiments groupés autour d'une maison Directoire simple et belle. Plusieurs des fenêtres terminées en demi-cercle étaient restées ouvertes. Les allées soigneusement ratissées, la serre que l'on devinait remplie de fleurs, le potager abondant, régulier, tout indiquait une retraite paisible. Fatigué par le voyage et quelque peu dérouté par ce qu'il commençait à découvrir du Berry, Pieyre se laissa envahir par une douceur anglaise : luxe, calme et volupté domestiques, le royaume de l'intimité. Précédé du cocher qui portait sa valise, il remonta l'allée d'un premier jardin, se fit ouvrir une porte et pénétra dans la cour. Les habitants avaient donc ménagé une manière d'écluse entre eux et le monde extérieur, pensa-t-il, et cette idée lui plut infiniment. Le général attendait au bas du perron. Il était de petite taille, mais se tenait bien droit, le visage mangé par une barbe blanche taillée très court, jaunie par le tabac, et ses yeux rieurs manifestaient une curiosité d'entomologiste.

— A la fortune du pot, professeur ! C'est la maison d'un vieux soldat, n'attendez rien d'autre.

— Mais, non, mais non, répondit Augustin gauchement, car il était dérouté par la jovialité de cette réception.

126

Au vrai, Grigorieff avait bien hésité un moment; mais quoiqu'il aimât Isabelle, il était trop fin pour considérer le nouvel arrivant comme un usurpateur, et la recommandation du vieux Bussy valait un bref du pape. Puis au premier coup d'œil, le chirurgien lui avait plu : « Il n'a pas l'habitude du monde, mais il m'a tout l'air d'un honnête homme. »

S'il aimait Isabelle, il pensait aussi qu'elle aurait dû garder Bussy quoi qu'il arrive et que rien n'était pire que cette désertion-là. Un soldat peut parcourir le monde et vivre quarante ans sous la tente, mais il entend qu'au pays rien ne change. Parce que Isabelle avait déserté, tout était possible et c'était au fond, du même coup, sans importance. Augustin Pieyre était certainement le moindre mal.

Il fut conduit par le bras, comme un familier de la maison, vers la bibliothèque. Augustin ne put dissimuler son étonnement. Le mur qui lui faisait face était couvert de papillons et d'insectes encadrés. C'était une véritable armée en marche vers le toit, les lépidoptères en flanc garde et les scarabées au centre. Le général s'amusa de ce que Pieyre interloqué manquât aux règles de la bienséance en fixant ce mur de collection. « Décidément, ce jeune homme me plaît. »

— Ne vous étonnez pas de trouver cette passion-là chez un militaire. A y réfléchir, elle s'explique très bien. Jeune officier, j'ai appris à distinguer tous les uniformes de la terre, la carapace grise des fridolins, rouge des rosbifs, et ainsi de suite. Je peux encore reconnaître les gardes du roi d'Angleterre, Irish, Coldstream, à la façon dont les boutons de cuivre sont disposés sur l'habit de parade. Vous pensez bien que le goût des insectes m'est venu très vite. J'en ai même ramassé pendant les guerres. Voyez celui-là : c'était sous les murs de Sedan, devant les ponts de la Meuse. Les insectes défient Clausewitz : avec eux, il n'y a pas de guerre d'anéantissement qui tienne. Vous prendrez bien un porto ?

Pieyre acquiesça et se rapprocha de la cheminée. Le général monta sur un petit escalier de bibliothèque et prit un gros livre à la reliure passée.

– Nous allons bientôt dîner. J'espère que mes animaux favoris ne vous couperont pas l'appétit. Ils sont bien heureux mes insectes : toujours en guerre, mais ils ne gagnent ni ne perdent jamais.

Augustin Pieyre sourit :

– J'ai toujours vu les militaires comme des enfants, en effet. Être du côté des gendarmes, et emmener les voleurs au poste. Gagner, en quelque sorte.

Le général le considéra avec intérêt.

– C'est vrai, au fond, vous autres médecins vous connaissez la défaite plus souvent que nous.

– Touché, dit Pieyre.

Ils feuilletèrent le livre comme de vieux amis, jusqu'à ce qu'un bruissement soyeux envahisse la pièce.

Marie-Antoinette Grigorieff, d'habitude simplement soucieuse de l'effet qu'elle produisait sur ses relations du voisinage, fut cette fois-là distraite d'elle-même par un spectacle inattendu. Le général montrait ses livres à un homme dont elle avait perdu l'habitude et même la notion ; un homme qui, elle en était sûre à le voir, ne jouait pas la désinvolture, se moquait des fermages, n'avait pas d'*état*, ne s'intéressait guère au passé. Il portait bien un vêtement noir de coupe classique, ne bougeait pas les épaules, posait ses mains à plat sur la table, et quand il l'eut entendue, se redressa, la tête et le corps marchant ensemble. Il lui baisa la main, sans qu'on puisse dire si ce geste lui était ou non familier.

Le général fit servir le dîner dans la bibliothèque. Très vite, Augustin se sentit presque en famille, avec ces bûches s'écroulant doucement, le moelleux des vins, le plaisir de parler. Il les interrogea sur le Berry, évitant par une sorte de pudeur Bussy, qu'ils verraient le lendemain. Le général se montra fataliste. Il décrivit la vie sociale en homme qui a connu des horizons plus tourmentés; mais ces sédentaires sûrs de leur fait le respectaient, lui le nomade, et le laissaient tranquille, alors il se disait content. Marie-Antoinette fut plus exaltée, évoquant la chasse et les sortilèges, mais on voyait bien qu'elle regrettait le cabinet des dessins du Louvre et l'Opéra. En les écoutant, Pieyre essaya de comprendre leur mariage. Il crut deviner que le général laissait libre par principe cette jolie femme plus jeune que lui, et aussi tournée vers l'extérieur qu'il l'était vers l'intérieur, parfois même exubérante, et qu'elle n'usait pas de cette liberté, ou en pensée seulement. Puis deux jeunes enfants se présentèrent, que leurs parents aimaient de manière si visible, si profonde, que Pieyre, transporté aux lisières du monde connu, abandonna ses investigations.

Marie-Antoinette voulut qu'il parle de son métier. Un médecin ou un chirurgien – elle ne faisait pas la différence – c'était pour elle moitié un vétérinaire, moitié le prêtre moderne de la religion du progrès. Elle avait ces préjugés-là sans les avoir : les conventions, qu'elle prenait vaguement au sérieux, donnaient de la

129

couleur à sa vie. Elles l'empêchaient aussi de sortir du cercle enchanté où elle était heureuse, la retenant bien avant la pente où son tempérament aurait pu l'entraîner. Seulement, comme elle parlait avec une grande liberté de ton d'expériences qu'elle n'avait jamais faites et dont elle ne connaissait la saveur que par intuition, personne, sauf son mari peut-être, ne savait à quoi s'en tenir, et les plus mal intentionnés la jugeaient dangereuse, imprévisible. Les autres femmes surtout prenaient pour de la provocation ce qui n'était que de la sagesse. Elle fut frappée de ce qu'Augustin refusât de décrire sa vie. Il n'avait rien de plus précieux que ce sentiment d'être parfois utile et de connaître le plus beau des métiers; mais il ne pouvait se livrer ainsi, à la première rencontre, même si l'atmosphère chaude et amicale qu'il avait découverte chez ce vieux soldat s'y prêtait. Nathanaël de Bussy lui avait naguère raconté l'histoire de ces officiers britanniques des Indes, sincèrement blessés de ce qu'un parlementaire en mission eût osé leur parler de la patrie. Il laissa pourtant voir un peu de lui-même, les abords de son domaine intérieur : l'amour hérité de famille qu'il portait à sa ville, le lion de Denfert sous la neige à deux pas du cloître de Port-Royal, la librairie de son père – puisque le général aussi aimait les livres – et le goût de celui-ci – que le général comprit moins – pour les idées, son affection enfin pour le vieux Nathanaël. Ils eurent tous trois quelques mots émus pour ce gentilhomme que la vie n'avait pas épargné et qui, bien qu'assez mystérieux, jouissait dans tout le pays d'une grande considération. Mais Augustin se dérobait gentiment aux questions plus pressantes de Marie-Antoinette. Au général qui lui faisait remarquer qu'il risquait pourtant d'avoir à soigner ses fermiers, le chirurgien répondit : « C'est entendu ; et vous, vous demande-t-on jamais de tirer le canon ? » D'ailleurs, Grigorieff non plus ne racontait jamais ses campagnes, les zouaves à Frœschwiller, le Tonkin. Là où Paul de Bussy avait sombré, il avait passé outre. La guerre, pourquoi pas, mais après, autant l'oublier. Il était tout entier dans le présent, avec ses insectes et cette jolie femme qui lui appartenait, là, en face de lui, et à laquelle ce citadin réservé en imposait visiblement un peu, coupant ses élans familiers. Il arrivait en effet qu'une phrase d'Augustin – une brève plutôt qu'une longue – la ramenât brusquement en arrière, les yeux baissés, l'air timide, transformant la beauté d'ailleurs en simple enfant. Vive, voluptueuse et douce, elle ne l'était plus alors que dans le futur, comme si elle eût attendu l'événement ou la personne qui la rappellerait à la vie présente, la faisant redevenir qui elle était, et la fugitive absence de ses qualités d'ordinaire les plus éclatantes ajoutait encore à son magnétisme. Cette aptitude à la volte, cette facilité à offrir plusieurs visages à la fois, celui de la femme accomplie et rieuse et celui de l'écolière inquiète et profonde, cette capacité enfin d'être toujours une autre n'étaient pas, pensa-t-il avec plaisir, le moindre de ses charmes. Elle attirait, partout où elle passait, les bonnes volontés et les sentiments, pour ce mouvement tournant qui est celui de la vie même. Elle le savait sans doute, mais le savoir n'enlevait rien à sa spontanéité ni d'ailleurs à son innocence, parce que l'innocence faisait partie de son jeu.

Augustin Pieyre se détendit peu à peu. Il se laissa

gagner par l'ivresse légère des endroits clos, et par une grande bienveillance à l'égard de tout. De temps à autre, au hasard de la conversation, le général montait sur un escabeau, saisissait un livre, et l'on poussait les assiettes pour le regarder à son aise. Le général avait pour Alexandre Dumas une passion que sa femme ne comprenait guère. Il en aimait la gourmandise – les volailles et les flacons de Bourgogne qui jaillissent toutes les vingt pages –, le goût des cavalcades et le sens de l'amitié. Quand parfois elle l'interrogeait sur sa vie passée, sur ses combats, sur ses doutes s'il en avait eu, il répondait en souriant par la formule magique qui sauve les cadets du Béarn : « *C'est par mon ordre et pour le bien de l'État que le porteur du présent a fait ce qu'il a fait.* » Ce soir-là, Grigorieff leur fit voir un exemplaire des *Trois Mousquetaires* dans l'édition Levasseur, illustré par Leloir. Le gros livre rouge s'ouvrit sur la gravure représentant la jolie Mme Bonacieux enlevée par l'*âme damnée du cardinal* au Pavillon d'Estrées : un sbire descendant une échelle en portant le corps renversé de la belle, la gorge et les épaules largement découvertes. Marie-Antoinette croisa le regard de Pieyre et, comme elle était tout près, penchée avec lui sur la page, il respira son parfum. Ils parlèrent longtemps encore. La voix sourde et mesurée d'Augustin fascinait son hôtesse : « Voilà un homme dangereux », se dit-elle. Elle se souvint de l'air d'un trio de Schubert, rythmé par les cordes pincées du violoncelle, et rêva brièvement au dix-huitième siècle, trois têtes poudrées de gris absorbées par le jeu de cartes, le valet de cœur et la dame de pique. Malheureusement Augustin Pieyre se refusait à participer au tableau, un peu à la manière de ces esprits forts qui indisposent les médiums. Marie-Antoinette abandonna la partie et le général, comme prévenu, donna d'un ton enjoué le signal de la retraite.

Les bagages d'Augustin ont été montés dans sa chambre. Tel un djinn, le général s'évanouit après avoir répété quelques paroles de bienvenue. « A-t-elle connu beaucoup d'hommes ? » se demande Augustin. Son esprit n'a jamais couru si vite. Que veut-il prolonger au juste ? A présent, elle se retire, elle aussi, un bougeoir à la main. Il voit disparaître dans l'escalier la robe noire et la lourde chevelure aux reflets roux, avec un léger regret. Peut-être a-t-il espéré qu'elle se retourne.

IX

Le lendemain, il fut réveillé tôt par le grondement
du canon qu'on tirait en limite du polygone de
Bourges. Un instant, comme chaque matin – et peu
importait ce qu'il avait fait la veille, les émotions, de
quelque nature qu'elles fussent, ressenties avant qu'il
plongeât dans le sommeil étant sans influence – il fut
envahi par la tristesse et le dégoût. Un instant, gestes,
paroles, paysages même, tout lui parut inutile et il fut
tenté, comme chaque matin, de ramener sur sa tête le
lourd édredon de plume et de fuir définitivement dans
le royaume des songes. Puis il rejeta l'édredon et jaillit
hors du lit en se frottant les yeux, à demi ébloui par la
lumière crue et sale qui tachait le parquet. Tout en
s'aspergeant d'eau froide, il vit du passage dans la
petite cour fermée, qui n'était certes plus la même que
la nuit précédente. Elle avait, pavés sonores et murs
précis, repris sa place de tous les jours. Augustin se
souvint avec plaisir de leur dîner et descendit aussitôt.
Que la brume couvrît par endroits le pied des arbres
aperçus dans le lointain, alors que le soleil éclairait
leur faîte, lui parut un heureux présage. Il ne s'expli-

quait pas comment les choses les plus banales lui faisaient ainsi battre le cœur, comment d'aussi simples
spectacles pouvaient l'enchanter à ce point, mais il y
avait longtemps qu'il ne se boudait plus.

Le général buvait son café debout au milieu des
livres, à la manière des moines. Il était seul. Si Pieyre
fut déçu de ne pas retrouver Marie-Antoinette, il n'en
laissa rien paraître. Le vieux soldat était souriant et
réservé, comme s'il avait lui aussi endossé ses habits du
jour après ceux de la nuit. Ils burent en silence,
Augustin feuilletant distraitement sur une planchette
tirée un livre d'anatomie aux notations inexactes et qui
semblait avoir été disposé là tout exprès pour lui.
L'idée le traversa que peut-être il ne la reverrait pas
avant de partir, et il eut un peu de peine, mais moins
toutefois, se dit-il, que s'il l'avait revue aussi distante
que les autres éléments, matériels ou humains, du
tableau enchanteur de la veille. Amical et froid, il se fit
conduire, sans trop de paroles, jusqu'à sa voiture. Le
général et lui, enveloppés de manteaux de cavalerie,
s'assirent à l'arrière, et cet équipage dégrisé prit la
route de Bussy.

Au moment où ils abordaient Dun-sur-Auron par
l'abattoir municipal, Marie-Antoinette, de son côté,
pénétrait dans l'église. Sous le portique roman, deux
ou trois vieilles parlaient sans animation. Elle les rejoignit et se tint là quelques minutes à échanger des propos indifférents. Elle souffrait de cet énervement indis-
tinct qu'elle ne pouvait contenir, et se reprochait aussi
d'être venue à l'église, donnant au trouble qu'elle ressentait ce matin une importance qu'il n'aurait jamais
pris par lui-même. « Mais Dieu n'est-il pas là dans

toutes les circonstances ? » ironisa en silence la belle silhouette de velours prune au milieu des silhouettes courbées en drap gris. Et secouant légèrement ses cheveux sur une dernière remarque sans objet, elle entra et se dirigea vers le chœur, mais timidement, en évitant l'allée centrale.

– Mme Grigorieff, elle est née dans une constellation pas commune.

– Elle est bonne, mais elle porte le sentiment sur son visage.

– N'empêche, le général est bien heureux. Si belle et lui si vieux, et qu'il n'y a rien à dire !

– D'abord, les gens autour, y pensent que chasse et goulufferie. Alors l'homme est bien tranquille.

L'abattoir de Dun avait été construit dix ans auparavant, sur une friche située à quelque distance des remparts. On aurait dit un petit château utilitaire, industriel : les formes, les tics de construction étaient semblables à ceux des demeures qu'on habite. Au centre, un bâtiment principal à fronton triangulaire et sur les côtés, en demi-cercle, sortes de communs, deux bâtiments plus petits, où les bêtes vivantes étaient débarquées, d'un côté, et les bêtes mortes préparées, de l'autre. Ils s'arrêtèrent un peu. Un ouvrier lavait à grande eau le pavé de la cour et le pied des murs de briques où le sang avait gelé. Du bord de la route, deux créatures étranges jouissaient aussi du spectacle. Vêtues de treillis blancs, les gestes peu sûrs, elles présentaient des visages mobiles où nul sentiment, nulle pensée ne paraissaient pouvoir se refléter de manière durable. Augustin apprit de Grigorieff que les fous qui peuplaient l'asile départemental se promenaient en liberté deux heures par jour. La population s'était habituée à ces pauvres gens inoffensifs et à leurs rêves détruits. L'un des fous retira sa calotte de laine et l'agita devant lui, comme un mouchoir, en signe d'adieu. « C'est vrai qu'on dirait une gare », pensa Augustin. L'image de son maître hagard agrippé à son pupitre de bois blanc, balbutiant des mots sans suite au milieu du tumulte, lui revint en mémoire. « Et lui, Klein ne le laissera pas sortir. » Il ressentit une nouvelle fois ce sentiment qu'il ne pouvait s'expliquer à lui-même, où il entrait de l'affectation, de la pitié, mais aussi, et même surtout, une forme inhabituelle d'admiration, parce que Joaquin Alcocer avait poussé sa vie désordonnée jusqu'au point où les contraires s'annulent. Cahots et claquement, la voiture repartit. Marie-Antoinette sortit de l'église moins mécontente d'elle-même et l'esprit tout occupé du dîner qu'elle donnait ce soir-là. Elle chercha du regard les trois vieilles et les vit s'éloigner vers la route de Saint-Amand. « N'y pensons plus », se dit-elle, avec une gaieté à la fois plus légère et plus vive que d'habitude.

Il leur restait quelques minutes avant de découvrir Bussy, et Pieyre fut tout d'un coup envahi d'impatience. Il s'était efforcé jusque-là de repousser cette rencontre très loin dans le futur, se refusant à imaginer les émotions qu'elle lui procurerait, comme ces amants qui essayent d'oublier le rendez-vous qu'ils ont fixé à deux jours, et qui est néanmoins ce qu'ils ont de plus important au monde, sachant que s'en souvenir les ferait défaillir, et qui n'éprouvent aucun scrupule à ruser ainsi avec l'essentiel et à préférer le repos mensonger que cette feinte leur procure à l'enfer de la vérité et de l'attente, tant il est vrai qu'on pense d'abord à soi-même. Les sentiments d'Augustin Pieyre n'avaient certes pas cette violence; mais le dîner de la veille l'avait introduit dans un univers si curieux, et, aussi rationnel qu'il fût, et peut-être impressionné malgré lui par ces légendes qu'on lui racontait complaisamment depuis une semaine, son père avec ironie, le vieux Nathanaël avec quelque insaisissable chagrin, Marie-Antoinette Grigorieff avec un peu de tendresse, il devait bien s'avouer cerné par d'obscurs pressentiments. Chaque tour de roue brassait des souvenirs qui n'étaient pas les siens. Le général, d'ordinaire plus discret, se laissait en effet emporter par le vent de cette course vers Bussy, et ne résistait plus au passé, soit que cette maison eût le pouvoir de le ressusciter dans les esprits mêmes qui lui étaient les plus réfractaires, soit que l'évocation de détails révolus lui parût constituer une protection suffisante contre le sortilège. « Il y avait ici un poste de l'armée de Chanzy. L'oncle Nathanaël était avec eux. C'était au moment de la mort de sa mère. » « Vous voyez ce colombier en ruine : le vieux père Faivre y montait. Il avait la meilleure vue du pays et voulait voir venir les Prussiens qu'il avait connus enfants près de Paris. Il est mort là-haut, par une nuit de grand froid. C'était un hiver terrible, vous savez. » Puis le général se tut, troublé, fâché peut-être de voir qu'il donnait corps à cette légende qu'il affectait de moquer. Augustin pensait à tous ces noms nouveaux dont on lui parlait; c'était comme si ces endroits avaient existé avant les hommes, pour leur servir de points de repère afin que la vie sur terre ne soit pas trop difficile. Un dieu bienveillant avait créé les *pays*.

138

La voiture glissait au milieu des champs givrés, d'un grand bois doré à un autre. A une lieue de Bussy, le givre avait disparu, et la nouvelle couleur des prés, vert tendre ou vert de vase, paraissait marquer les limites de l'ancien domaine. Bussy apparut au loin, au bout d'un chemin absolument rectiligne, comme un grand buisson ocre et fatigué. Le cocher força l'allure. La voiture sautait sur les ornières. Ils distinguèrent l'allée du domaine, dont les arbres déjà dépouillés semblaient fichés en terre comme autant de piquets sur le sol réticent; mais à son début, un éventail de bouleaux rouges lançait ses feuilles vers le ciel comme des milliers d'étincelles jaunes, et ce feu d'artifice champêtre était de bon augure. Insensiblement, le cheval avait repris le pas. Ils s'engagèrent dans l'allée, traversèrent un épais rideau d'arbres. Alors ce fut un autre monde.

Le silence y régnait. Le vent qui sifflait dans la plaine ne passait pas la barrière des arbres. Ceux-ci formaient une manière de cirque de verdure au fond duquel s'élevait un petit château. De l'extérieur, on aurait dit une île mystérieuse. De l'intérieur, une clairière enchantée. Mais sans doute les charmes de l'endroit étaient-ils d'autant plus forts d'avoir été médités souvent et longtemps imaginés. Un oiseau chanta et Pieyre se souvint de la fable du bénédictin d'Heisterbach que son père lui lisait autrefois, avec l'idée qu'un peu d'allemand ne lui nuirait pas. Enfant, l'éternité lui faisait peur. Il se représentait la succession des heures sans fin et frémissait d'angoisse. Mais ce théâtre clair que même la lumière d'un matin d'octobre ne pouvait dépouiller de son mystère le ramenait à des visions plus douces. L'éternité, fût-ce dans les forêts, lui resterait étrangère. La vie suffirait, si différente de celle qu'il avait connue, les dix-huit heures de travail de ses études, neuf à l'étage de la librairie des Deux-Mondes, neuf dans les salles de dissection de la faculté, le tout avec cette gaieté efficace qui stupéfiait ses camarades, lesquels s'en remettaient toujours à lui dans les cas difficiles – et les rares vêtements jetés sur les chaises devant le feu du libraire et qui tous puaient le phénol. « Vivre et mourir là », se dit-il, pour ajouter ensuite : « Vivre un peu, et mourir peut-être. » Pourtant, à cet endroit, sa vie passée s'effaçait dans la grisaille et rien n'était plus nécessaire. Le chant des sirènes faisait son effet. Augustin, le général et le cocher demeurèrent un long moment immobiles au milieu de la trouée qui leur livrait passage, et à partir de laquelle deux routes en demi-cercle, chacune épousant la courbe des arbres, conduisait à la maison. Augustin remarqua un grand pin de Nordmann, tirant sur le noir, dont le sommet brisé net s'était rabattu, écrasant les branches sur un côté. « C'est l'orage d'il y a trois mois », dit le cocher. Comme s'il n'avait pas entendu, Grigorieff dit alors en souriant, désignant la maison : « Le voilà, le Bussy de nos malheurs. »

Ils contournèrent une ancienne pelouse ornée en son milieu d'un bassin rond mangé par les herbes. Largement fendu, le bassin semblait se replier sur lui-même sous l'effet des pressions du sol, comme si celui-ci eût tenté d'expulser ce corps étranger qu'aucune volonté humaine ne lui imposait plus.

Il n'y avait pourtant pas si longtemps qu'Isabelle de Bussy était partie – avait fui, aurait dit Grigorieff; et sans doute le bassin était-il dans cet état depuis vingt ans. Mais Augustin dut chasser l'idée que le bassin avait été fracturé, entamé par le temps depuis son départ, comme si les règles ordinaires de la physique et du vieillissement des choses ne s'appliquaient pas à cet endroit précis du centre de la France. D'ailleurs, un léger agacement le prit devant son peu de résistance à l'inconnu, à cet inconnu-là. Il se compara à une femme trop facile et sourit. Le prenant par le bras, négligeant les beautés du parc, le général le conduisit au pied du petit escalier à double révolution. La maison n'avait qu'un étage aux fenêtres ouvertes dans ce toit en forme de mitre, bâti sur le modèle de l'hôtel de l'évêque de Bourges, qui était célèbre dans tout le pays, et dans les deux petits toits des ailes, qui présentaient une forme pyramidale plus classique. Le pompidou, enjambant les demi-fenêtres des cuisines et des caves, menait à un rez-de-chaussée qui était en réalité un entresol, les pièces de réception surplombant le parc. A Pieyre qui s'étonnait que les deux parties de ce pompidou fussent dissymétriques, Grigorieff répondit : « Eh oui! A l'instar de la maison de Bussy, cette demeure fut construite sur des fondations plutôt fragiles. » Ils entrèrent par l'arrière. Pieyre découvrit un univers banal et clair, et le général lui en fit sobrement les honneurs. Rien n'y étonnait, sauf cette lumière d'octobre que les vitres, par leur irrégularité, semblaient ramener quelques mois en arrière, au temps où le soleil d'été, nourri de poussière et de rires d'enfants, vieillit les tapis et donne envie de refaire les peintures; mais les pièces étaient nues et le silence avait repris ses droits. La bibliothèque aux rayons vides donnait sur un jardin d'hiver où quelques melons finissaient de pourrir, et trois orangers en pot

141

rappelaient les pauvres fastes de naguère. Pieyre se souvint de son enfance parisienne. Le général le regardait absorber ce passé. « Curieux bonhomme », pensa-t-il. Puis : « C'est bien ce qu'il faut... Qui sait ? »

Le salon vert en forme de rotonde ne les retint pas longtemps, avec les trois fenêtres donnant sur la plus belle partie du parc, une grande pelouse comme une trouée entre les arbres et dont un cèdre bleu marquait la fin.

Les boiseries étaient fendues en deux endroits, et la peinture verte, en s'écaillant, laissait apparaître les tons naturels du chêne vieilli – mais rien d'irréparable. Ils se promenèrent un peu dans le parc, jusqu'au petit temple de Cnide, sans parler. En remontant en voiture, Augustin chassa l'image de Marie-Antoinette Grigorieff. Le général pensait à Paul de Bussy son ancien condisciple et le cocher commençait d'avoir faim.

Pieyre repartit à la tombée du jour. Pour revenir à Bourges, il fit le détour de Villers dont la douceur lui plut. Derrière la maison des Grigorieff s'élevaient les flammes de grands brasiers alsaciens, en lisière de forêt. Il jouit de ce spectacle sans trop le prendre au sérieux. Ainsi, les traditions, les astres, les chasseurs et le temps avaient concentré leurs feux au sud de Bourges ? On verrait ça. Son père aurait bien ri de toutes ces fadaises, de ces enjolivements tardifs ajoutés à l'histoire des siècles, une histoire sans aveu disait-il, difficilement supportable. Augustin pourtant sentait bien l'attrait de ces endroits perdus. L'espace d'un instant, le général, sa femme, les paysans qui regardaient la voiture, le cocher, et les trois vieilles croisées tout à l'heure sur la route de Saint-Amand – c'est cela la campagne, disait son père, trois vieilles sur une route déserte, le dimanche, qui vont on ne sait où – lui apparurent comme les personnages d'une pièce à jouer et dont le décor serait vivant. « Bah! On n'a pas encore trouvé la machine du monde, et le diable n'est pas berrichon. Revenons sur terre. » Cette terre-là n'était d'ailleurs pas désagréable. Il évoqua le mot d'asile et le malheureux Alcocer lui revint en mémoire. Klein finirait sûrement par se prendre d'amitié pour le vieux fou. Lui-même l'avait aimé malgré lui et malgré eux. Il eut peur de la folie – dire qu'il suffisait d'un rien, et c'étaient les ténèbres.

Posséder Bussy, plus simplement, le comblait. C'était comme faire un écart, un pas de côté. Entrer par effraction, non seulement dans un monde jusque-là ordonné et où la dévolution de Bussy eût dû obéir aux règles strictes de toujours, en sorte qu'il se verrait attribuer un rôle nouveau pour lui, celui de figure, sinon d'agent, du destin; mais aussi dans le monde de ceux qui ont une maison et vont à la campagne. Et marchent sur une terre dont ils disent qu'elle est la leur. Et rêvent, de retour en ville, au balancement des arbres et aux promesses toutes simples du soir qui tombe – à rien de grand. « Être un autre. C'est être un autre. » Il avait un sentiment de réussite, de plénitude. Il était bien content.

Si Augustin avait pu voir, à ce moment, Marie-Antoinette entourée de ces chasseurs bruyants qui, à la nuit, avaient envahi sa maison, sans doute ne fût-il jamais revenu. Il tenait de son père le dégoût des gens qui font trop de bruit, et pouvait prendre en grippe toute une foule de choses innocentes dès qu'il les avait associées à l'idée du bruit. Or ce soir-là, dans le salon Directoire et dans la bibliothèque aux insectes, le porto circulait comme un fluide et la liberté gagnait du terrain. Pour la plupart de ces hommes bien nés, amateurs de bon gibier et de mauvais cigares, la liberté avait le visage et le corps de Marie-Antoinette Grigorieff. Le général ne s'en offusquait pas. Elle était magnifique, elle avait autrefois bouleversé sa vie. Sa robe sang-de-bœuf, largement décolletée, résumait les plaisirs cruels de la journée, et les enfants vieillis qui l'entouraient évitaient mal les flèches de son ironie imprécise. Ce colosse n'est pas un coureur de dames, il a cinq enfants et force les paysannes comme des chevreuils. Il se croit attiré par Marie-Antoinette, et revoit quand elle rit, très vite, ses voyages à Paris, le général énigmatique, ce prénom des supplices – et ne sait pas qu'il la hait. Les autres la courtisent par plaisir et par habitude, avec des mots d'anciens fêtards que leurs épouses à moitié délaissées tolèrent complaisamment chaque année à l'automne. Marie-Antoinette jouit de leurs manières gauches, de leurs gestes interminés et de leur illusion de peupler la terre à force de cousins, depuis le commencement des siècles, les Bonabes, les Pauline et les Victor s'aimant, se trompant, malades, heureux, frivoles avant de disparaître pour revenir après une génération. Très vite, elle enlève ses gants, parce qu'elle aime toutes les sensations du bout des doigts. A dîner, on parle des vieux comme s'ils étaient d'une autre espèce, pendant qu'au-dehors, devant le perron, les rabatteurs enlèvent le tableau en écoutant les rires et nul ne sait ce qu'ils pensent. « En mariage, trompe qui peut », dit le colosse d'une voix grasse. Alors l'idée la transperce de cet homme la prenant sans égards sur la table à découper le gibier, les mains velues la contenant dans le bouillonnement de ses jupes relevées, ses jambes gainées de soie croisées sur le velours crasseux des reins épais, et les objets de bois, de cuir ou d'argent lui paraissent aussitôt menaçants, fondus par la vie des sens. Elle rit, et son voisin croyant à sa chance redouble d'efforts, mais en vain.

X

Charles Pieyre jouait avec l'idée de classer ses livres par ordre de danger : les inoffensifs hors d'atteinte, et tout près, à portée de la main, *Les Liaisons dangereuses* et *Les Confessions d'un opiomane anglais*. Sans doute, dans ce classement, l'arbitraire aurait sa part : rassurants, les traités de botanique; inquiétants, les livres d'astronomie. Il se souvint du ciel d'Égypte et du gros consul qui vieillissait dans l'exil, et de tous ceux qui avaient voulu faire reculer la terre, Lesseps, Gordon et le malheureux Bussy. Le gaz allumé très tôt faisait briller la porcelaine des lampes, avivant les tranches de parchemin blanc des livres les plus vieux. Une fois encore, sa pensée rejoignit Florence.

— Tu sais, Alcocer est devenu fou.

Son fils retirait son manteau et tirait une chaise, pour s'asseoir devant la longue table semée des volumes qu'il n'avait pas encore rangés.

— Tu as pitié de lui? Tu ne l'aimais pas.

— Je tenais à lui. Et puis c'est la pitié que je n'aime pas. L'idée d'avoir pitié de lui. Il est à Sainte-Anne dans le service de Klein.

Augustin regretta sa brusquerie. La magie du Berry avait cessé d'agir. C'était un soir d'octobre et son maître devait délirer encore. Était-il lucide par moments ? Même Klein n'en saurait rien. Son père ne parlait pas et c'était tant mieux. Ayant fumé sa pipe, Augustin partit pour l'Opéra.

Moins d'un quart d'heure après, Nathanaël rejoignit Charles Pieyre. Bussy avait l'air gai. Charles lui raconta la folie d'Alcocer et le rendit songeur. Ils burent de la prune du Berry sans parler davantage. Enfin Nathanaël dit :

– Drôle d'homme, ton fils.

Charles ne se formalisa pas.

– Pardon ? dit-il, encourageant son ami du regard.

– Curieux, je veux dire... C'est assez insaisissable... des impressions contradictoires.

– Je vois bien. Si actif ; et puis cette mélancolie d'abandonné. Ne pas s'y faire.

Charles pensa à Florence. Augustin, lui, aurait pensé à tout autre chose. Une rafale de pluie battit les vitres et Charles se leva pour tisonner le poêle. C'était comme s'ils avaient continué leur conversation en silence. Nathanaël aussi était seul. « Tous abandonnés », pensa Pieyre.

– Mais je ne suis pas inquiet. Il ne finira pas comme Alcocer.

Ils avaient tous deux pensé à lui, en même temps. Nathanaël le regarda plutôt gravement.

– Peut-être nous étions pareils, Alcocer, Augustin, toi et moi... Ton ami le consul aussi, sans doute... ceux qui n'oublient pas... Et la vie dispose de nous différemment.

Charles Pieyre ne répondait rien.

147

– Ceux qui n'oublient pas... si nous devions fonder une secte, ce serait celle-là plutôt... ceux pour qui tout est au présent n'ont pas grand-chose de commun avec les autres... Mais ils s'en arrangent différemment, chacun à sa manière.

Charles éteignit doucement une lampe, puis une autre. A la fin, il n'en restait plus qu'une. Elle éclairait un mur tapissé de livres de voyage. Le reste de la bibliothèque était plongé dans l'ombre et désormais, au-dehors, la pluie tombait avec régularité. Nathanaël rêvait.

– Tout ce qui change...

Charles s'était rassis, loin de lui, à l'autre bout de la table. Il ne pouvait se défendre d'un léger agacement. Peut-être Nathanaël et lui, peut-être Alcocer n'avaient pas fait ce qu'il aurait fallu. Le sort, aussi, s'en était mêlé. Mais le ton de Nathanaël lui déplaisait. Charles Pieyre n'aimait pas la fatalité, ni le malheur.

– Tu voulais un livre ?

Nathanaël s'ébroua. Ces idées-là, les siennes, il aurait mieux valu qu'il les gardât pour lui.

– Bien sûr... ce que tu me donneras. Un roman, surtout.

– Pas lassé du passé défini ?

– Mais non... J'ai vu les coulisses, pourtant, mais j'aime toujours les décors : comme un néophyte. Les mémoires sont absurdes, les voyages m'ennuient. Un roman plein de grands événements, où le héros n'apprend rien, n'est-ce pas...

– C'est vrai qu'il n'y a pas d'apprentissage, dit Charles.

Il lui tendit un livre et lui serra la main avec affection, ce qui n'était pas fréquent.

Augustin n'aimait pas les plastrons empesés et le pathétique des divertissements, mais il aimait Verdi. Les premières mesures de l'ouverture de *La Force du destin* lui communiquaient toujours des impressions rapides qui se chassaient l'une l'autre, des impressions suspendues au-dessus de la vie comme des nuages se bousculant au ciel d'un champ de bataille. C'étaient ses moments de rêve. Il se voyait avec Larrey, avec Desgenettes, et puis écoutant l'opéra au San Carlo de Naples aux côtés d'un gros dragon en manteau blanc. Il se voyait dans les fourgons des armées, réparant ces petits mondes brisés par les coups de canon. Quelques barbes entrèrent dans sa loge, accompagnées d'une dame indifférente qu'il laissa s'installer au premier rang.

Le premier acte commençait à peine quand la porte vitrée de la loge s'ouvrit et se ferma plusieurs fois dans un bruit de paroles. On empêchait quelqu'un d'entrer. L'une des barbes, la plus digne, s'en fut voir et parlementa quelques instants. « C'est pour vous, monsieur le professeur », revint-il dire à Augustin. Surpris, celui-ci sortit et reconnut le vieil Adrien, environné d'ouvreuses méfiantes, parce qu'il n'avait pas de billet, et à cause de ce calot noir qui lui donnait un peu l'air d'un moine échappé. Augustin tenait au vieil Adrien, qui avait été l'infirmier du fils Larrey et qu'on laissait finir ses jours à l'hôpital où il rendait encore quelques services.

– Il faut y aller, monsieur. Ils sont dans la mélasse,

les jeunes, salle Dupuytren. Hernie étranglée, vomissements fécaloïdes.

– Difficile ?

– Moi, je ne sais pas. Mais ça pue partout. Une jeune sœur a tourné de l'œil. On a pris des infirmiers.

On entendait les premières notes du chant. Adrien disait simplement « Monsieur », comme font les internes et les chefs, les gens du métier. Augustin revit le malade dont il parlait, calcula les chances qu'il avait de le sauver. Cette interruption ne lui causait aucun déplaisir, au contraire. Il savait qu'au bout d'un acte, il aurait tourné dans la loge comme un animal en cage, l'esprit tout occupé d'Alcocer. Il pensa : « Dépêchons-nous, ou il va *crever* »; les ouvreuses lui tendaient son manteau et ses gants avec respect. Elles n'étaient pas loin de considérer le vieil Adrien lui-même. La dame indifférente interrogea l'une des barbes à voix basse. Les deux hommes gagnèrent la nuit brumeuse.

Ce fut à sept heures seulement que Pieyre s'assit à la terrasse d'un café du boulevard. Il se souvint avec plaisir de ses matins de garde à Port-Royal, de la statue du maréchal Ney chargeant les pigeons devant Bullier. Sans lui, encore une fois, rien n'eût été possible. Il n'en tirait pas de vanité, seulement un grand sentiment de paix, accru par le spectacle de la brume d'octobre se dissipant lentement autour du dôme et dans les cours de l'hôpital. Le garçon lui apporta du café, sans manifester de curiosité particulière. Par la blouse ouverte, on voyait bien le plastron de l'habit, mais ce spectacle était plutôt réconfortant. Pieyre étira ses bras fatigués, et sortit des poches de sa blouse les manches amovibles de sa chemise de soie. Il se félicita

150

d'avoir conservé la puissance de ses débuts, mais c'était comme un compliment qu'il aurait adressé à un autre que lui-même, par exemple à un éleveur de chevaux connu pour prendre soin de ses bêtes. Une vieille ambulance s'engagea sur les pavés de bois de la première cour. C'était vers lui que tous s'étaient tournés maintenant qu'Alcocer avait disparu. Du temps de son maître, c'était pourtant lui, déjà, qui assurait la marche du service : d'où lui venait ce sentiment de nouveauté ? Pas seulement de l'air plus distant de Lacombe ou du silence des internes, mais de la conscience qu'il avait d'être passé en première ligne par hasard, à la suite d'un événement fortuit. Il voyait le hasard à l'œuvre mais ne l'aimait pas. Il s'était fait lui-même aux dimensions de sa vie. S'il tenait de son père l'idée que l'illusion de pouvoir la conduire est ridicule entre toutes, il avait toujours voulu n'être pas dépassé par la sienne, comme un homme qui aurait connu trop de malheurs volontaires. Or, il n'en avait pas connu, et ne s'expliquait pas bien à lui-même cette sagesse instinctive qui le faisait sourire. Il lui semblait seulement que c'était là le moyen de n'être pas entraîné de l'autre côté des choses, vers la mort.

La silhouette de Marie-Antoinette Grigorieff l'occupa un moment. Elle avait l'air de celles qu'on n'oublie pas. Il la craignit. Le boulevard s'animait, la brume dissipée. Pourquoi avait-elle disparu si vite ?

Il pouvait se flatter de ne pas savoir ce qu'est un homme. Il s'était vu changer d'un jour à l'autre, devenir chaque jour un autre étranger à lui-même. Il préférait ne pas y penser. Les contours de son père ou de Nathanaël étaient moins imprécis, mais n'était-ce pas pure commodité de sa part, pour éviter de se colleter à d'autres ombres ? Alcocer n'était plus personne. Tout d'un coup, il fut frappé de la médiocrité des stratagèmes qui aident à accepter la vie. La vie, il l'aimait pourtant. Comme il l'aimait, les pieds baignés de sang, lorsqu'il opérait, à demi nu, sifflant comme cette nuit les premières mesures de *La Force du destin*. Mais l'objet de cet amour, sitôt évoqué, disparaissait. C'est le sort commun, pensa-t-il en se réchauffant les mains à la tasse brûlante. Puis : « Alcocer aussi, c'est le sort commun. » « Je déraille. Alcocer c'est le cul et la folie. Rien de plus. » Il suivit un moment des yeux l'interne de garde qui rentrait chez lui. Lorsqu'il avait son âge, il travaillait sans arrêt. « Comme c'est amusant, de travailler. » Il n'avait pas raconté Bussy à son père. Il l'avait quitté trop vite, comme à son habitude. Sont-elles vraiment perdues, ces paroles retenues qui rendent si lourd ?

Se réveillant, Alcocer ne comprit pas où il était. L'espace d'un instant, l'angoisse lui fut un petit coup de poinçon au cœur. Puis il se rendormit.

Le bureau de Klein ressemblait plutôt à un terrier d'alchimiste. Il n'était pas de ces psychiatres aux murs nus qui promènent sur toutes choses un regard froid. On y voyait des livres, des papiers, des instruments, des vêtements même. La distraction de Klein était légendaire. Il lui arrivait de demander son chemin à l'intérieur de cet hôpital dont il connaissait parfaitement les détours.

C'était l'heure de la première promenade du matin. Les fous n'allaient pas d'un point à un autre. Ils s'isolaient ou se regroupaient au gré de caprices mécaniques. L'un d'eux se frottait le dos au tronc d'un paulownia, comme un vieil éléphant. On en voyait de tristes et de joyeux. Deux infirmiers se précipitèrent sur un qui prétendait se masturber. Il en faudrait beaucoup, désormais, pour étonner le Dr Klein.

Augustin s'assit sur le rebord de la fenêtre. C'est le matin que Klein ressemblait le plus à un faune échappé des forêts. Les oreilles, pour avoir été rougies par le vent frais, se détachaient bien du visage blanc et paraissaient plus biseautées qu'à l'ordinaire. Un homme en blouse leur apporta du café et Klein précisa en souriant qu'il ne s'agissait pas d'un fou. Pieyre se demanda s'il déciderait un jour d'habiter l'hôpital.

— Je ne l'ai pas beaucoup vu encore, dit Klein. Au moins il est tranquille. Ici les autres fous se foutent bien qu'il ait été le Pr Alcocer.

— Comment est-il ?

— Quand il parle, il ne cesse de parler. Il raconte bien. Ç'aurait fait un merveilleux conteur. En fait, il se souvient de tout, de tout sur le même plan. Comme si toute sa vie ressortait. Et tout ce qui ressort a la même valeur pour lui. Il y attache exactement la même importance.

Pieyre se dit que peut-être c'était cela, l'enfer. Toutes choses égales. Il y avait donc des hommes qui connaissaient l'enfer avant la mort, comme d'autres le paradis avant la mort. Il rougit de cette réflexion enfantine. La mort ? *Arrêt des matières et des gaz.* Pourquoi y pensait-il si souvent ?

– Tu crois qu'il est conscient parfois ?

Une question classique. Klein fit un geste dubitatif.

– Difficile à dire. D'ailleurs, il ne déraille pas toujours. Les idées sont dans sa tête comme des carreaux en caisse : claires à part, obscures ensemble.

– Tu lui parles ?

– Si je devais leur parler, sourit Klein.

Se reprenant :

– Un peu, quand il s'agite. Le son de ma voix lui fait quelque chose. Comme à un animal. Mais je l'écoute beaucoup. C'est vrai, il peut lui arriver de dire deux, trois phrases extrêmement sensées avec l'air d'être dans son salon. Ça ne dure jamais. Hier il m'a dit : « J'ai plus aimé le vice, dans l'amour, que l'amour. » Et : « Je préfère la beauté cernée des prostituées à la fraîcheur des jeunes filles. » Immédiatement après, un tombereau de grossièretés. Puis il a prétendu avoir détruit Babylone. Ce qui n'est pas commun, c'est qu'on dirait qu'il se juge.

Il étendit la main vers un pot de scaferlati et commença de rouler une cigarette.

– La folie, c'est le petit enfer personnel qui remonte...

(Toujours l'enfer, pensa Pieyre. Qu'y a-t-il ce matin avec l'enfer ?)

– ... je dis l'enfer, comme l'enfer des bibliothèques. Le sien n'est pas mal. Exotique, mais attachant.

Une femme hurla dans la cour et Pieyre se pencha par la fenêtre.

– Ce n'est rien, dit Klein. Les femmes, c'est plus terrible, je ne sais pourquoi. La déraison est plus forte. Elles vont à la folie comme des bêtes à l'abattoir. L'habitude...

Augustin voulut sortir. Klein le raccompagna jusqu'au perron.

– Il sera bien chez moi. Tu sais que je les traite très bien.

On entendait une conversation d'infirmiers, à deux portes de là :

– C'est le père Philibert qui est venu porter l'extrême-onction. Il a une méthode infaillible pour ceux qui sont agités. Il leur dit à l'oreille : « Calmez-vous. Ne vous en faites pas. Faites le mort et tout ira bien. »

Bussy, on le voyait de loin sur la plaine, un gros bosquet en forme d'île adossé à un petit hameau dont les cheminées fumaient. Il ne restait déjà plus grand monde au hameau à cette époque, et le petit bar où l'on servait la berluche ne se remplissait qu'à la moisson, quand les journaliers venaient du Sud, des marais du Boischaut ou même de Moulins. Le reste du temps les fers claquant sur la route sonnaient comme un « Qui vive ? » dans une ville à l'abandon. Le premier soir qu'il y revint, Augustin Pieyre se fit conduire tout droit chez lui. La nuit d'octobre était bien claire. Il se fit une montagne de coussins contre un mur du salon vert, et se juchant tout en haut, fuma sa pipe dans l'ombre. La maison craquait doucement. On y entendait des pas. Vers deux ou trois heures, incapable de s'endormir, il partit faire le tour du parc. La lune faisait briller la serre du potager. Par contre le temple de Cnide, au fond du bois, était à peine visible entre les

155

ifs. Les taillis bruissaient du mouvement des animaux. Nathanaël avait dit à Pieyre que tout le gibier des alentours, pressé par les chasseurs, se réfugiait à Bussy chaque année en cette saison. Des buses s'envolèrent vers la plaine. Du bord de l'île, tournant ses regards vers le centre, il lui sembla voir un chevreuil dans la prairie devant la maison ; mais il ne savait pas distinguer un chevreuil d'un cerf ou d'une biche. « C'est mon royaume, pensa-t-il comme un enfant. Mon royaume, mon royaume. » Il murmurait ces mots au rythme de son pas. « Me voilà un peu comme le vieux Bussy. C'est fou ce qu'on peut faire de moi. » Il sortit du parc et prit le chemin du dehors qui longeait la plaine. Il aurait bien voulu chanter une chanson, mais les airs de salle de garde ne s'accordaient pas au paysage, et l'ouverture de *La Force du destin* non plus. Il entendit quelques aboiements du côté de Dun. Au-delà, Marie-Antoinette devait dormir. Il était seul. Au milieu du rucher – peu de ruches, huit ou dix, et du miel de pin un peu épais – il ralluma sa pipe. La lueur de la mèche d'amadou lui parut déplacée dans cette campagne endormie. « C'est mon royaume. » Il rentra chez lui, sur ses coussins, pour se laisser gagner par le sommeil.

Au matin, le soleil étant haut depuis longtemps, un bruit d'attelage le fit dégringoler du moelleux édifice. Il s'en fut à la porte derrière laquelle Marie-Antoinette Grigorieff riait déjà. Dieu qu'il était étonnant, avec ses vêtements noirs, sa barbe naissante et ses grands yeux verts qui lui mangeaient le visage. Il eut du plaisir à la voir et sourit. Elle remarqua que deux fossettes enfantines creusaient ses joues. Au lieu de la laisser entrer, ce fut lui qui sortit sur le perron. Alors, le prenant familièrement par le bras, elle lui fit faire une ou deux fois le tour du bassin éclaté. « Cela vous réveillera. » Elle ne parlait pas beaucoup, mais comme un être de gaieté s'imposait avec bonne grâce au décor et à son unique habitant, sans néanmoins rien céder d'elle-même. Devant cette façon d'être de plain-pied avec ce qu'on ne connaît pas, ces manières décidées, quelquefois brusques, Augustin se sentait pesant et gauche. Elle était si jeune pourtant. Pour se défendre, il accentua ses traits de comportement. Sans rien perdre de sa bonne humeur, il répondit à peine et regarda beaucoup. En repartant elle lui tendit la main. « Nous sommes de vieux amis, n'est-ce pas ? » Quand il l'aida à remonter en voiture, il respira l'odeur du foin coupé mêlé à celle du musc. « Mais si vous ne venez pas, je serai votre ennemie. C'est pour vous que je donne cette fête. » Augustin promit de venir.

Peu après, Charles Pieyre reçut un télégramme posté de Dun-sur-Auron, département du Cher. On y lisait : « Ce soir je vais au bal. Augustin. » Le libraire répondit : « On te mènera à l'eau, mais sans te laisser boire. Pour finir ils te trouveront une paysanne. Charles. » Puis, une heure après, pris de remords, il ajouta : « Amuse-toi. Charles. »

Il n'était pas habituel qu'un monsieur de la ville s'attablât entre les platanes de la place, derrière l'église, comme un charretier. Le village savait qu'un chirurgien de Paris avait acheté le second château des Bussy, mais par chance personne n'aurait su le reconnaître. Le cafetier roula vers le centre de la place un tonneau qu'il mit en perce au pied d'une estrade.

Un concours de chiens devait avoir lieu l'après-midi et les meutes commençaient d'arriver. Les chenils étaient disposés en demi-cercles, des pancartes donnant l'origine et le lieu d'élevage. Pieyre se promena devant les grillages, les mains dans le dos. Les « Chiens anglo-normands du rallye Chaudenay » étaient de bien belles bêtes à l'air féroce. Les « Chiens de l'équipage Dunois de chasse sous terre » rasaient le sol. Pieyre se souvint des gros rats de l'Assistance publique. A présent au moins il pourrait imposer au service les règles d'hygiène auxquelles il tenait. Les sœurs hospitalières ne l'arrêteraient pas. Ce serait déjà une belle victoire de refouler les rats dans les magasins et dans les caves. Il se mit à rêver de l'équipage Dunois lancé dans les sous-sols de la Salpêtrière, suivi d'une meute d'infirmiers brandissant des balais.

A Villers où Augustin déjeuna, deux jardiniers ratissaient le gravier blanc des allées. La maison avait conservé l'air italien de ses débuts, avec l'ordonnancement rigoureux des étages dominant la plaine. Les toits plats, les fausses colonnes et les balustres en tuffeau civilisaient un peu ce paysage où l'on voyait des bleus du Maine brouter quelques restes d'herbe chaude entre les peupliers. L'automne était encore clément, et les jardiniers retardaient le moment de ranger dans la serre les grandes conques en terre cuite de Florence qui supportaient des citronniers, tant elles étaient lourdes. L'été durait comme le jour des Orientaux, et c'était bien un été d'ailleurs, un été sobre et calme du Sud.

Nathanaël de Bussy, vêtu d'un vieux complet de gabardine claire, coupait les dernières roses. Elles remplissaient les paniers que sa mère utilisait autrefois. Ici, il paraissait plus simple et plus gai. Il avait le visage apaisé d'un homme qui a décidé, une fois pour toutes, d'arrêter les pendules. Ils déjeunèrent sur la terrasse, à l'arrière de la maison, buvant du vin de Champagne à la glace et regardant à leurs pieds le vallon doré où quelques arbres gris fer n'avaient pas perdu leurs teintes conquérantes. Un léger vent d'ouest rabattait vers Saint-Denis les fumées des derniers feux d'après la moisson. A Nathanaël qui voulait tout connaître des arrangements qu'il avait prévu de faire à Bussy, Pieyre répondit qu'il n'avait rien décidé encore et que d'ailleurs il ne lui déplaisait pas de vivre dans un campement. Pour lui qui ne s'était jamais fixé nulle part, c'était le plus sûr moyen d'entretenir l'illusion qu'il conservait toute sa liberté, qu'il pourrait rompre cet établissement-là comme les autres et reprendre son maigre bagage et s'en aller ailleurs. Bussy le félicita, lui rappelant le fameux sortilège; mais Augustin dut bien s'avouer qu'il en était un autre qu'il redoutait bien davantage. Pour la première fois, il le nomma clairement, en pensée tout au moins. Ils se promenèrent dans le parc en fumant des cigares. Nathanaël décrivit ses plantations, le sapin de Forrest, originaire de l'Himalaya, dont le cône violet brunit en mûrissant pendant l'hiver, et le cyprès du Mexique qui ressemble, en plus large, à celui des Balkans. Il aurait voulu que son parc fût aussi beau qu'un cimetière marin de France ou d'Italie. Il y plantait de ces arbres sombres qui retiennent la poussière du sol. Augustin, qui distinguait à peine le chêne du hêtre, le suivait avec patience. Bussy était un légendaire amateur de jardins. Combien de fois Augustin avait-il entendu son père vanter la science inépuisable de son vieil ami! Et jamais il n'ennuyait, parce qu'on savait que c'était d'un art qu'il parlait, et non d'une marotte, d'un art qui permettrait comme les autres de mieux exercer la vie et peut-être de conquérir un peu de sérénité. Nathanaël évoqua Raffeneau-Delille, le botaniste de l'expédition d'Égypte, passionné de lotus, les voyages de Bonpland en Amérique du Sud en compagnie de Humboldt et d'Adanson qui découvrit le baobab. Ils parcoururent en esprit les serres de la Malmaison au temps de leur splendeur, quand elles abritaient plus de deux mille espèces, le tabac ondulé et les premières graines de dahlias. Le phlox d'Amérique du Nord intrigua Pieyre, qui fut déçu d'apprendre que la plante est commune. Tous deux s'enchantèrent de l'ixia d'Afrique du Sud et du cinéraire hybride avant de revenir lentement pour le café. « Café : se boit sans sucre, debout, très chic, fait croire qu'on a vécu en Orient », cita Nathanaël dans un sourire. Et Pieyre, assis, sucra son café avec emphase. Tout était bien.

Le soir, ce jour-là, tomba comme aux tropiques. Une plume plate envahit la plaine, refroidissant les champs. On vit sortir les bâtiments de la nuit, qui ne se confondent pas avec ceux du jour : le pigeonnier de l'Orme-Diot par exemple, qu'on ne remarque jamais en plein midi, mais qui dans l'obscurité surplombe la route et provoque l'inquiétude. Et la route de Saint-Denis elle-même, si franche et si droite, paraît alors pousser vers l'inconnu.

Ayant dispensé ses dernières recommandations, Marie-Antoinette reprit sa toilette. Le naturel s'arrêtait chez elle à ceci que sa beauté n'était en rien laissée au hasard. Avait-elle appris les calculs de la simplicité ? Grigorieff l'avait ramenée de Londres où sa mère, qui passait pour avoir été jadis un caprice de l'Empereur, tenait compagnie à l'Impératrice. Ce n'était pas chez les Anglais, si férus de pompes bourgeoises ou militaires et de costumes d'époque, qu'elle avait pu découvrir la grâce de la rigueur. Peut-être sa mère, traversant l'Empire, avait-elle évoqué des souvenirs plus lointains. Dans le Berry quand elle s'y installa, on n'avait pas l'habitude d'aller à des fêtes si nettes où flottait comme un parfum de cour. Beaucoup parmi les hobereaux qu'elle invitait souffraient de se sentir si gauches, si empruntés. Mécontents d'elle et d'eux-mêmes, ils se sentaient pourtant payés en la voyant sur le perron, resplendissante et tentatrice, dire au revoir de la main à la lueur des falots, de l'air d'un personnage de légende qui va bientôt regagner le livre dont il est sorti.

Au dernier moment, Augustin fut tenté de rester chez lui. Il y avait là le désir d'intriguer, mais surtout l'humeur rêveuse dans laquelle il se trouvait et dont il aurait aimé jouir, n'en ayant pas l'habitude. Tout d'un coup cette campagne lui paraissait immense. Il y était perdu. La simple majesté de ceux des arbres qui avaient conservé l'écorce blanche et poudreuse, presque méditerranéenne de l'été, l'ampleur des voûtes de feuillage virant à l'ocre et que les paysans ne voyaient plus lui donnaient le frisson. Il suivait des yeux les buses que le bruit des carrioles faisait lever et qui venaient chercher refuge chez lui et s'interrogeait sur leur âge. Lorsque le soir tomba pourtant, la vue des télé-

grammes paternels le rappela à la maison, c'est-à-dire
l'amusa suffisamment pour qu'il se décide à partir.

Le général l'accueillit au bas des marches, là où
s'arrêtaient les voitures. Il y en avait beaucoup déjà,
rangées dans la cour, dont les conducteurs s'assemblaient et parlaient à voix basse. Un candélabre à trois
bougies devant chaque fenêtre, la grande maison Directoire prenait un air vénitien. De l'intérieur de ce
théâtre montait une rumeur plaisante, faite de rires de
femmes et de musique de chambre. Grigorieff prit
familièrement Augustin par le bras et le promena à
travers la maison, rompant les petits groupes pour le
présenter. Il y avait là de tout, et même de grandes
femmes brunes et joyeuses et de beaux vieillards; et
Nathanaël de Bussy, très droit, qui parlait de fleurs
américaines à un jeune homme qui voulait tout
apprendre du monde. Un verre à la main, Augustin fut
vite happé et même fêté, crut-il. On l'interrogeait sur
ses travaux et sur Paris. Il surprit une charmante
vieille dame s'adressant à son voisin : « Est-ce un neveu
du baron Pieyre ? » Un capitaine d'infanterie trop bien
mis lui raconta l'hôpital de Bourges. Une jeune femme
aux cheveux déjà presque entièrement blancs, et que
son mari suivait en silence, le questionna longuement
sur les aventures de Nathanaël. « Est-il vrai que Bussy
et M. votre père ont servi en Égypte sous M. de Lesseps ? » Elle disait « Servir sous Lesseps » comme s'il se
fût agi du Sultan lui-même. Un invité plaisanta : « En
ce temps-là, l'Égypte était une terre française,
M. de Lesseps était prophète et quand on avait dit
" M. le comte ", on avait tout dit. » Pieyre lui sourit
poliment. A tous, qui y mettaient tant d'apparente

bonne volonté, il fit assez bonne figure. Jamais il n'appartiendrait à leurs cercles. Un simple effort le lui aurait permis, mais il tenait à rester, à l'intérieur de lui-même au moins, ce déclassé dont rien n'arrête la course. Il le resterait d'ailleurs quoi qu'il arrive. Telle était sa nature. Les habitudes, les coutumes, les origines, rien de cela n'était indifférent. Seulement il entendait se tenir à l'écart, n'être pas asservi, ne rien laisser s'interposer entre lui-même et ce monde qu'il habitait, où il habitait n'importe où. Et dans le divertissement surtout, garder une distance, un *quant-à-soi* qui lui étaient aussi nécessaires que la nourriture et le sommeil.

Avait-il déjà vu Marie-Antoinette ? L'endroit était si plein d'elle qu'il n'avait ressenti aucune impatience. Ici les ridicules s'estompaient. Les contraires se rejoignaient, et le petit sous-préfet de Dun, l'air d'un exilé, expliquait le sandjak de Novi-Bazar à un officier de chasseurs que les inventaires avaient fait démissionner. Enfin Marie-Antoinette apparut. Elle se tenait à l'entrée de la bibliothèque aux insectes et riait aux éclats. Ce n'était pas un rire de chasse ni un rire conquérant. C'était un rire de l'enfance et du plaisir. Que l'on pût rire ainsi sans vulgarité stupéfia Augustin qui s'approcha d'elle. Alors, pour se faire pardonner son indifférence, elle l'emmena dehors, vers les serres, en mettant un doigt sur ses lèvres, avec un air coupable que démentait l'éclat de ses yeux.

Ce que Marie-Antoinette se permettait, personne n'en savait rien. Peut-être même le général, qui connaissait la vie, s'arrêtait devant le secret de son cœur. Elle paraissait s'échapper de tout. Qu'elle ne fût pas facile pourtant, c'était l'évidence. Dans ce pays, elle a laissé une trace qui n'a pas disparu, et ceux qui l'ont aimée ressemblent à des ombres. Que si le général eût été plus jeune, elle eût peut-être choisi d'être sans détours, vouée à lui seulement, dédaigneuse par force des passions toujours recommencées. Mais l'âge du général lui interdisait de rêver d'être, un jour, vieille avec un homme, tous les deux ensemble. L'âge du général lui interdisait l'ascèse, la rejetait, malgré elle, vers le temps et vers la vie. Le sachant, elle voulait faire en sorte que cette vie-là fût quand même, quoi qu'il arrive, la moins laide possible.

Sans se cacher, ils passèrent devant un groupe de cochers. Les hommes retirèrent leurs grands chapeaux de feutre et la suivirent des yeux. Comme eux, Augustin l'admira. Il ignorait, croyait-il, très peu de chose de lui-même. Il n'était pas arrivé à son âge sans s'attacher. Il avait connu le reste, les danseuses nues et les modèles de peintres qui forment la société des internes parisiens. Une séparation et surtout le souvenir de sa mère dans la vie de son père lui avaient fait entrevoir d'autres abîmes. Il eut peur. Deux faibles lumières éclairaient le bâtiment de bois blanc aux courbes indiennes. « Antoine (Pieyre entendait pour la première fois le prénom du général) aime les insectes et moi les fleurs. C'est curieux d'aimer les fleurs, vous ne trouvez pas ? – En effet, répondit Augustin, la gorge serrée. C'est curieux aussi d'avoir choisi cette maison. – Je ne l'ai pas vraiment choisie. » Un instant, il fut vulnérable. « Si Dieu me refuse, le diable me prie, c'est la devise des Bussy. » Augustin sourit. « Moi, je suis un pauvre seigneur. Pas même un Faust d'hôpital. » Elle se rapprocha un peu. « Je ne toucherai à rien, c'est promis. La guerre ne me dit rien. » Autour d'eux, des buissons de roses aux couleurs extravagantes. La main gantée se posa sur son bras. « Comme vous me rappelez Londres... Vous êtes si froid. – Je ne suis pas froid », répondit-il. Ce fut elle qui l'embrassa. Puis elle lui dit à l'oreille, d'une voix de petite fille : « Voilà, maintenant le monde est à sa place. »

Augustin fit effort pour rester, alors qu'il aurait tant voulu être seul. Il s'assit un moment pour écouter le quintette que Marie-Antoinette avait fait venir de Bourges et dont les musiciens présentaient des figures d'honnêtes conscrits. Enfin, il put s'en aller sans avoir l'air d'un voleur. Il retrouva le chemin de plaine, le rideau protecteur des bois, le cirque de verdure penché sur la maison. « C'est le seul sortilège, dit-il à voix basse. Facile. La vie simple et tranquille. L'amour et le mensonge. » Puis il s'en voulut d'avoir prononcé ces mots.

XI

Klein s'assit près du lit de fer, le calepin ouvert sur les genoux. Alcocer semblait dormir, les mains croisées sur sa poitrine. Son torse amaigri et qui flottait dans le gilet à demi boutonné se soulevait en mesure. La barbe n'était plus faite avec le soin de naguère : elle montait vers les pommettes et descendait presque au milieu du cou. En même temps, le poil était devenu plus rare, plus pauvre, et comme cassant. Ce visage dont Klein avait appris que les dames l'aimaient lui fit l'effet d'un jardin abandonné, envahi par les herbes. Un jardin potager, pensa-t-il. Ainsi le contraste serait plus saisissant encore entre les lignes utiles du début et le désordre de la fin. « Ou un verger, un verger comme chez moi, avec ces pommes par terre qu'on n'a pas ramassées et qui pourrissent dans les tons jaunes. Un verger pour reconnaître l'arbre à ses fruits. » Il n'était pas jusqu'au célèbre teint du professeur, ce teint mat qui évoquait Sagua la Grande et ses prestiges, qui ne se fût dégradé, prenant les couleurs amères du vieux parchemin. Les yeux d'Alcocer s'ouvrirent pour se refermer aussitôt. Klein ne perdait rien du manège.

Tout d'un coup la voix d'Alcocer s'éleva. Une voix sourde et rauque, contrefaite, qui paraissait ne pas lui appartenir.

« Regarde dans le tiroir, foutriquet. Le père Dieule-veult est dans le tiroir. Tu devrais lui donner de l'air. »

Klein demeura sans bouger et écrivit quelques mots dans son carnet. Alcocer éclata d'un rire sec, puis, calme, mais d'une voix forte :

« Il y a bien longtemps j'ai créé le paradis. C'est moi qui l'ai voulu comme il est, avec ses immenses tables blanches, et son vin de Bordeaux. Au début, j'y organisais des fêtes. On y voyait des perruques poudrées et des femmes, le son des violoncelles, tout l'équipage délicieux des grands. On y chassait aussi. Les aboiements des chiens français fatiguaient les anges... Non, pas dans les nuages. On ne sautait pas d'un nuage à un autre. Vous êtes des enfants. Le paradis n'est pas dans les nuages.

Au printemps, je rebattais les cartes et chacun s'en allait vers un nouveau destin. Je m'intéressais surtout au destin des bateaux. J'ai lancé de vieux trois-mâts barques sur Bonne-Espérance. Je suis un Dieu cruel et compatis-sant tout ensemble. Je ne suis pas un Dieu méchant. »

(Ce qui est curieux, pensa Klein, c'est l'indifférence avec laquelle il débite son couplet. Un autre parle. A moins qu'il ne soit plus rien que ce qu'il dit ? Belle théo-rie en perspective.)

« Il n'y a pas de Dieu méchant. Les théologiens sont des ânes. Il y a un Dieu joueur. Comme un enfant qui coupe les membres des insectes. Je peux être malheureux aussi. Dieu peut tout, même être malheureux. Au-dessus de moi, je devine un Dieu plus grand que moi, et au-dessus de lui un Dieu plus grand que lui. Une immense échelle de Dieux. »

(Ça n'est pas tout à fait dépourvu de sens, se dit Klein.)

« Le vieux chaos, je l'ai sous la main. Ou plutôt dans mon esprit. Je le tiens prêt à déferler sur le monde. Au même instant, je suis l'ordre et le désordre. Je tiens les deux bouts de l'univers. Au moment où la Samaritaine m'offrait de l'eau près du puits de Jacob, je ne cessais pas de créer le monde, seconde après seconde, par l'exercice continu de ma volonté toute-puissante. Et je savais quand il allait finir, puisqu'il suffit que *je sois*. »

(Savoir et pouvoir, sourit Klein : Dieu est belge.)

« Je ne suis pas l'esclave de ma volonté. C'est mon plaisir divin de renaître en moi-même. Jamais de lassitude.

Je m'intéresse au sort des peuples. Je les élève et les précipite dans l'histoire. Le peuple des démons avec son chef et nous parlons, perchés sur les étoiles, des femmes et de la politique. Le peuple des Français et ses manies violentes. Les Portugais endormis qui attendent que leur roi revienne par la mer. Un jour, je les croiserai entre eux. J'ai essayé déjà de créer le Bulgare à partir du Russe et de l'Allemand, mais les pâtes étaient mauvaises. Je croiserai le Prussien et le Napolitain, le Français et le Bavarois, l'Espagnol et son taureau, le Grec et le Turc. On verra bien. Je créerai un peuple de lesbiennes : elles se reproduiront éternellement en mélangeant leurs salives au confluent du Tigre et de l'Euphrate.

D'un seul coup d'ongle, j'ai réduit Gorgias, stratège de l'Idumée. »

(Klein se souvint du pasteur de Niederbronn et nota : deuxième livre des Macchabées.)

« Tous ils s'attribuent mes victoires. Moi, je joue avec

168

eux comme avec des billes. Les billes sont de différentes couleurs. Il y en a en pâte à pierre durcie, en verre, en plomb. Je suis un Dieu joueur.

Quand ils me parlent, je n'écoute guère. Ils font trop de bruit. Et je suis un Dieu distrait. »

Alcocer s'était redressé. A moitié assis dans son lit, il se caressait la barbe à deux mains, regardant par-dessus l'épaule de Klein. D'une voix extrêmement douce, il reprit :

« Sainte Thérèse d'Avila, je suis ton maître et je te foutrai par le cul. »

(Nous y voilà, se dit Klein.)

« Connaissez-vous la corrida, mon vieux ? Je vais comme un taureau blanc sur le cheval du picador. Je trouve le défaut de la cuirasse matelassée et j'ouvre en deux le ventre doux. Autour de moi les muletas s'agitent en vain. Je me fais une couronne des tripes fumantes de l'animal qui se débat. Enfin je féconde la terre. Vous m'entendez ? Je la féconde à grands coups de queue dans le sol pour qu'elle ne meure pas. »

Son accent revenait, plus fort au fur et à mesure de son monologue. Il lui arrivait même de lâcher quelques mots espagnols. Quand il s'arrêtait de parler, le regard vague, il laissait échapper un petit sifflement qui accompagnait sa respiration. A plusieurs reprises, Klein crut l'entendre appeler sa mère.

« Le monde doit finir. Il doit finir, n'est-ce pas ? Je le vois finir. » Sa voix se faisait humble. On aurait dit qu'il rampait autour des moindres choses. A présent une tristesse indicible déformait ses traits.

« Pourquoi sommes-nous assis au milieu des ruines ? C'est très imprudent. Nous pourrions recevoir des pierres sur la tête. Avec tout ce lierre, les murs sont déla-brés. Quand j'étais petit déjà, c'était délabré. Les égouts dans les rues, à ciel ouvert... l'ordure des gens exposée partout... Quand même, le monde est plus solide qu'on ne le croit : regardez comme il a l'air fragile et pourtant il ne veut pas disparaître... C'est comme ces dents qui branlent et quand on veut les arracher, rien à faire... »

Une odeur nauséabonde. Il avait dû pisser sous lui.

« Quand ça ne finit pas c'est de l'opérette, du café-concert. Il est juste que ça finisse. Seulement c'est trop long. Mais sortez Dieuleveult de ce tiroir, bon Dieu! Vous voyez bien qu'il étouffe! Après tout cela m'est égal. »

Il ricanait, les mains de part et d'autre de son corps, crispées sur le drap. Il reprit un air vainqueur :

« J'ai connu des fortunes diverses. Le grand Baal et Quetzalcoatl le serpent à plumes. Fortune de mer... hop! hop! hop! »

Il agitait les bras, jonglant avec des boules imaginaires. Il fit mine d'en jeter une vers Klein.

« Hop! je suis un Dieu farceur. »

Il y eut un silence.

« Je veux mourir à la chartreuse de Voiron qui est sous la neige. Dieu aime les chartreux et les négriers. Il aime les peuples de la nuit. Être enterré dans une tombe sans nom. »

Puis :

« Je ne suis pas fou, vous savez, pas toujours. »

Klein tressaillit. Alcocer poursuivit d'une voix égale.

« Pauvres ânes, ils faisaient de leur mieux. Mais ils étaient trop lents. Ni coup d'œil, ni coup de main... Trois minutes pour voir les orifices des glandes de Bartholin...

des puceaux, voilà ce qu'ils sont... J'ai découvert la fièvre du Queensland, Monsieur... *Rickettsia Burneti*... »

Et, comme s'il récitait :

« Les feuilles du chèvrefeuille des jardins, *Lonicera caprifolium*, sont employées en infusion. La *Lonicera alpigena* donne des baies rouges aux propriétés émétocathartiques. Risques de troubles mortels. »

Profitant d'une interruption du délire, Klein sortit donner quelques indications avant la visite. Ce matin-là, Bernet la passerait lui-même. Klein appréciait sa rondeur et ses silences. Bernet usait, pour décrire les pires travers, d'une mesure presque paysanne, mais il avait sur sa discipline les vues les plus modernes. Et puis, quand Klein revenait en Alsace, une fois par an, il fermait les yeux, feignant de ne pas s'apercevoir de son absence.

Alcocer semblait l'attendre pour continuer son discours, et peut-être l'attendait-il en effet. Dès que Klein eut fermé la porte, il reprit :

« Même pour moi qui ai créé les peuples, un mystère demeure : c'est que vous, les Français, vous soyez parvenus à empoisonner le monde comme vous l'avez fait. Impossible de penser, d'aimer, de respirer, de vivre : la France a tout à vous apprendre... éponges à cul, bidets de métal, la France a tout à vous apprendre... des Allemands moins cruels, des Italiens moins lâches... personne ne sait ce qu'est un Français. En a-t-on seulement vu ? Oh oui, on a vu ces faces blanches et ces gestes pauvres, mais il est impossible de croire que ce sont eux... Et leurs femmes, qui portent des corsets et deviennent des héroïnes de la littérature... Pourquoi tant d'héroïnes littéraires ? A cause du corset... Au naturel elles ne tien-

171

draient pas... Mme de Mortsauf, jolie tête, mais en chemise les fesses tombantes et le sein nourricier, les jambes épaisses et l'amour éternel...

Chez vous seulement deux dimensions. Et vos décors plantés là, par hasard. Juste pour que l'histoire ait lieu. Votre manière de ne vous intéresser à rien. Votre clavecinade. Personne ne peut partager vos plaisirs. »

Sa voix tremblait légèrement. Il aurait pu avoir les larmes aux yeux. Klein fut surpris de cette amertume. En France il s'était vu couvrir d'honneurs. Personne ne le distinguait d'un Corse ou d'un Martiniquais. Son origine lointaine faisait rêver un peu plus et c'était tout. Mais lui, à l'entendre, aurait voulu davantage, l'impression d'être né là. Je me trompe, rectifia Klein. On dirait précisément l'amertume d'un Français. C'est une rage familière. Du danger de voir le monde à travers deux pays et leurs coutumes différentes.

« La France ? où ça ? La France allemande, une cabane pleine de livres dans la forêt, où l'on mange de la purée de marrons de l'Ariège en sifflant des airs de Noël ? La France italienne, lumineuse comme un cimetière napoléonien, Solferino, le pont d'Arcole ? La France anglaise qui pue le goudron, la bière, le parlementarisme ? La France belge, pauvre blonde égarée dans les crassiers wallons ? Où ça, la France ? Où ? Comment ? »

Klein devait retourner en Alsace dans peu de temps. Il s'en souvint, en éprouva un sentiment de bonheur furtif.

« Vous êtes trop sûrs de tout. »

Il se radoucit.

« Quitter une Française c'est s'exiler encore. Comme toujours, quitter les étrangères. Était-ce bien une étrangère ? C'est seulement plus douloureux. Redevenir l'enfant qui court sur les chemins de terre brune dans un champ de tabac. Pas pauvre, cependant : à quinze ans ma première longue-vue de marine, mon premier cheval...

Le pays de Loire est un roquefort : tuffeau blanc marbré de pourriture où vivent les troglodytes. Ils habitent leurs maisons et les mangent. Et Paris, de pauvres quartiers réservés comme dans toutes les villes : la rue de Madrid où sont les luthiers, la rue de Siam où sont les bourgeois, la rue Blondel où sont les putes. Vous avez seulement jeté là-dessus de la splendeur classique. »

Klein se demanda si à Cuba aussi ils tuaient les vieux. Il s'irrita de dialoguer avec le fou. D'ailleurs Alcocer s'endormait, renversant la tête sur l'oreiller maculé de cheveux gris. Il était maintenant à peu près chauve. Il y avait près de dix ans qu'Augustin lui avait parlé d'Alcocer pour la première fois. Alors la réputation du maître l'impressionnait, et aussi Klein, par contrecoup. Alcocer, c'était une légende. Beaucoup de science, une attitude souvent étrange, une voix. C'était aussi ce grand service de la Pitié aux noms illustres : les portraits des patrons dans les amphithéâtres, les salles dédiées à leur mémoire. Les malades qu'ils avaient soignés étaient morts. D'autres malades étaient venus. Les maîtres demeuraient dans les couloirs et sur les frontons, paternels, exigeants. Un jour Alcocer prendrait place parmi eux. Maintenant il était là devant Klein. Klein avait vieilli. Il pensa à l'enthousiasme d'Augustin nommé à la Pitié. Il regarda Alcocer. Une sorte de vertige le prit.

Klein ouvrait la porte quand Alcocer cria :

« Restez où vous êtes! Mes journaux, en français et en espagnol, diffusent le progrès sur les cinq continents! Je tire les ficelles de mon immense fortune. Je suis le lait de chèvre universel, l'Église moderne, le pain azyme de la Pâques et tout le monde parle de moi. Il faut fournir aux hommes ce qu'ils demandent. Il faut fournir, voilà le secret. »

Dans le couloir, Klein dit à l'infirmier de garde :
« Changez-le. Pouvez-vous me donner l'heure ? »

Alcocer s'était tu. Il aurait voulu pouvoir dire tout ce qu'il était, et réduire l'univers comme une fracture, ou au contraire le briser en morceaux, pour en mélanger les éléments, leurs odeurs, leurs saveurs, dans une immense éprouvette, et comme un géant la répandre sur les autres hommes en hurlant son propre nom.

Lorsque sa femme vint le voir il resta sans rien dire. Après quoi il pleura pendant deux jours. Pieyre, retour de Bussy, ne trouva plus à l'hôpital Sainte-Anne qu'une loque qui bredouillait interminablement.

XII

« La France renonce en faveur de l'Empire allemand à tous ses droits et titres sur les territoires situés à l'est de la frontière ci-après désignée : la ligne de démarcation commence à la frontière nord-ouest du canton de Cattenom vers le grand-duché de Luxembourg, suit vers le sud les frontières occidentales des cantons de Cattenom et Thionville, passe par le canton de Briey en longeant les frontières occidentales des communes de Montois-la-Montagne et Roncourt, ainsi que les frontières orientales des communes de Marie-aux-Chênes, Saint-Ail, atteint la frontière du canton de Gorze, qu'elle traverse le long des frontières communales de Vionville, Chambley et Onville, suit la frontière sud-ouest de l'arrondissement de Metz, la frontière occidentale de l'arrondissement de Château-Salins jusqu'à la commune de Pettoncourt, dont elle embrasse les frontières occidentale et méridionale, pour suivre la crête des montagnes entre la Seille et Moncel jusqu'à la frontière de l'arrondissement de Strasbourg. »

Jacques Klein replia les feuillets de l'atlas national de La Brugère consacrés au département de Meurthe-et-

Moselle. Il les emportait toujours avec lui dans ses voyages. Curieuse rédaction, se dit-il. Peut-être ce travail avait-il été fait rapidement, sur un coin de table. Peut-être aussi cette idée des limites cantonales n'était-elle pas absurde. Un autre exemple de mes jugements hâtifs, se dit-il. L'atlas de Brugère était bien commode, qui portait la signature d'Arthème Fayard. Il indiquait les distances entre les petits bourgs et les lignes de desserte locale, les productions et les trésors du département, et tout ce dont le voyageur avait besoin.

Et Augustin, où en était-il ? A la Pitié, succédant au pauvre fou. « A lui la chair, à moi l'esprit. Quand on voit ce que nous en faisons... » Klein s'étonnait de voir son ami s'occuper si durement. « Mon divertissement à moi est moins gratuit », pensait-il. Jamais ils n'en avaient parlé. Klein regretta de ne pas lui avoir proposé de venir marcher avec lui ; mais peut-être Augustin arpentait-il les chemins du Berry. Un instant, Klein fut jaloux de ce pays inconnu. « Ce serait dommage qu'on nous le prenne, notre Augustin. » Il se reprit. « Mais ni rien ni personne ne le prendront jamais. C'est bien son drame, d'ailleurs. »

Le train du chemin de fer de l'Est approchait de Baccarat. Comme d'habitude, Klein se proposait de faire la route à pied, en franchissant la frontière au nord de la Haye des Allemands. Il descendit du wagon dans la dernière gare française, un peu après midi. C'était une sorte de maison de poupée, mais les rails menaient vers une terre étrangère. Il lui faudrait bien trois jours pour gagner Niederbronn. Il se souvint d'avoir vu dans le Brugère que les habitants de cette région parlaient un patois proche du latin. Chez lui, plus au nord, c'était un dialecte bas-allemand. Il se mit en route pour Badonvillers et le col du Donon, inquiet comme chaque fois de la souplesse de ses souliers ferrés, car il avait les pieds fragiles. En lisière de la ville, des bûcherons attablés devant d'énormes bocks de bière le regardèrent sans s'étonner. Ils étaient nombreux à cette époque, les Français qui préféraient gagner l'Alsace par la forêt, surtout d'anciens officiers d'origine alsacienne auxquels l'accès de la terre d'Empire était interdit.

C'était juste avant la Toussaint. Là-bas, en cette saison, le froid tombe vers quatre heures. Klein ne s'en souciait pas. A présent il entrait dans la forêt où il dormirait ce soir en écoutant les bêtes. Les émotions, les inquiétudes naissaient et disparaissaient au rythme régulier de son pas, mais amplifiées par le silence des longs couloirs de sapins, suffisamment intenses pour faire battre son cœur.

Sur le bord du chemin, à près de mille mètres d'altitude, peu avant le col, il aperçut le poteau frontière : un mât blanc surmonté d'un grand écusson aux couleurs noir, blanc, rouge et frappé de l'aigle germanique. Plus loin les routes se séparaient. Vers l'ouest, l'une conduisait à Cirey en France. Celle de l'est menait à Oberhaslach. Il prit plein nord dans la direction de Wasselonne. Enfin la nuit tomba.

Le lendemain il pleuvait. C'était une pluie fine, insaisissable. Elle ne cessa pas durant plusieurs jours. Elle avait éteint son feu, et, de part et d'autre du talus où il avait dormi, tracé de petites rigoles descendant vers les fossés de la route en contrebas. Il se remit en marche. Par une trouée dans les arbres, il découvrit la montagne verte et grise sous un ciel plombé, et, au-dessus, la plaine coupée de vignes et de haies.

Le temps passait sans qu'il s'en aperçût. Il marchait sans penser à rien, ouvert à ce paysage qui n'avait pas entièrement disparu de sa vie. La fatigue même tardait à venir.

Il contourna Saverne par le nord. Puis, d'Ingwiller où il dormit dans une grange, il reprit le chemin de Niederbronn. Il aurait donc mieux connu ce pays après l'annexion ; et sans états d'âme, simplement parce qu'il avait longtemps désiré voir plus loin que le faubourg Saint-Jacques, et que cette terre était la sienne. La sienne ? A ce qu'on lui avait dit. Il aurait pu connaître mieux la Kabylie où vivaient désormais ses parents, et où il avait passé ses premières années, mais le goût pour ce qu'on n'a pas choisi le poussait vers l'Alsace : la France avait pris l'Algérie, abandonné l'Alsace. C'était bien suffisant pour le jeter sur les routes, chaque année après l'automne. Il lui importait peu que l'Allemagne eût tort ou raison. C'était cet interdit jeté sur son passé qui faisait lever en lui le désir de reconnaître les lieux. Il savait bien pourtant qu'il les verrait toujours déformés par les souvenirs familiaux, et que ses souvenirs à lui n'auraient jamais, par conséquent, la fraîcheur et la ténacité des vrais souvenirs, sans non plus que les objets de ces souvenirs lui fussent totalement étrangers. Ainsi pénétrait-il chaque fois dans un univers de rêve, qui était le sien sans l'être, le sien par procuration, un univers conditionnel : c'était l'école de Niederbronn, non pas une école comme les autres, et pas non plus celle où il avait subi les longues heures de l'enfance, mais celle où il aurait pu grandir ; et cet instituteur tué par les uhlans quelques années avant sa naissance était bien celui qui aurait dû lui apprendre la grammaire si le cours des choses n'avait pas été dévié : ce n'était ni son maître ni n'importe lequel des maîtres. A la vérité, si à plus de trente ans il revenait en Alsace avec la simplicité d'un apprenti, c'était bien pour cette raison que l'Alsace lui donnait, par un caprice de l'histoire, un aperçu du paradis. L'Alsace lui était donnée et refusée à la fois. Il n'avait ni à la renier ni à la supporter. Sa liberté restait entière. En fait, c'était un paradis à la porte entrouverte, duquel on pouvait même sortir.

La dernière guerre avait commencé là, à l'entrée de cette ville d'eaux. Une plaque indiquait l'endroit de la mort du premier tué français, le maréchal des logis Féréol Pagniers, et du premier tué allemand, le sous-lieutenant Herbert von Winsloe. En longeant ce mur jaune vers la synagogue, Klein sourit de cette opposition des noms dans leurs consonances, des grades et des états. Une opposition de caricature. Il se représenta les nations comme des enfants d'une classe, chacun enfermé dans ses manies, bien plus différent de tous les autres que les hommes entre eux ne le seront plus tard. Il se souvint d'Alcocer, cet animal devenu aveugle et qui lui avait dit plusieurs choses exactes.

Avant le soir, il s'assit en face de la source romaine, en plein centre de la ville. La maison de sa famille était à deux pas. La pluie tombait toujours. « On ne flâne pas, ici », pensa-t-il en regardant les passants qui paraissaient savoir où aller. Ce n'était pas l'époque des cures et le temps ne se prêtait pas aux longues promenades. Il étira ses membres endoloris, secoua ses cheveux mouillés et, dès qu'on lui eut apporté une bière, s'abîma dans la contemplation sereine des toits pointus, des murs peints et des lisières de la forêt où jaillissent d'autres sources.

Le lendemain matin, il se promena dans la ville. Il n'y avait plus de famille à l'exception d'une sœur de son père qui habitait une maison de scieur sur la route de Reichshoffen. Comme chaque fois, il fut la voir et resta près d'une heure sans parler devant un verre d'eau-de-vie, les coudes sur la table en chêne, dans l'odeur du cirage et des confitures. Elle ne parlait plus guère à personne et lui ne savait quoi lui dire. Il avait pour elle des messages de son frère, et elle était contente apparemment de le voir et de penser que tout ne s'était pas perdu. Tout le temps de leur rencontre, une petite bonne en tablier blanc se tint près de la porte, sans parler, sans bouger. C'était elle, probablement, qui avait mis ce gros bouquet de fleurs sur la table et disposé les petits verres en cristal. Klein l'imagina à genoux, répandant l'encaustique sur le parquet et le frottant avec lenteur pendant que sa tante regardait par la fenêtre. Toutes deux silencieuses. Il détesta le bruit profond du carillon, qui sonnait même les quarts d'heure.

En la quittant, il s'avoua, et ce n'était pas la première fois, qu'il ne comprenait pas les raisons qui avaient conduit sa famille en Algérie. Après tout l'Allemagne ne serait pas éternelle et ces forêts étaient les leurs. A présent ses parents élevaient du vin rouge pas très loin du désert. Ils s'y étaient faits, avec une souplesse sans phrases. Au fronton de la poste, au-dessous du drapeau impérial, on pouvait lire des caractères gothiques. Bientôt seuls les vieux, comme sa tante, parleraient encore le français. Klein n'aimait pas les vociférations des politiciens de la République. Il avait dit un jour à Pieyre : « L'Alsace-Lorraine, c'est comme l'ampoule de saint Janvier à Naples. Quand il le faut, on fait couler un peu de sang. »

Il voulut revoir les anciennes forges de Jaegerthal. Elles sont au fond de l'étroite vallée du Schwarzbach, de part et d'autre de la rivière. On voit d'abord une chapelle, puis, après un tournant, deux bâtiments du dix-huitième siècle. Du premier, il ne reste qu'une façade. Le second est presque intact, avec son fronton de bois, sa cloche et la date de la construction dans une sorte de cartouche, sur fond vert. Au début du siècle déjà les maîtres de forges avaient transporté leur industrie un peu plus loin en aval, et cette partie de la vallée, redevenue paisible, ne résonnait plus que du chant des oiseaux. C'était une paix étrange, celle d'un petit pays déserté. Klein goûtait là une joie mélangée où il entrait de la tristesse – une tristesse imprécise. Il ne s'y refusait pas. Il laissa s'écouler plusieurs heures près de la roue d'un moulin désaffecté. Garnie de six ou huit galets seulement, elle tournait irrégulièrement au gré du flot, et ce bruit d'eau, doux et grave, lui rappelait l'enfance, quand le jaillissement des fontaines arabes l'aidait à s'endormir.

La nouvelle de la mort d'Alcocer ne l'atteignit qu'un jour plus tard. On lui avait câblé poste restante à Niederbronn. Le professeur aurait pu vivre dix ans dans cet état trop avancé pour qu'il subsiste aucun espoir de rémission. Il s'était brisé la tête contre un mur. On l'avait découvert à six heures du matin, assis contre le mur ensanglanté, les bras étendus de chaque côté du corps et le regard droit. « Personne à blâmer », se dit Klein. Enfin, peut-être une surveillance plus stricte aurait-elle permis de prévenir son geste. Il admit pour finir que c'était mieux ainsi. Ce propos ne suffit pas à le rasséréner. Dans l'après-midi, il reprit le premier train pour la frontière. Les douaniers feignirent de s'étonner que, venu par la route, il repartît par le train, mais il leur expliqua qu'il aurait de beaucoup préféré rentrer par le même chemin – et ils ne pouvaient savoir comme il était sincère.

Lorsqu'il retrouva Augustin à la *Brasserie des bords du Rhin*, il remarqua simplement : « Tu as bien fait d'acheter cette maison » ; et son ami crut comprendre ce qu'il voulait dire.

XIII

– Bien. Le mal est sans raison.

Klein battait la semelle devant la statue de Jeanne d'Arc, celle de la place Saint-Augustin. A entendre ces mots, Pieyre se demanda s'il avait voulu dire qu'on ne peut expliquer la folie, ou si son propos allait plus loin. Les traits de Klein demeuraient immobiles, et cette immobilité lui conférait une dignité particulière. Il s'était vêtu, portait un manteau gris, un col dur, un costume de serge noire, une cravate de la même couleur. Il en faut pour apprivoiser le faune, pensa Augustin. Jacques avait l'air recueilli, ce qui surprit son ami, qui l'avait toujours vu rire des situations les plus dramatiques.

– Froid. Café ?

A certains moments, Klein s'exprimait par interjections. Augustin et lui s'engouffrèrent dans le café qui fait l'angle de la rue de la Pépinière, un aimable commerce qu'on dirait replié sur lui-même, impressionné par la masse voisine du cercle militaire, bâtiment trop haut aux facades semées de faisceaux, d'écussons, de canons, de cuirasses, et voué, en plein Paris, aux plaisirs amers de la vie de garnison. Ils foulèrent avec plaisir la sciure du sol, se réchauffèrent aux bruits familiers. Le zinc fraîchement lavé renvoyait des lueurs fortes et rassurantes. Le jour était gris et froid dehors, gris et chaud dedans.

Le parvis de Saint-Augustin s'animait. Voitures à cheval, automobiles débouchaient des rues voisines et s'arrêtaient au pied des escaliers. Des gens arrivaient à pied ou en omnibus. Quelques voyageurs portaient sur leur visage les marques du froid de l'impériale. Bientôt un flot régulier heurta les marches. Les portes en cuir bouilli battaient au rythme de ce flot. On vit s'accélérer le roulement des voitures. Puis la basilique aux faux airs byzantins déborda. Les habits noirs, les uniformes, les manteaux bleus de l'Assistance publique se serrèrent au-dehors. Il était près de midi. Un quart d'heure plus tard, la place Saint-Augustin fut envahie à son tour, puis le boulevard Malesherbes de la rue de la Bienfaisance à la rue La Boétie. Toute cette foule attendait sans impatience. Quelques gardiens de la paix, descendus de leur commissariat, se mirent en état d'assurer l'ordre public.

Le porche de l'hôtel était étroit, et la cour pavée assez petite, comme souvent autour du parc Monceau. Mme Alcocer craignit un instant que le corbillard ne pût sortir. Il était pourtant entré; mais depuis, on avait tendu le porche d'un grand drap noir en forme de rideau de théâtre, orné en lettres d'argent des initiales du mort. De fait, la voiture en ressortant accrocha un peu de drap, qui s'enroula au moyeu d'une roue, au moment où le cocher qui n'avait rien vu pressait ses chevaux. Le portique funèbre s'abattit brusquement dans un froissement soyeux comme celui d'une robe de femme. Deux domestiques décrochèrent le drap, le roulèrent, et Mme Alco-

184

cer, se retournant, les vit qui tenaient cette boule noire
pliée contre eux devant l'entrée de la maison où ils
avaient vécu.

Augustin Pieyre et son ami se frayèrent un chemin
dans la foule et gagnèrent la nef. Ce seraient les funérailles d'un des plus grands cliniciens du siècle. Un irré-
gulier, mais l'un des plus grands. Des funérailles de
foule et d'ombre et de lumière. On voit aux premiers
rangs la faculté en toge, plusieurs ministres, les représen-
tants des académies : puis ses élèves, et les internes et les
infirmières auxquelles on a demandé de garder leur long
manteau bleu. Il y a le vicaire général des hôpitaux, le
provincial des jésuites de Paris qui doit prononcer l'oraison funèbre et le curé de Sagua la Grande qui ne
comprend pas le français. Enfin, tout au fond, aux derniers rangs, cachés, dissimulés, les psychiatres et le personnel de Sainte-Anne, comme un dernier obstacle à sa
gloire.

Six internes de la Pitié portèrent le cercueil au pied de
l'autel au milieu des couronnes. On distinguait celle du
président du conseil, celle du perpétuel de l'Académie de
médecine, celle du directeur de l'Assistance publique et
celle de l'ambassadeur de Cuba. Du dehors montait la
rumeur d'un bon millier de ces anonymes qu'il avait soignés eût-on dit sans les voir. La famille prit place avec de
pauvres gestes. C'était, en réalité, la famille de sa femme.
Celle-ci s'agenouilla et demeura prostrée un instant,
comme si elle cherchait à échapper à ces cortèges, à toute
cette foule et peut-être au souvenir de cet homme qu'elle
avait admis et supporté, puis aimé à la longue sans le
comprendre, et qui lui manquait à présent. Au moins, il
n'aurait appartenu à personne, se dit-elle, certes pas à

elle, mais pas non plus à tous ces gens. Ce lui fut un réconfort lorsque éclatèrent les premières notes d'une des sonates en trio de Bach. Forcé à la simplicité, le grand orgue romantique de Saint-Augustin laissait comme à regret échapper ces sons d'ailleurs.

Pieyre avait voulu cela. Alcocer le méritait. C'était un peu corriger le destin. Sans doute son maître aurait-il agréé ce faste funèbre.

Le vicaire général se porta devant l'autel, entouré du provincial des jésuites et du curé de la paroisse. Le curé de Sagua se tenait en retrait. Étendant les deux mains, paume tournée vers le ciel comme le prescrit le rituel romain, le vicaire rompit le silence, d'une voix faible qu'il ne se souciait pas de forcer. « *In nomine patri et filii et spiritu sancti.* »

« Ils ont l'habitude de la mort », se dit Pieyre en écoutant les simples mots de l'introït. De la même voix égale, le vicaire prononça l'invocation du psaume 42, où le psalmiste demande à Dieu de le défendre contre les ennemis de son salut : « *Judica me, Deus, et discerne causam meam de gente non sancta : ab homine iniquo et doloso erue me.* » Puis la longue houle du Confiteor parcourut l'église en un murmure où dominaient les voix les plus graves, et dont la puissante banalité fit tressaillir Augustin. « *Confiteor Deo omnipotenti, beatae Mariae semper virgini, beato Michaeli Archangelo* (ici il pensait toujours à Michel-Ange, à la Sixtine, à la chute originelle), *beato Johanni Baptistae, sanctis apostolis Petro et Paulo, omnibus sanctis, et vobis fratres...* »

Les vieux avant nous au paradis, et ceux qui comme ma tante ne disent jamais un mot, songea Klein.

« ... *Quia peccavi nimis cogitatione, verbo, et opere...* »

« En paroles, par les pensées et par les actes, ainsi tout est couvert, il faut bien être coupable », se dit Augustin. « ... *Mea culpa, mea culpa, mea maxima culpa...* »

C'étaient bien les impressions de l'enfance. Le tumulte des pécheurs montant vers la voûte : un tumulte fait pour frapper les esprits.

Le curé de Sagua la Grande était un petit vieillard jauni aux allures de missionnaire. Il disparaissait presque derrière le lutrin. D'une voix basse, il lut très lentement, en butant sur les mots, les derniers versets de l'Ecclésiaste où il est question d'un chemin vers la mort. Puis le curé de la paroisse fit entendre les mots par lesquels l'apôtre Paul abolit au nom du Seigneur les nations et les races. Enfin le vicaire lut le récit de la vocation de Pierre dans l'Évangile de saint Jean : « Quand tu seras vieux, un autre que toi nouera ta ceinture et te conduira là où tu ne voulais pas aller. »

Le provincial des jésuites de Paris monta en chaire. L'assistance ne suffirait pas à l'impressionner : il tenait pour assuré que l'intelligence ou le talent égarent plus souvent qu'ils ne sauvent, opinion qui parfois l'inquiétait lui-même. Le R.P. Philibert, en effet, était très intelligent. Il voyait de haut les travers et les vices. L'habitude du péché l'avait débarrassé des illusions. En d'autre temps, sans doute aurait-il usé de sa lucidité sans apprêts pour gouverner les hommes. Comme il était trop fin pour prétendre gouverner les âmes, son énergie restait sans emploi. Dans les mauvais jours, elle s'épuisait en ironie. Lorsqu'il croyait avoir blessé quelqu'un, il pouvait faire preuve d'une humilité désarmante, lui demandant pardon comme à l'un de ses frères, fût-ce en public. Et l'exemple qu'il donnait sans le vouloir révoltait plus les spectateurs que son ironie ne l'avait fait. Assez grand, le visage italien, le nez fort et anguleux, les cheveux blancs ramenés vers l'arrière, il allait dans les salons au point que ses ennemis pouvaient ouvertement l'en blâmer. On l'y avait même vu, paraît-il, allumer des cigares. Malgré les cigares il vivait pauvrement, et il en souffrait. Il allait plus loin aussi, à Sainte-Anne par exemple et personne n'en savait rien. Il avait dit un jour à un ami : « C'est entendu, je vais dans le monde. C'est que je sais exactement la pâte à laquelle j'ai affaire. C'est la mienne. Je suis aussi comptable devant Dieu de mon temps. Quant au plaisir que j'y prends, n'ayez pas d'inquiétude, il est payé déjà. »

Le Père Philibert regarda longuement le public. D'abord le premier rang, puis le second, le troisième, toutes les travées jusqu'au fond de l'église, comme s'il voulait forcer l'attention de chacun, la ramener à ce mort, à cette vie et à Dieu. Il était ainsi présent à chacun de ses actes avec une entière concentration, convaincu qu'il était qu'une partie décisive se joue à chaque moment de l'existence, une partie qu'il suffit de très peu pour gagner ou pour perdre et dont on ne parvient à maîtriser les règles qu'à la condition de s'oublier soi-même. Il savait n'y être pas parvenu, il savait aussi que la plupart n'y parviennent pas, mais il ne cessait de les exhorter à méditer cette incapacité en quoi consistait pour lui le péché. Il aimait les pécheurs et détestait les complaisants. Il connaissait, pour les avoir observées en lui-même, toutes les ruses de la complaisance. « Péchez si vous voulez, disait-il à ses ouailles, mais par pitié ne corrompez pas les principes. » Et à ses novices : « Le secret est simple. Prenez Dieu au sérieux. Prenez la vie au sérieux. Ne vous prenez pas au sérieux. » Il voyait le chrétien isolé dans un monde complaisant, où l'œuvre du diable était visible. Il fallait sans cesse remettre la création sur ses pieds.

« J'ai connu un homme, et c'est pour un autre homme que vous êtes venus. De toute éternité le Seigneur en connaissait un troisième qui réconcilie les deux premiers. Je vous propose d'abord de méditer ce mystère. »

Il commenta les lectures du jour. Par petites touches il dessinait une figure assez inhabituelle du mort. Non qu'elle fût flattée : l'angle seul était différent. Pourtant, il restait discret. D'Alcocer qu'il avait bien connu semblait-il, il ne disait rien qu'il eût mieux valu taire, et d'ailleurs son sermon avait un autre but : non pas retracer une carrière ou même honorer une mémoire, ou encore inciter à prier pour une âme qui maintenant, dans le face-à-face éternel, devait bien savoir à quoi s'en tenir, mais, en s'appuyant sur les péripéties de cette destinée, conduire quelques-uns de ces milliers d'hommes à regarder la leur en face. Deux ou trois suffiraient. Ainsi la matinée n'aurait pas été perdue.

De fait, son propos, tendu vers l'efficace, avait de quoi surprendre. Les formes apparentes de la dévotion en étaient absentes, comme s'il avait voulu avancer profondément sans se découvrir, sachant par expérience qu'il n'y a rien à gagner à déclencher trop tôt le sarcasme ou le haussement d'épaules. Selon le précepte évangélique, il songeait d'abord aux brebis égarées, et parmi celles-ci aux plus rétives, celles dont l'égarement, volontaire, avait été mûri et décidé. Une oraison funèbre se prêtait mieux à cette recherche qu'un sermon du dimanche. Il pouvait faire avancer ses arguments derrière le rideau de fumée de la vie sommairement racontée du mort (« Une vie pleine », avait-il dit, à quoi Lacombe avait répliqué en pensée : « Une vie ratée. Qu'est-ce qu'un ratage ? Léonard est un raté »), pour les dévoiler brusquement en quelques phrases aussitôt prolongées par le silence auguste de l'église, en sorte qu'elles frappent droit au cœur. Il ne désirait d'ailleurs pas convaincre, les temps selon lui ne s'y prêtant plus, mais inquiéter, ce qui n'est pas faire peur. Pas de menaces : la peinture du châtiment éternel – pourtant bien anodine au regard de ce que devait être la réalité – avait cessé d'agir sur les esprits ; seulement les quelques mots qui suffisent à faire lever comme pâte l'ambiguïté des constructions uniquement humaines, à les faire voir pour ce qu'elles sont, bâties sur du sable, décors en trompe l'œil, rues provisoires, spectacle rassurant qu'un peuple de Potemkine se donnerait à lui-même. Remettre la création sur ses pieds.

« Vous croyez à l'infiniment grand et à l'infiniment petit. Vous savez distinguer la puissance et la faiblesse. Imaginez un instant que celui qui s'adresse à la Samaritaine penchée sur son puits soit aussi le créateur des mondes ? Et, plus encore, qu'il ne cesse pas de l'être, minute après minute, seconde après seconde, et que dans le court moment où il dévoile de façon si énigmatique le secret de sa double nature et lui parle de l'eau vive, il embrasse d'un seul regard l'histoire de l'univers du début à la fin. »

« Je me souviens de cette idée, se dit Klein. C'était une idée du fou. »

« Je ne vous demande pas de le croire. Peu m'importe votre foi. Seul Dieu connaît la foi. Ne vous défendez pas d'imaginer. Dans ce monde différent que vous apercevez alors, les extrêmes prennent un autre sens, la raison et la folie, la vie et la mort. »

Ce fut la seule allusion à la folie. Ensuite il reprit un ton plus dépouillé et parla simplement de la misère et de la pauvreté des malades. Puis il osa deux phrases sur l'amour du prochain et sur l'amour tout court. Vaguement agacé, Klein murmura à l'oreille d'Augustin : « L'amour, oui. Il prétendait pouvoir baiser quinze fois par nuit. Pas étonnant qu'il soit devenu fou. Je me demande si c'est vrai. – On trouvera sûrement une dame dans l'assistance pour le confirmer », répondit Pieyre. Leur recueillement avait assez duré. Le provincial des jésuites abusait de leur patience. Ils auraient aimé lui faire un signe de la main, comme ces châtelaines du début du siècle dans les églises de campagne, qui manifestaient ainsi au curé, fils d'un de leurs fermiers, le désir de le voir abréger son prêche. Le Père Philibert traitait à présent de Dieu et des nations. « Les nations, disait Alcocer : l'Italien encule, l'Espagnol glisse, l'Allemand pleure, l'Anglais s'abstient et le Français débande. Le Français débande toujours. Voilà ce qu'il disait des nations. Je m'en souviens très bien. » Klein en souriait encore. Comme s'il les avait surpris, le prêtre conclut sur ce qui est invisible pour les yeux. Il rappela le goût du professeur pour la Chartreuse, qui n'était pas le goût de la paix, croyait-il, mais le goût des combats les plus durs, ceux de la solitude et de l'office de nuit. Dans l'esprit d'Augustin les images se heurtaient comme celles d'un rêve, le grand massif enneigé de Voiron, l'hôpital Sainte-Anne, la « Maison d'éternité » qui, il le tenait de Nathanaël, est le nom que les anciens Égyptiens donnaient à leurs tombeaux. Mme Alcocer gardait les yeux fixés sur le cercueil. Enfin le prêtre retourna s'asseoir et se tint là, immobile et pensif, comme s'il avait été seul.

La bénédiction finale suivie de l'oraison de saint Augustin : « *Ante oculos tuos, Domine, culpas nostras ferimus et plagas quas accepimus, conferimus.* » L'assistance n'attendit pas que le cercueil fût sorti pour quitter l'église. Ils n'auraient pas agi autrement pour une messe du dimanche. Les travées se vidaient dans l'allée centrale, et c'était à présent le bruit d'un piétinement qui s'élevait vers les voûtes.

Dehors il faisait toujours aussi froid. En arrivant au cimetière du Père-Lachaise, les chevaux du corbillard prirent brutalement le galop et, malgré les efforts du cocher, passèrent sous le porche dans un bruit de tonnerre pour s'arrêter au milieu de l'allée centrale. La famille et les derniers amis rejoignirent le mort échappé. Sur la fosse ouverte, ce fut au tour du curé de Sagua la Grande de lire l'absoute et de prononcer quelques mots, en espagnol.

XIV

Pour succéder à Alcocer, trois candidats furent mis en lice par les principales factions hospitalières. Hermangeat était si gros que lorsqu'il opérait, la panseuse lui tenait le ventre au-dessus du champ opératoire. Une ou deux fois par heure on le faisait uriner dans un bocal, en le soutenant au moyen d'une pince. Il gâcha ses chances en déclarant à propos de Lacombe qu'il ne voudrait pas d'un chef à tête de paysan des douars. Pieyre monta efficacement le service contre lui, empêchant sa nomination. Prunier était toujours en avance d'un temps. Caustique, brillant, rapide, minuscule, il confondait un peu le monde et son jugement sur le monde. Il lui arrivait souvent de précéder un mouvement qui pour finir ne se produisait pas. Alors, au lieu d'y songer, il enfourchait l'idée suivante, avec le même mépris pour ses détracteurs. Parfois, il avait raison, mais curieusement il ne s'en vantait pas. Il aimait mieux en effet bouger que triompher. Ses pairs étaient peu sensibles aux beautés de cette course en avant. Ils disaient de lui : « Il est porté sur son intelligence comme sur un tapis volant. Malheureusement il n'y a pas de tapis volant. » Ils ne retinrent pas sa candidature. Le troisième, Vorochine, portait le nom connu d'un ancien médecin du tsar Alexandre – son père –, était l'élève de Hartmann et avait étudié la pathologie avec Paul Reclus, mais bien qu'excellent clinicien, il passait pour original, consacrant trop d'heures à la sculpture et à l'astronomie. Il avait fait installer sur le toit de sa maison, en Champagne, une splendide coupole que les paysans venaient en troupe admirer le dimanche – et, de l'avis général, c'était assez d'un Alcocer. On ne sait jamais avec les Russes. En désespoir de cause, la faculté se rabattit sur Augustin Pieyre. Il était savant, efficace, dévoué, on lui promettait une grande carrière. Il avait seulement contre lui d'être trop jeune et de ne pas porter un nom connu. De plus son maître, et pour cause, ne pouvait plus intriguer pour lui comme il est d'usage. Le Dentu qui enseignait alors à l'hôpital Necker balaya les obstacles et emporta la nomination.

Ainsi Pieyre était-il parvenu au sommet sans donner trop l'impression de l'effort. Il paraissait chercher dans son travail le plaisir sous des formes inédites. Passant la visite dès six heures, déjeunant d'un pain de deux sous, c'était bien Dupuytren qu'il s'efforçait d'imiter – ou plutôt c'était cet exemple qu'il avait choisi pour s'élever au-dessus de lui-même, car il était sans illusions.

Il fit venir auprès de lui, pour faire équipe avec Lacombe, Charles Lenormant. C'était le petit-fils d'un archéologue féru des monuments d'Égypte et de Chaldée que Mérimée avait tenu en haute estime. Son fils lui-même, le père de Charles, auteur à quatorze ans d'une *Lettre à M. Hase sur les tablettes grecques trouvées à Memphis*, avait poursuivi les mêmes recherches. Puis il avait consacré ses dernières années à l'Institut et à son fils. Charles Lenormant avait travaillé dans la bibliothèque de leur château du Bugey, où de grandes boîtes en carton renfermaient des papyrus et des spécimens d'écriture cunéiforme, et sur les travées de laquelle des dessins jaunis montraient certaines des plus belles céramiques de l'Antiquité. A la mort de son père, il avait pris sur le conseil d'un chirurgien de Lyon le chemin de la faculté de médecine. Il s'y était très vite signalé. Son apparence juvénile le rendait populaire. Interne, il paraissait lycéen ; chef de clinique, à peine étudiant de première année. Quand il fut désigné pour siéger au jury du prosectorat, les huissiers le refoulèrent vers la salle où les candidats attendaient. Toujours gai, presque primesautier, il savait pourtant prendre un air d'autorité. Le regard étonné, anxieux de tout, il voulait aller à l'essentiel et tirer rapidement les leçons des maîtres. Son enfance avait été lente : il se rattrapait. Le temps des étés paresseux du Bugey était révolu. De Pieyre dont il avait été l'interne, il se souvenait d'avoir appris chaque jour quelque chose, de n'être pas arrivé au bout de l'homme ou du chirurgien. Augustin croyait que son allant ferait équilibre à la prudence de Lacombe. Et puis il goûtait sa finesse et cette immense culture héritée du passé dont Charles Lenormant ne faisait jamais état, réservant pour ses proches ce beau jardin inutile. Après quelques mois de travail en commun, Augustin prit l'habitude de l'emmener dîner chez son père. La journée accomplie, il se taisait et, fumant sa pipe, les écoutait parler de l'Égypte du rêve et des découvertes de Champollion. En Lenormant il y avait du dandy, un rien de pose ; mais la grâce de ses manières faisait tout pardonner.

Alors Augustin Pieyre donna toute sa mesure. Il fit nettoyer le service, prescrivit l'asepsie, menaça d'expulsion les religieuses qui refuseraient de se soumettre. La tradition veut qu'il ait répondu à leur supérieure qui lui parlait de leur mission et de la charité : « J'emmerde la charité, ma mère. Jusqu'à ce qu'elle sauve. » Pourtant il était rarement grossier.

On se souvient encore de ses diagnostics. Il se refusait à en voiler le mécanisme, à les auréoler de mystère. Il riait de l'inspiration. Parfois, comme Dupuytren, il s'éloignait sans conclure, réservé, silencieux. Excellent opérateur, héritier en cela d'Alcocer, il se portait contre la difficulté de toutes ses forces, choisissant ses chemins avec une sûreté d'anatomiste. L'*extirpation* achevée, il poursuivait toujours la *réparation* avec une minutie et un goût de la perfection qu'il disait tenir de l'enseignement célèbre de Terrier. Là encore, il se refusait au mime, à la figuration, au costume, à la calligraphie. Il accomplissait des gestes nécessaires. L'emphase lui était étrangère.

Sa curiosité scientifique, profonde et continue, était un exemple pour tous. Il aimait les preuves avec les affirmations, comme une politesse élémentaire. Une journée qui ne lui apportait pas un fait nouveau sur lequel s'interroger n'était pas tout à fait belle. C'est par cette constance qu'il dominait son entourage ; car au fond Augustin Pieyre n'aimait pas commander. Il n'avait aucun sentiment de la hiérarchie, aucune ivresse d'autorité et renonçait le plus souvent aux satisfactions élémentaires qu'elles procurent. La simplicité, l'indépendance, le goût de la solitude se conjuguaient chez lui pour l'empêcher d'aimer le commandement. Cela lui valait d'ailleurs une manière de prestige. Très vite il fut d'autant plus respecté qu'il se refusait à en imposer par l'apparence. Le personnel s'étonnait qu'il eût, à son âge, une vie si retirée, les soirées passées à lire dans son appartement ou chez son père place Saint-Sulpice, et, désormais, quelques jours par mois dans le Berry. Il paraissait ne plus se donner la comédie depuis longtemps. Il pouvait s'indigner : l'affaire de l'asepsie en fournit un exemple. Il n'avait pas peur des êtres et des mots, mais de l'erreur et de l'ennui. Les imposteurs du métier ou de la vie l'atteignaient au plus vif. Il ne s'était pas habitué à l'injustice qui règle les réputations, et gardait une méfiance d'adolescent devant toutes les gloires. S'il avait tant de réserve, c'était par tempérament bien sûr, mais aussi parce qu'une certaine prudence en tout lui paraissait souhaitable. Il buvait sec, parlait peu, fumait trop, jouissait de la vie – mais sans s'éloigner du chemin qu'il avait choisi. Au chevet des malades, il donnait son meilleur. Il se tenait près d'eux longtemps comme s'il s'instruisait de ce que la maladie leur avait appris. Beaucoup s'en trouvaient soulagés, sans comprendre pourquoi. A cette époque, Augustin était heureux.

Bien sûr la vie les disperserait, infirmiers, malades, médecins, et la mort ferait le reste. « Tôt ou tard... » avait coutume de dire Lacombe d'un air fin. Mais Augustin s'en moquait. Entre tous, le sentiment d'être là groupés, à plusieurs, pour faire le nécessaire, lui était précieux. Et les mots rarement graves qu'ils prononçaient. Et leurs rires du matin, quand ils se retrouvaient satisfaits de commencer ensemble une nouvelle journée, de sentir l'eau de Cologne et de n'être pas morts.

Parfois, aux prises avec cet amas de besognes dont il se

chargeait sans hésiter, l'irritation le saisissait. C'est dans un de ces moments que la supérieure des hospitalières de la Pitié l'avait entendu vitupérer la première des vertus théologales. Un flatteur, un fonctionnaire ou quelques résistances accumulées « en complot », comme il disait, le rendaient soudain violent. La paix ne revenait que lorsqu'il avait trouvé les mots appropriés à l'incident.

Il lui arrivait d'user d'un langage pittoresque, puisant dans ses lectures favorites. Telle visiteuse ou telle infirmière était Gargamelle ou Badebec. Telle autre lui rappelait la lamentation des tourterelles. Devant quatre élèves surpris, il évoquait l'embûche des farfadets. Jamais pédant ni pluvieux, il plaisait aux plus simples par sa familiarité et sa puissance, et aux autres par ce don qu'il possédait de disposer d'un désagrément par une image inattendue. C'est avec Klein surtout qu'il se livrait à ces exercices. Leurs déjeuners rituels de la *Brasserie des bords du Rhin* donnaient à Pieyre l'occasion de déblatérer sans mesure, et Klein donnait admirablement la réplique, le nez faunesque levé au vent, les oreilles pointées vers le ciel et le regard tendu vers l'impalpable.

Ceux qui ne le voyaient que de temps à autre et ceux qui l'écoutaient mal ne retenaient de Pieyre que ses boutades et ses écarts. Le retrait, l'étrange abstention volontaire dont il faisait preuve déroutaient même ses proches. Le nombre restreint de ses disciples authentiques peut s'expliquer ainsi. Seul Lenormant lui demeurera fidèle. Il prononcera son éloge, après la guerre, dans cette même salle blanche, rouge et or de l'Académie où Alcocer était devenu fou.

Avec Cunéo, Gosset, Proust et Lenormant, Augustin Pieyre fonda, aux environs de 1910, le journal de chirurgie. Déjà il avait publié de si beaux travaux personnels que son exposé de titres, au concours des agrégés, avait fait sensation. Sa communication sur l'asepsie connut un vif succès. Son *Précis de pathologie chirurgicale* et son *Précis de médecine opératoire* devinrent bientôt classiques.

Augustin aimait s'abîmer dans le travail. Le silence de la nuit, la fumée du tabac aiguisaient en lui cette envie de travailler à laquelle il donnait en esprit des majuscules. La vision des feuilles noircies jetées à terre les unes après les autres le mettait en joie. Peu de moments lui étaient aussi précieux que celui du café entre deux chapitres, ou de la promenade nocturne vers le marché aux chevaux, quand il avait l'impression d'être arrivé au bout de lui-même et de ne pouvoir écrire davantage. Pour se distraire il dessinait aussi : des rues, des maisons, des porches, des dessus de portes, le dôme de la Salpêtrière, des machines étranges imitées de Vinci, avant de reprendre les croquis anatomiques où il excellait. Oui, à cette époque, Augustin était heureux.

Lorsque Lenormant fut nommé à Cochin, bien plus tard, il emporta les originaux des croquis anatomiques. Klein eut les machines. Les autres dessins ont été perdus.

Aujourd'hui la *Brasserie des bords du Rhin* est devenue un endroit à la mode. Les Américains y sont refoulés à l'étage. Les places au vent près de la porte tambour sont les plus recherchées. On y parle fort. De jolies femmes aux gestes perdus se font voir. Dans la cour de la Salpêtrière il ne passe plus beaucoup de manteaux bleus.

Le marché aux chevaux, près de la rue Geoffroy-Saint-Hilaire, a disparu, et aussi les pavés de bois de l'impasse, qui éclataient sous la chaleur de l'été avec des bruits de fusillade. Mais en descendant le boulevard, on peut toujours imaginer, derrière les murs noirs, le commencement du monde, et derrière les serres, la forêt tropicale. Le Muséum et son jardin n'ont pas changé.

XV

Elle lui resterait inconnue. Il l'avait épousée quand elle était bien jeune, et c'est avec lui qu'elle avait vieilli. Effet de l'habitude et des déplacements insensibles qui se font au jour le jour, il n'était pas très sûr de savoir qui elle était. Non qu'il doutât un seul instant de ses qualités de femme, de mère, ou même d'être humain. Il trouvait simplement qu'elle avait repris ces derniers temps la liberté de les manifester à sa guise et, peut-être, à qui elle voudrait. Cette pensée le fit souffrir. Il s'était cru plus vieux, moins vulnérable; habilement retranché derrière ses goûts étranges et une façon inhabituelle de voir le monde. Il le voyait eût-on dit en coupe, à la manière des géologues; les personnes, les animaux, les insectes et même la terre, plongeant ses regards au centre du monde. Là où d'autres s'inquiètent de découvrir, à côté ou au-dessus d'eux, des univers d'une infinie complexité, il en tirait un singulier réconfort. Depuis l'enfance, il craignait bien plus les mouvements incompréhensibles du cœur que ceux de la nature. Les instincts, les règles d'organisation, les rythmes sûrs lui communiquaient une apaisante ferveur. Il restait des heures à contempler ses ruches, qui résumaient pour lui l'ordre absent de la vie de tous les jours et qu'il ne pouvait se résoudre à chercher dans la mort. Il n'était jamais triste. Le soir venu, plongé dans l'*Histoire naturelle* de Buffon, il s'amusait de cet ordre comme s'il était né, cette fois, des rêveries d'un fantaisiste inspiré.

Le souvenir des guerres l'affermissait dans ses habitudes contemplatives. Il était sorti de chez lui, avait vu des batailles : c'est-à-dire qu'il avait vu des météorites de chair lancés les uns contre les autres, dans un ballet précisément réglé, dont le désordre apparent ajoutait encore à la grandeur. On était là très près du monde des insectes. Il avait moins trouvé dans l'accomplissement ponctuel de ses devoirs une satisfaction morale aisément prévisible que le plaisir secret de servir les desseins d'un dieu caché. C'étaient eux, toujours, qu'il scrutait à présent, l'œil rivé au sol sur quelque termitière.

Il aurait pu regarder le ciel. Il y avait songé parfois : mais le ciel était trop propre, au moins vu de loin. Il eût été lâche de s'abîmer dans un système si différent.

De cet effort qu'il faisait pour avancer vers le fond, l'alchimie lui paraissait le symbole enfantin. Il fallait bien qu'après avoir considéré le monde dans son immense étendue et ses ramifications interminables, on le réduisît à ses origines, aux deux métaux et aux quatre éléments; et que ses couleurs apparussent au gré du feu minéral, qui engendre la chaux et la glace et donne naissance au noir de la putréfaction, au blanc des ablutions, au rouge de la rubification, force des couronnements. Ces représentations naïves, outre qu'elles évoquaient des atmosphères flamandes (peut-être d'ailleurs par analogie avec le nom de Nicolas Flamel), sombres, luxuriantes, aussi près du paradis que de l'enfer, le frappaient par ce désir qu'elles exprimaient et qu'il tenait pour sien. Il aimait aussi que l'on pût plonger dans cet univers ténébreux comme la vie et garder l'esprit en paix, que la sérénité fût une condition de la recherche et qu'elle augmentât au fur et à mesure de la descente dans les profondeurs.

Il allait, comme chaque fois qu'il voulait réfléchir, revoir l'hôtel Lallemant de Bourges. Au plafond de la chapelle initiatique, le blanchiment du mercure par l'urine lui inspirait de la répulsion, mais l'essor du phénix à l'instant de l'élévation, lorsque le subtil se sépare de l'épais, lui semblait de bon augure. Il y puisait de petites raisons d'espérer. Les abeilles échappées des ruches, c'était son univers; mais la ruche est aussi l'athanor, le vaisseau philosophique. Il se souvenait chaque fois des paroles de Nathanaël de Bussy lui expliquant que le pharaon de la Basse-Égypte était représenté par une abeille reine, les autres abeilles volant autour suggérant l'idée d'une essence divine et de l'obéissance du peuple. Bussy connaissait un peu l'art royal. « Ce plafond est une île qui contient la révélation primitive, une contrée suprême. Il est divisé par quatre cours d'eau dont la source est le jardin d'Eden » avait-il dit. L'amour de Bussy pour les îles et pour la principale d'entre elles y trouvait son content, comme celui de Grigorieff pour la nature grouillante se satisfaisait de l'image de la corne d'abondance et surtout de celle de l'angelot scrutateur des secrets de la nature. Cet avant-bras léché par les flammes et qui pourtant ramasse des châtaignes, c'était le sien. La sphère armillaire surmontée d'un phyiactère et soumise au feu, le monde visible et invisible qu'il avait parcouru depuis le début. La multiplication en qualité, qui résulte de la séparation du pur et de l'impur à l'aide du mercure philosophique, tout ce à quoi il avait renoncé.

La magie agissait dès les premiers pas dans la cour, dès le premier regard sur le fronton de la tourelle, sommé d'une grenade en feu ; dès le petit escalier trop étroit où l'énigmatique souffleur gonfle ses poumons. Il en fut de même ce jour-là, où la sculpture du travail des femmes adonnées au grand œuvre le fit sourire. Il pouvait ressasser une idée noire des jours durant, appliquer toute sa volonté à la faire disparaître, ne réussissant qu'à lui donner plus de substance, à la transformer en une véritable obsession dont seul un acte violent et absurde pourrait le délivrer. L'idée prenait une vie, un corps, profitant de ce qu'il ne disposait plus comme autrefois des moyens les plus sûrs de la chasser, la marche, le bivouac, l'escarmouche, la pitié pour un camarade mort. Il lui suffit d'une heure passée en conversation muette avec les personnages de pierre. Il en sortit rasséréné. Marie-Antoinette ferait ce qu'elle voudrait.

Quel animal était-il ? L'époux de la mante, l'araignée mâle, le crapaud qui ne vit que pour l'amour ? L'ours ou l'aigle, qui sont monogames ? Il s'amusa de ces comparaisons le temps du retour.

Augustin avait jadis quitté une femme, et, pour la première fois à cette occasion, songé un peu sérieusement à sa propre mort. Il fut long à guérir de cette association. Il avait un ami coureur, malheureux et vif, qui cherchait partout les enchantements de l'enfance dans le plaisir des commencements et s'y épuiserait; un autre que deux passions avaient brûlé; un troisième auquel une femme n'avait pas laissé le temps de vivre et qui, exilé à la campagne depuis dix ans, feignait de penser à autre chose; et son père qui n'était plus que la moitié de lui-même. Augustin n'était pas loin de craindre l'amour.

Elle était l'allégresse. Elle portait dans la vie l'allégresse qu'il mettait à son travail, cette énergie joyeuse dont il avait cru qu'elle était une humeur d'hôpital. Elle arrivait chez lui comme il allait à l'hôpital, croyait-il, avec ce mélange d'enthousiasme et de précision qui fait croire que l'univers – celui qu'on voit, qu'on aime, qu'on a choisi, les gens, les rues, les actes à accomplir – vous appartient (et, pour durer depuis longtemps, toujours identique, cette sensation devient aussi puissante, aussi irrécusable, que le sont celles de la soif ou du sommeil ou du plaisir). Sans jamais prévenir, elle venait le chercher tôt le matin, dès son arrivée à Bussy, pour le conduire au chevet des églises romanes et lui apprenait à distinguer le calcaire du grès ferrugineux. Ils parcouraient à cheval le pays fort et les étangs de la Brenne, remontant parfois jusqu'à Neuvy, jusqu'à la Sologne aux sols blancs et gris, aux allées immobiles. Ou bien ils se retrouvaient à dîner chez l'un ou l'autre, et, isolés dans le bruit et la lumière, reprenaient une conversation que l'absence n'avait pas interrompue. Semée de rires et d'interjections, elle comportait des mots grossiers, des jugements de salle de garde dont Marie-Antoinette s'amusait beaucoup. Elle n'avait pas l'habitude de cette manière en quelque sorte clinique, et non dépourvue d'ironie, de voir le monde et ses habitants. Augustin ne cédait certes pas à la manie de prononcer des diagnostics en public; mais l'habitude d'en prononcer donnait à ses propos un tour abrupt. On leur devinait un arrière-plan sans couleurs, aux formes dures, aux arêtes vives, où les ombres s'étendaient aussi loin qu'aux dernières lueurs du jour. Elle se plaisait à voir ses amis comme des maisons : Augustin lui apparut en bâtiment de Ledoux, un bâtiment blanc et noir d'architecture rigoureuse, un bâtiment utile dont l'esthétique n'épuisait pas la nature, une invitation à agir et, en même temps, à traverser les apparences.

Augustin ne rêvait pas autant. Il était ébloui. Le charme, pour lui – et pour beaucoup d'autres, ce qui, il était assez lucide pour le savoir, ajoutait à son trouble – incomparable, de cette inconnue lui fit abandonner cette réserve qui l'avait obligée à se déclarer la première et qui n'était pas de l'hésitation mais venait de plus loin, de l'honnêteté, de la volonté de ne pas être dupe et de conformer sa vie à ce qu'il avait appris d'elle, qu'elle ne pouvait être, à l'instar de toutes les autres, que solitaire. Dans l'un de ses rares moments d'abandon, son père lui avait dit : « Quelqu'un qu'on aime meurt. On est rendu à une solitude de bête sauvage qui est notre essence, et que dans les temps ordinaires nous n'avons pas trop de toute la vie pour oublier. » Il était alors très jeune. Avant qu'il ait rien connu, cette phrase avait décidé de sa vie, bien au-delà de ce que son père aurait souhaité, qui sans doute aurait regretté ces paroles prononcées dans un instant d'abandon s'il avait pu soupçonner leur influence. Les exemples et les conseils se fondent, pour la plupart, dans le gris du passé, mais ces phrases de hasard demeurent. Augustin se demandant pourquoi, bien plus tard, pensa qu'elles demeuraient précisément en raison de leur caractère de phrases de circonstance, et que c'était par leur gratuité qu'elles rendaient à la vérité un témoignage plus pur qui empêchait de les oublier.

Elle aima qu'il eût peur. Qu'un homme de cette trempe vécût seul lui semblait l'indice de l'une de ces faiblesses que les femmes recherchent. Elle se moquait de lui. A un bal costumé en l'honneur des voyages, elle lui fit revêtir un costume de sauvage, pendant qu'elle s'habillait d'une robe de papier taillée dans de grandes cartes des Indes. Il étonna, elle fit scandale. Ce soir-là, elle lui trouva l'air d'un enfant perdu et l'entoura davantage.

Pour lui tout bascula d'un coup dans un chemin creux du printemps, en la voyant attacher son cheval à un orme. Elle montait en amazone et portait une robe de velours gris-vert aux poignets noirs. Il trouva la force d'oublier et d'aller vers elle; non pas seulement de se laisser rouler par le flot, mais de renverser les barrières, les obstacles, de vouloir. Il découvrit progressivement qu'il avait cessé d'être seul, et en conçut de la douleur, mais une douleur si tranquille, qu'il s'attacha plus à elle. Ainsi le moment était venu de rompre les amarres. Il s'interrogea un peu quand il la vit sur le point de tromper le général. Quant à elle, qu'il fût un amant si rapide ne l'empêcha pas de l'aimer.

Jamais sans elle il n'aurait transformé son parc ou sa maison. Il ne s'y trompa point, et lorsque l'envie le prit d'arranger d'abord l'extérieur, il en rejeta toute la responsabilité sur Marie-Antoinette. Non qu'elle eût prétendu changer l'ordre délabré des choses, ou même seulement suggéré quelque aménagement nouveau. Pour elle, ce décor abandonné, ces pièces vacantes convenaient à merveille à Augustin. Elle aimait le voir remplir de toute son énergie ces lieux vides offerts au passé. Ce fut lui au contraire qui se laissa gagner. C'était comme si l'image chaque jour plus impérieuse de Marie-Antoinette avait réclamé son dû, et que par amour pour elle chaque endroit où elle venait dût être converti à sa manière, et porter après chacun de ses passages, et peut-être même à jamais si elle devait cesser un jour de s'y rendre, sa trace ineffaçable. Le souvenir de la maison Directoire où il l'avait connue, sans qu'il s'en aperçût toujours, lui servait de guide. Les meubles de camp et de fortune en acajou, les lampes de l'Empire à éclairer les tentes, les lits à la grecque et le vélin retroussé des rideaux, c'était son style. Il ne s'était pas jusque-là soucié de ces choses. Il découvrit qu'elles n'étaient pas simplement commodes, résumant une époque sceptique mais où s'échafaudaient de grands desseins, une époque de plaisirs et d'attente et d'orages suspendus, entre les rois et l'Empereur. Pour cette raison peut-être, seuls ces meubles-là l'intéressèrent au mobilier. Par la suite, il ne devait jamais varier dans ses goûts, au contraire de ces amateurs qui entrés en peinture par la grâce de Giotto ou Bellini finissent en sectateurs de Delacroix. Que Marie-Antoinette s'entourât de tant d'objets virils aux formes simples, si éloignés de l'ancien esprit français et où passait déjà un peu du souvenir de Rome l'étonna et le conquit. Par la suite, il devait naturellement se demander ce qui de l'estime ou de l'amour l'avait emporté dans les sentiments qu'il avait eus pour elle, et plus précisément s'il l'avait aimée pour ses goûts ou si son amour l'avait conduit à adopter ceux-ci, comme on aborde en heureuse compagnie un rivage inconnu.

Le voyant changer ainsi, Marie-Antoinette fut moins

discrète. Elle donna quelques conseils. Puis ils s'amu-
sèrent à dresser des plans, à se bâtir un monde à eux.
D'un beau mouvement, ensemble, ils oublièrent toute
prudence.

Après quelques semaines, Augustin avait redessiné à
l'identique les allées du parc et fait abattre les arbres les
plus vieux. Dégagé d'un épais fourré de broussailles, le
temple de Cnide, lui dit-elle, rappelait Stourhead ou
Ermenonville. Elle connaissait tous les jardins, Kew,
Groussay et Chèvreloup, avec une préférence pour ceux
où les espèces sont rangées dans un souci utilitaire, sans
trop d'esthétique apparente. Bien nettoyée, entièrement
vide, la serre du potager lui plut. Du potager lui-même,
il ne restait que six grands carrés de terre bordés par des
poiriers courant sur des espaliers. Elle décida Augustin à
le transformer en jardin floral, et ils s'interrogèrent sur
les fleurs à planter. Les poiriers n'avaient pas été taillés
depuis longtemps. Les branches fines et cassantes au bout
montaient très haut. Il faudrait les couper aux nœuds
l'an prochain après la sève. Ils sourirent de s'être ainsi
projetés dans le futur.

Marie-Antoinette fit venir un sourcier. Elle se désolait
de n'avoir pas assez d'eau chez elle. A Bussy, on comptait
une fontaine et deux puits. C'était peut-être suffisant
pour ajouter au bassin rond du devant une pièce d'eau
rectangulaire quelque part. Elle avait eu l'idée d'une
charmille : ainsi pourrait-on, de la maison, rejoindre le
chemin de ronde autour du parc par une allée rectiligne
enfouie sous le feuillage, rythmée peut-être par des statues. Augustin se refusait aux statues. Il parlait d'écorchés, et Marie-Antoinette poussait des cris. « Mais si,
souriait-il. Un parc anatomique, semé d'écorchés. Ce

serait très beau. » Elle lui imposa quand même une colonne en grès rouge au milieu d'une perspective. Ils l'encadrèrent d'un bosquet d'ifs en demi-cercle, et l'effet produit était étrange, comme celui que donne un objet religieux dans un salon, puisque cette colonne était semblable à celles qui soutiennent les absides romanes du pays et qu'on pouvait s'étonner de la retrouver là.

Le temple de Cnide était très simplement bâti, petite fabrique ronde largement ouverte et garnie vers l'extérieur de fausses colonnes. On y montait par quatre marches entourant l'édifice. Le sol était de marbre vert. Au centre une table ronde en grès rouge occupait presque toute la place. Quand Augustin le découvrit, la moitié du mur et le toit tout entier s'étaient effondrés. Le marbre avait disparu sous l'humus et, de loin, la table de grès recouverte de lierre semblait une souche. Marie-Antoinette lui expliqua l'usage que l'abbé de Bussy avait de l'endroit : tantôt un simple dîner de garçons comme on en voit sur les tableaux de Moreau le Jeune, tantôt un souper en tête à tête, tantôt une aimable orgie de paysannes, ou des jeux plus cruels. Augustin voyait ces débordements d'un œil amusé, mais le sourire de Marie-Antoinette les racontant le troublait. Il restait silencieux. Un jour qu'ils se promenaient là, il se souvint de ses récits et la prit sans un mot, debout contre la table. Par sa robe verte, ses mains enfouies dans le lierre et ses cheveux défaits, elle semblait appartenir au paysage.

Le temple – ce fut l'un de leurs premiers travaux – fut vite rebâti et nettoyé. Ils y vinrent alors moins souvent. On le voyait de loin, au bout d'une allée au gravier si friable qu'il paraissait du sable, d'une éclatante blancheur l'été, se dispersant aux vents d'automne en de légers tourbillons qui maculaient de poussière les lauriers sur les bords.

Une douzaine de moutons en liberté rongeaient le tronc des arbres. Ce côté Trianon amusait Marie-Antoinette, mais les arbres passaient d'abord, surtout ceux qu'ils venaient de planter. Après la mort d'un petit sapin bleu, les moutons furent sacrifiés. Augustin s'acquit une certaine popularité en les donnant, sauf un, à ses voisins les plus proches. En même temps ceux-ci conçurent de la méfiance à l'égard d'un homme qui paraissait ignorer la valeur des animaux. « Pas fier. Mais pas de chez nous », pensaient-ils.

Augustin laissa l'intérieur de la maison en l'état. Le salon vert resta vide, avec ses peintures s'écaillant dans les coins, et la poussière sur les trumeaux, le lustre auquel manquait une branche. Il nettoya sommairement la bibliothèque pour y ranger ses vieux livres de médecine. A l'étage, il ne choisit pas la chambre du colonel, mais une autre plus petite, avec un œil-de-bœuf, au bout de la galerie. Il aimait cette impression de désert. Lorsqu'il était seul le soir et avait suffisamment lu, il venait s'asseoir en haut des marches de l'escalier et s'amusait de tous les bruits inexplicables, savourant l'impression de n'être là que par hasard, en passant, en coup de vent, comme dans ces maisons qu'on n'habite plus et qu'on vient ouvrir quelques heures une ou deux fois par an pour leur donner de l'air et vérifier qu'elles ne s'abîment pas dans la solitude.

Il y eut un hiver. Environ Noël, Augustin put s'échapper un peu longtemps du service et son père le rejoignit à Bussy. C'était seulement en cette saison que la campagne lui semblait supportable. La neige, en enveloppant toutes choses, la rapprochait de la ville. Partout le même silence duveteux, victorien, les mêmes gestes aussi, dictés par la douce habitude du froid. Mais surtout, sous cette chape bienvenue, plus de mouvement, plus de foisonnement, l'univers redevenu minéral, immobile. Le vieux libraire découvrit en clignant de l'œil la retraite de son fils. « Content de le voir, ton jardin sur l'Auron. » Par la fenêtre de la bibliothèque, Augustin satisfait le vit arpenter les allées, de la neige aux mollets, apparaissant et disparaissant derrière les rideaux d'arbres. Un soir après l'autre, ils dînèrent presque sans se parler, prenant plaisir à commenter brièvement l'écroulement d'une bûche ou le craquement d'un arbre. Le bonheur, disait Charles, c'est une clôture qui cède sous le poids de la neige, et le malheur personne ne peut le décrire. Le jour, ils se promenaient longuement dans ce petit monde ouaté aux contours imprécis, ciel et terre confondus dans la brume. Charles avait apporté le livre d'un moine de Louvain sur les corps célestes dans l'œuvre de saint Thomas d'Aquin. Augustin ironisa en désignant le ciel bas et gris, et son père lui fit remarquer qu'il ne s'agissait pas là d'astronomie. Il lui expliqua la preuve de l'existence de Dieu tirée du mouvement, le premier moteur immobile de la causalité universelle, le corps céleste « Primum alterans non alteratum » et les corps inférieurs « Alterantia alterata ». La rigueur de ces pensées touchait Augustin. Elle lui donnait aussi du regret de s'être éloigné de son travail et des recherches qu'il poursuivait à ce moment-là. N'était son père, au bout de quelques jours il fût sans doute rentré. Mais le vieil homme ne serait pas éternel et Augustin comptait les heures. Pourtant Charles Pieyre ne laissait voir aucune faiblesse. On eût dit que les chagrins passés, en le rendant indifférent à sa propre mort, lui avaient conféré le privilège d'une seconde jeunesse. Lui-même se prenait au jeu, et, chaque matin, en le rejoignant pour le café, s'étonnait que son fils fût déjà, lui aussi, un homme.

Une fois ou deux, ils dînèrent avec Marie-Antoinette et Nathanaël. Ce dernier s'étonna d'autant moins que Marie-Antoinette lui inspirait depuis longtemps une singulière méfiance, qui ne l'empêchait pas d'ailleurs de goûter sa conversation. « Le général doit banqueter en compagnie des anciens du douzième de chasseurs », pensa-t-il le premier soir, et c'était pure médisance, le général, au contraire de Nathanaël, détestant les souvenirs. Elle ne semblait pas souffrir de cette situation fausse. Pourtant elle partit assez tôt pour embrasser ses enfants, et Augustin, quand elle en parla, eut un pincement au cœur. Son père se moquait des convenances. Il la regarda plusieurs fois à la dérobée, et se laissa vers la fin charmer par son regard, son ton, les mouvements de sa tête. Il était à l'évidence heureux pour son fils, c'est-à-dire heureux de le voir retrouver l'expérience commune – au vrai, il avait longtemps balancé là-dessus, souhaitant parfois que la malédiction de l'amour lui soit épargnée, et en effet il pensait, sans pour autant s'apitoyer sur lui-même, que pour ce qui le concernait l'amour comme un dieu méchant ne lui avait montré le paradis que pour mieux le faire souffrir en en refermant aussitôt, c'est-à-dire après vingt ans, les portes enchantées – mais Augustin craignit un instant que la simple présence de Marie-Antoinette n'avivât ce sentiment qu'il avait si souvent observé chez son père sans parvenir à lui donner un nom et qui allait très au-delà du regret, un sentiment de protestation amère, de douleur à demi apaisée, d'absence et d'éternité. Charles Pieyre, qui avait appris à s'arranger avec la douleur, se laissa charmer jusqu'au point exact où le souvenir de sa jeunesse toujours présente aurait déferlé en lui, l'abattant encore plus. Marie-Antoinette ne s'offusqua pas de le voir passer brusquement de l'intérêt à l'indifférence polie. Augustin lui avait parlé de son père; et elle savait d'expérience à quelles ruses sont condamnés les vieillards qui ne sont vieux que d'apparence et qui se croient obligés, par élégance, par prudence, par habitude ou par souci des formes, de ne jamais trahir le terrible secret de leur jeunesse.

Marie-Antoinette partie, Augustin couché, Charles et Nathanaël se parlaient encore, étonnés d'être là tous les deux, si longtemps après. Chacun se suffisait à lui-même. S'ils se parlaient beaucoup, c'est qu'ils étaient d'accord. Non sur leurs opinions, qui différaient souvent; mais sur la trame, sur laquelle ils étaient sans illusions, de ces opinions mêmes, celle de l'enfance aboutie dans les voyages et dans le deuil, dans les plus simples plaisirs aussi, une enfance perdue dans les sables du temps.

Le lendemain Augustin retrouvait Marie-Antoinette. Ce fut cet hiver-là qu'il sentit pour la première fois le temps passer. Il avait joui jusqu'alors d'une distraction, puis d'un enchantement – joui en vérité jusqu'à l'amour. D'avoir été aimé sans avoir séduit l'avait rapproché d'elle, et son mystère s'était un peu dissipé, comme il est naturel, laissant voir une nature plus profonde et plus riche qu'il ne l'aurait cru, une nature vraiment digne d'être aimée. C'est pourquoi il devint triste. De cet être qui bien malgré lui lui faisait éprouver son poids, il regretta les premières apparitions. Il eut la nostalgie de l'aventure. Que faire à présent?

Sa grande beauté ne le retenait pas. Ce n'était pas effet de l'habitude; mais il croyait regarder au-delà du teint, de la taille, des cheveux, de la forme du dos. Ce qu'il avait adoré le troublait. Seuls sa voix et son esprit demeuraient hors d'atteinte. Avec eux, le souvenir de ses premiers mots. « Je ne suis pas très intelligente. Mais je sais au moins que l'amour, il faut l'avoir beaucoup attendu pour pouvoir le supporter. »

Dans la même journée, il passait plusieurs fois, en sa présence, de l'insouci à la douleur, en s'efforçant de lui cacher ce trouble qu'il connaissait pour la première fois et dont il ne savait pas exactement la cause. Il y parvenait le plus souvent. Une fois ou l'autre elle le devina, et le considéra d'un air plus grave. Il n'était pas un enfant pourtant, et s'était attendu à tout; à tout sauf à ce qui lui gâchait les jours dont il disait, quelques heures auparavant, qu'ils étaient les meilleurs de sa vie.

XVI

Le printemps, cette année-là, vint assez vite. Dès qu'il en eut discerné les premiers signes – la neige fondue, les champs redevenus gras semblaient lever comme pâte –, Nathanaël de Bussy se tint prêt à partir. Il donna ses ordres et fit fermer Villers, mais sans dire où il allait. Ses gens se réjouirent de le voir plus gai que d'habitude. Puis il rendit quelques visites. Le général s'étonna de son enjouement enfantin. Plus tard, Marie-Antoinette devait se souvenir de ces instants passés avec le vieux Bussy : c'était le jour où, enfin, elle avait cessé d'avoir froid, le jour aussi où son fils aîné avait découvert une portée de chatons noirs sur les bords encore gelés de l'Auron, en aval de l'ancien lavoir ; et Nathanaël, elle ne l'avait pas trouvé différent.

C'était au milieu d'une grande période de calme. Il ne se passait rien, ni dans le Berry ni au-dehors. A peine les paysans s'inquiétaient-ils de ce monsieur de Paris qui avait acheté Bussy et y entreprenait disait-on des travaux. « Nous avions la paix depuis longtemps, murmuraient les vieilles. – Travaux d'extérieur seulement », répondaient les hommes, un peu énervés par la légende. Un soir pourtant Damien Courtial le berger descendit vers Nohant. Emmitouflé dans une grande limousine déteinte, le chapeau rabattu sur le nez, il conduisit sa carriole par des chemins de traverse, pour n'être vu de personne. Il craignait tout particulièrement l'instituteur, qui s'il l'avait vu aurait parlé au maire ou, pis, fait la classe sur la superstition. Du haut des chaumines de Corlay, il découvrit « la Vallée noire », aux arbres mêlés de lilas. Sitôt qu'il y eut pénétré, le paysage changea. Au lieu de la forêt oppressante qu'on croyait deviner de là-haut, c'étaient des champs aux formes imprévues, d'innombrables pacages, des haies géantes, bouchures formées de hêtres, de charmes, de jeunes ormeaux mêlés de ronces ou de pruneliers aux fruits bleus. A la sortie du village, il reconnut la maison basse aux trois fenêtres dont sa mère lui avait parlé. Personne ne savait l'âge de la sorcière. On racontait dans tout le pays qu'elle tenait ses secrets de la fille de l'ancienne Noémie, comme on l'appelait, celle-là même qui avait ensorcelé Bussy parce que sa propre sœur avait été malmenée par l'abbé. Sa maison au sol de terre battue ne différait en rien des autres maisons paysannes. On n'y voyait aucun objet étrange. Son plus proche voisin, mû autant par la crainte que par la bienveillance, lui prêtait pour l'hiver une chambre au-dessus de son étable, où elle dormait mieux, profitant de la chaleur des bêtes. Les gens, d'ailleurs, l'aimaient bien, et jusqu'au curé de la paroisse. On ne se souvenait pas qu'elle eût jamais jeté de sorts maléfiques. Elle avait au contraire débarrassé plusieurs troupeaux des esprits malins qui les avaient infestés, les faisant tourner en rond au pâturage jusqu'à l'épuisement, ou les précipitant à la rivière. C'était une toute petite femme vêtue de noir, fichu, robe, et aussi un châle d'une belle étoffe dont on devinait qu'il lui avait été offert par quelque dame des environs. Ses gestes, sa voix étaient très doux, et seuls ses grands yeux bleus, parce qu'ils étaient sans âge et aussi trop rapprochés, pouvaient inquiéter. Au jeune Courtial qui l'interrogeait sur le sort de Bussy, elle répondit à peine. Damien crut comprendre qu'elle se plaignait que le temps passé eût mis le maléfice hors d'atteinte, l'eût fait échapper non seulement à ses auteurs, qui étaient morts, mais à leurs héritiers. Il se pouvait qu'il produisît ses effets encore longtemps, sans remède. Elle en parlait à mots couverts, avec une sorte de respect. C'était le sort le plus grave qu'elle eût connu, et elle le croyait désormais trop fort pour elle. Elle lui recommanda simplement le silence. Peut-être le maléfice, à force d'être, de propos délibéré, ignoré, disparaît-il de lui-même. C'était la seule défense possible, et la dernière. A Bussy, d'ailleurs, les paysans n'en parlaient pas, sauf à de certains moments, quand l'inquiétude, l'angoisse même, remontaient à la surface, se propageant en cercles concentriques. Alors l'agitation des esprits devenait presque visible, modifiant les comportements, provoquant des querelles. Damien offrit à la sorcière un panier de lapins braconnés la veille et la quitta, à la fois déçu et apaisé. La nuit était tombée. On entendait le briolage d'un laboureur sur son dernier sillon. Il prit le chemin du retour.

Ainsi dans le pays rien n'arrivait. Ce fut alors que

Nathanaël choisit de s'en aller. Il se fit conduire à la gare avec un léger bagage, après avoir fait préparer Villers comme pour une longue absence. Personne ne s'en étonna. Lui-même n'eut aucun de ces gestes ou même de ces regards qui eussent pu intriguer, une attention soutenue pour un parterre de roses, un sursaut à la grille lorsque au rythme de la voiture la haie semble retomber comme un rideau de théâtre sur le décor de la maison. Seul le chef de gare fut surpris que Nathanaël, sans se déganter, lui serrât la main.

Au bout de quinze jours, il n'était pas revenu, et nul n'en avait de nouvelles. Charles Pieyre apprit de son fils, qui le tenait de Marie-Antoinette, le départ de son ami. C'était au cours d'un dîner dans l'appartement du libraire, au-dessus et au milieu des livres. On y avait beaucoup parlé de la folie. Il y avait là Lenormant, Klein et un jeune homme que Klein avait connu à Sainte-Anne où il suivait en amateur des cours de psychiatrie et qui s'appelait Paulhan. La conversation roula sur Nathanaël. Les avis divergeaient. Pour Lenormant, il était simplement allé passer quinze jours chez des cousins inconnus du Périgord; pour Klein, il avait voulu revoir l'Égypte; pour Paulhan, qui s'exprimait d'une voix sourde en regardant ses mains, il fallait le chercher dans une petite gare du Berry, où il s'était sûrement, comme Tolstoï à Iasnaïa Poliana, caché pour mourir. A ces mots Charles Pieyre, pour la première fois depuis longtemps, fut bien près de pleurer. Augustin remarqua le brusque chagrin de son père et jeta à Paulhan un regard de reproche. Sans le vouloir, peut-être avait-il eu raison. Ce n'en était que pire, ce mot jeté au hasard et qui tombait juste.

A ce moment, Nathanaël venait à peine de s'endormir sur un petit lit de fer, un manteau gris jeté sur lui le protégeant mieux du froid que la mince couverture des moines. Pour la première fois depuis des années, il n'avait pas ressenti cette angoisse diffuse qui le prenait toujours au moment de s'endormir, et, aussi, mais moins souvent, au réveil lorsqu'il se réveillait tôt – et le seul remède qu'il connût à cette *angoisse de six heures trente*, comme il la nommait, c'était de la prendre de vitesse, et, en précipitant les premiers gestes quotidiens, le café, la promenade, de rendre un ordre à ce monde confusément entrevu à son réveil et qui lui avait paru en manquer, et à lui-même, par conséquent, ce qu'il fallait de sérénité pour pouvoir continuer à vivre. Il était sûr ce soir-là que cette angoisse matinale lui serait épargnée désormais, tout comme l'angoisse du coucher. De même, toutes les inquiétudes moins profondes, en tout cas plus fugaces, qui avaient empoisonné sa vie, allaient enfin disparaître ; et l'ennui de devoir jouer un rôle, tenir un rang, exister, était déjà loin derrière lui. Alors qu'il s'endormait, il s'était laissé envahir par ce bien-être qu'il avait connu plus jeune, le bien-être des jours de pluie lorsqu'une femme dont on aime la présence s'occupe en silence, tout près, à des travaux indifférents ; ou le bien-être des bateaux lancés pour longtemps sur la mer et où l'on peut choisir, plusieurs fois par jour, entre les ponts tout près du ciel, offerts aux vents immenses des commencements, et la cabine d'acajou en forme de cube où tout grince, et où la lampe en cuivre vissée à la table éclaire les livres qu'on emporte avec soi.

Après quarante ans, la chartreuse du Mont-Dieu

n'avait pas changé. Un vallon perdu des Ardennes, un cul-de-sac de sapins épais, une petite rivière dans une plaine herbeuse où quelques grands arbres donnent de l'ombre aux bêtes, et qui va s'élargissant vers le sud. Appuyés contre la forêt et ouverts sur la plaine, quelques corps de bâtiments rebâtis avec patience au fur et à mesure des guerres, des invasions, dans le même style : sobre, réduisant à presque rien les goûts de chaque époque. Et ces édifices, qui d'un côté se fondent par la couleur et les volumes dans le paysage, d'un autre paraissent prendre leurs distances avec lui, ne cèdent rien, font *toutes réserves* sur cet emplacement de hasard. « C'est ici, ce pourrait être ailleurs » avait pensé Nathanaël. Cette impression bizarre, qui déroutait tant de pèlerins, lui avait communiqué une de ces joies presque sans mélange qu'il n'était plus habitué à ressentir. Sitôt passé une sorte de portique en plein champ, vestige du logis des pères abbés du dix-huitième, on parvient à la clôture ; l'hôtellerie, une ancienne grange flanquée d'un pigeonnier, s'élevant en limite du territoire monastique. Les voix des frères portiers se ressemblent toutes. Les mots et les questions sont les mêmes depuis longtemps, aussi l'attention légère portée au visiteur.

Lorsqu'on l'avait conduit à l'hôtellerie, peu après les vêpres, la nuit tombait déjà. Ce mot d'hôtellerie l'avait fait sourire. Dans sa jeunesse, il avait aimé les hôtels. Avant de revenir à Villers, il en avait connu de toutes sortes. Les grands hôtels du monde, comme ce Shepeard's du Caire où certain soir il n'avait pas voulu pénétrer, et le Péra Palace et les grands caravansérails protestants du port de New York, mais aussi les hôtels

221

de village réquisitionnés pendant la guerre et où, vers la fin, les officiers partageaient leurs chambres avec la troupe. Il se souvenait particulièrement d'une auberge de Dole dont les canalisations avaient éclaté et où les fantassins brûlaient dans la salle commune des meubles en noyer ciré, pendant que de grosses larmes roulaient sur les joues de la propriétaire – était-ce l'*Écu d'or* ou le *Jura* ? Les hôtels, c'était la vie vagabonde d'avant le Berry, où il aurait tant voulu être heureux sans bouger. Et l'hôtellerie des Chartreux le ramenait en arrière vers ses premiers élans, mais cette fois ce désir confus d'être ailleurs, contre lequel il avait vainement lutté, n'était plus douloureux.

Le Père Abbé, il l'avait connu autrefois à l'armée Bourbaki. « Heureusement qu'il y a le bon Dieu », disait-il en pleine débâcle. Nathanaël ne voyait pas pourquoi. Ils marchèrent ensemble le long de la forêt sans beaucoup parler d'eux-mêmes. Le chartreux évoqua les lois religieuses. « D'abord nous n'avons rien. Et puis, l'expulsion... Nous sommes si près de la Belgique, presque déjà dehors... Personne ne nous voit. Ils ont dû se dire que ce n'était pas la peine. » Nathanaël assistait aux offices, et même au long office de nuit. Un jour seulement, au cours de la promenade, il dit à l'Abbé : « J'ai buté sur tant de choses dans ma jeunesse. Aujourd'hui je suis content. » Le moine lui sourit sans répondre. Il s'alita un mardi d'avril, peu après Pâques, et s'affaiblit très vite. « Il est bien temps, non ? » Il fut quelques jours dans l'inconscience. Lorsqu'il revint à lui, le Père Abbé était à son chevet. Nathanaël le regarda, une lueur passa dans ses yeux calmes – était-ce du chagrin ? – et il mourut sans prononcer un mot.

XVII

Augustin aurait aimé, parfois, redevenir enfant. Il conservait le regret d'un monde comme sur les images; et plus Marie-Antoinette se rapprochait de lui, occupant sa vie, plus il rêvait à ces premières illusions de l'amour, aujourd'hui disparues, où le regard, la voix de l'objet aimé se mêlent à des impressions fugitives, charme d'une maison, bruit des portes, parfums, pour composer ce paysage animé, enchanteur, où l'on croit, mais à tort, qu'on s'arrêtera enfin.

Il connut la tentation de partir, de quitter Marie-Antoinette, bien sûr, mais aussi Paris et l'hôpital et même Bussy; d'aller diriger l'hôpital français de Constantinople ou s'embarquer sur le bateau de Peary pour le Pôle Nord. Il eut le courage de n'en rien faire. Il savait bien, d'ailleurs, que changer de place l'aurait simplement fait passer de l'insatisfaction à bien pire. Il le croyait, du moins. Nathanaël de Bussy, lui, n'avait pas su rester sourd aux appels de l'adolescence. Il avait fui très tôt, était revenu, et n'avait pu conquérir ce bonheur auquel il croyait, qui n'était pas pour lui un mot dépourvu de sens. Pour finir il n'avait, apparemment,

223

retrouvé la paix qu'en se mettant en route à nouveau. Voilà un an qu'il était mort et Augustin se souvenait encore de lui, de ses gestes familiers, de la couleur de ses costumes. Il se rappelait leurs dernières conversations dans le parc de Villers et à Bussy pendant l'hiver. Il avait aimé Nathanaël. Le vieux vagabond avait lutté, se disait-il, et n'avait jamais perdu en dignité. Mais pour un Bussy, combien de fuyards de la vie, victimes d'eux-mêmes ? Il savait qu'il aurait suffi de peu pour qu'il les rejoigne. Il fit un effort sur lui-même ; mais en même temps, il dut convenir qu'il avait trop attendu de l'amour, trop attendu aussi de la discipline qu'il avait voulue pour sa vie. Trop attendu, en somme, des circonstances. Il me reste à accepter, se dit-il, à accepter sans imaginer que j'y trouverai une véritable consolation.

Quand l'Autriche annexa la Bosnie-Herzégovine, puis, un peu plus tard, quand les Bulgares partirent en guerre, il y eut de l'émotion en Europe et de la fièvre dans le Berry. Augustin pourtant n'avait pas touché au salon vert. La fièvre retomba. De fait, ils tournaient autour de cet endroit, si bien qu'il y eut, à la fin, une sorte de vide au centre de la maison, un espace désert apparemment aussi sacré que la chambre funéraire au milieu d'une pyramide, que le respect aurait conduit, non à embellir, mais à oublier. Ils en souriaient quand même. Maintenant deux des boiseries étaient fendues, une moulure du plafond effondrée, et la peinture se détachait par plaques. Personne ne venait plus dans ce cercle magique. Les trois portes du salon étaient toujours fermées. On ne le voyait que de l'extérieur, soit du haut du perron arrière, soit de plus loin, du bout du champ, et il donnait alors à la maison tout entière un air abandonné.

L'un et l'autre souffraient, sans jamais se l'avouer, d'arranger ainsi une maison qu'ils n'habiteraient pas ensemble. Marie-Antoinette n'y passait guère que quelques heures par jour. Il ne l'interrogeait pas sur son autre vie. C'était comme si toutes les choses avaient été dites. On rencontre parfois, se disait-il, de ces êtres qui non seulement ont les mêmes faiblesses que les nôtres, mais aussi la même manière de s'en arranger. Ici c'était pour elle une manière à la fois gaie et profondément désabusée. Augustin, plus violent, souffrait de ce que la situation avait de commode, même pour lui, et qu'elle ne lui permît pas de faire ses preuves. Il en voulait aussi à Marie-Antoinette de cette liberté d'allure que, dans les mauvais moments, il cessait d'aimer, parce qu'à lui aussi elle était un obstacle, bien sûr, mais plus profondément parce qu'il ne pouvait s'empêcher de la trouver vulgaire. Il se reprochait alors de la voir sous un autre jour, s'accommodant de ce dont on ne devrait jamais s'accommoder. De même il se sentait coupable, envers lui-même surtout. Il suffisait pourtant qu'elle lui parlât une heure comme elle savait le faire, qu'elle lui donnât à nouveau cette impression qu'ils s'étaient toujours connus, pour qu'il oubliât la facilité et le reste et ne songeât plus qu'au présent, puisqu'ils n'avaient pas d'avenir.

De cet avenir interdit, les objets devinrent bientôt, aux yeux d'Augustin, le symbole. Elle avait peuplé sa maison de faux souvenirs. Les meubles, les lampes, les vases, les tapis, tous objets d'un culte domestique qu'ils ne desserviraient pas, lui semblaient étrangers, hostiles. Il n'était pas sûr que son trouble n'eût pas été plus grand si elle avait été libre, et si donc ces objets avaient acquis une signification plus menaçante, à la fois apaisante et insupportable, celle de la vie à deux, de l'éternité supposée. Augustin y gagna un dégoût des objets dont il ne devait tirer toutes les conséquences que plus tard. Il y apprit aussi que dans l'amour, les qualités qui paraissaient au début les plus évidentes, celles-là qui avaient fait aimer, peuvent s'avérer insupportables dans la mesure même où elles ont rendu indispensable un être qui ne l'était pas, et fait rompre ces amarres à quoi tient la vie ordinaire. Ainsi cette façon qu'elle avait d'ignorer les conventions, de s'installer, dans le sens le plus matériel du terme, dans la vie des autres. Augustin Pieyre était injuste. Il ne savait pas le prix qu'elle payait, et comment elle le payait, pour ce qui n'avait rien d'une aventure. Et ce dont elle souffrait, elle, c'était bien qu'il ignorât ce que son mari penché sur les insectes avait compris.

A la fin, il la jugeait compatissante et cruelle. Elle avait perçu ce dont personne, à voir sa vie, ne se serait douté, que le monde extérieur l'effrayait. Il s'était habitué à entrer dans la réalité comme dans un bain froid, d'un seul coup. Il ne s'écoutait pas. Mais il avait gardé la nostalgie des univers clos, prosaïques, que rien ne dérange, qui ont leur règles immuables. La nostalgie de ces Angleterres particulières, odorantes et tranquilles, qu'un rien avive, le bruit d'un livre qu'on ouvre ou le craquement des premières bûches embrasées. L'ayant deviné, elle s'ingéniait à lui offrir de semblables occasions, avec peut-être le désir secret de le retenir mieux. C'étaient, par nature, des occasions manquées. Comme le diable quand il soulève un coin de voile, elle l'aidait à se connaître et lui montrait qu'il n'était plus seul, qu'un autre existait qui savait de lui certaines choses cachées. Augustin gardait de ces révélations inutiles le sentiment qu'on peut avoir pour la main qui blesse et qui guérit.

Un petit-neveu de Nathanaël, qu'Augustin ne connaissait pas, vint habiter Villers. Il avait près de quarante ans et attendait depuis longtemps l'occasion de quitter la ville et de se retirer d'un monde qu'il n'aimait plus. Il ressemblait à Nathanaël par le goût des fleurs et des jardins. Mais là où Nathanaël, revenu de ses voyages, s'employait à arranger son parc *faute de mieux*, l'autre Bussy s'arrêterait aux arbres. Les femmes l'intéressaient, et même on murmurait qu'il pourrait donner redonner corps à la mauvaise légende de Bussy; mais en réalité, les femmes l'intéressaient moins que la nostalgie qu'il avait d'elles, ou, plus précisément, de chacune d'entre elles. Ses amis affluèrent à Villers. Ils s'y tenaient des jours entiers dans la fumée des cigarettes, heureux peut-être. Ils se réchauffaient les uns les autres, s'agaçaient aussi. En dix ans ils s'étaient brouillés et réconciliés de nombreuses fois, pour des riens. Ces riens, c'était le sel de leur vie. Leur histoire commune leur était devenue indispensable. Ils ne se déplaçaient plus qu'en troupe. Seul le neveu de Nathanaël s'échappait parfois vers l'Italie, par amour des statues et parce qu'il avait gardé du goût pour la solitude. Marie-Antoinette les reçut par politesse. Aussitôt deux d'entre eux lui vouèrent un culte qui pour être platonique n'en était pas moins violent. Augustin ne revint pas à Villers. Il ne devait pas revoir la maison, les roses, les peupliers en contrebas, plantés le long de la rivière, jusqu'au village; et pas plus les feuilles mortes tourbillonnant dans la nuit, après dîner, lorsqu'il faut partir.

Il y eut encore un automne. Ils arrangèrent les communs. C'était drôle, ces fausses fenêtres sur les murs jaunes et rongés de salpêtre. Plus loin, vers le potager, l'ancien urinoir des valets de ferme fut changé en chapelle. Ils revinrent alors dans la maison pour transformer la bibliothèque. Les traités de jardinage et l'almanach agricole, remisés au second étage, furent remplacés par les cent volumes du dictionnaire encyclopédique des sciences médicales, dont Augustin avait rédigé plusieurs articles. Sur le manteau de la cheminée, de part et d'autre du miroir rectangulaire, ils disposèrent, à touche-touche, quelques-uns des dessins d'Augustin et deux petites aquarelles qu'il avait faites en Alsace au cours d'un voyage avec Klein. L'une représentait l'ancienne forge de Jaegerthal et l'autre les ruines de Wineck. Sur cette dernière, les tours écroulées surplombaient une forêt jaune et rouge, une forêt de ces grands chênes qu'on appelle là-bas « Welsche Baïmel ». Marie-Antoinette fixa un perroquet empaillé à mi-hauteur d'un panneau. L'oiseau avait grand air dans ses couleurs tropicales. Augustin se souvint d'Alcocer. Ils étaient sûrement nombreux les perroquets, à Sagua la Grande, près de Cuba. Il regretta fugitivement de n'avoir jamais parlé du professeur avec Marie-Antoinette. Elle était si loin de l'hôpital, des aventures de l'hôpital. « Car c'est bien une vie d'aventures que je mène », se dit Augustin. Que comprendrait-elle des objets familiers, des histoires cent fois racontées, des gestes, des odeurs d'éther et de sang, du bruit des chariots dans les cours, et pourquoi aurait-elle dû le comprendre ? C'était sa vie, nul n'y aurait accès, et il était bien sûr qu'il reverrait les moments de cette vie-là, et non les moments de l'autre, quand il serait pour mourir. Le perroquet tomba. Elle rit. La tristesse d'Augustin disparut. Ils abandonnèrent l'oiseau sur le rebord d'une fenêtre.

De retour à Paris, il souffrait parfois de sa double vie. Là-bas, ce qui ressemblait au bonheur. Ici, tout autre chose, qu'il était incapable de définir. Jamais il n'avait supporté sans peine les satisfactions arrêtées. D'une certaine manière, celles qu'il connaissait à présent l'étaient, et qu'elles fussent séparées, et, pour certaine, illicite, ne retirait rien du fardeau qui lui pesait. Il s'en faisait le reproche, surtout à propos de Marie-Antoinette, en rapportant cet amour inédit à celles, si peu nombreuses, qu'il avait connues jadis, et aussi à celles dont il avait entendu parler, même dans les livres, pour blâmer son incapacité à se perdre dans la vie nouvelle que l'amour de Marie-Antoinette et son amour pour elle auraient dû lui offrir. Mais il avait beau se retourner en tous sens, il ne distinguait, justement, aucune vie nouvelle. Tout au plus passait-il, en abandonnant l'une de ses vies pour l'autre, à des sensations entièrement différentes et dont certaines le comblaient. Rien apparemment ne pouvait fondre les multiples éléments de sa vie, pas même l'amour qui, d'après les croyances communes – et aussi ce qu'il en avait rêvé –, possédait cette faculté. Il fut tenté de penser qu'il n'aimait pas assez, ou qu'il n'aimait pas. Mais, à peu près entièrement dépourvus de violence, ses sentiments pour Marie-Antoinette lui communiquaient de la paix et de la ferveur. Avec elle il acceptait enfin d'être vide, inquiet, parfois presque mort. Auprès d'elle il écoutait ces bruits par milliers de la vie qu'il avait ignorés. Il tenait à elle presque autant qu'à son père. S'il ne s'agissait pas d'amour, Augustin était prêt à oublier l'amour pourvu qu'il ne la perdît pas. Il regrettait pourtant, de temps à autre, la liberté et le malheur.

« Et après ? » Cette phrase le hantait aussi. Tous ceux

qu'il aurait aimé devenir lui paraissaient, vus de loin, des galériens rivés à leurs chaînes : l'écrivain à ses livres, le peintre à ses tableaux. Toute une vie dans son sillon – c'était peut-être cela la malédiction de la Genèse. Le réconfort des grandes choses n'était qu'un leurre, puisque les œuvres faites se détachaient et roulaient dans le passé (et les petites, l'oiseau empaillé de la bibliothèque de Bussy, la table en marbre du petit temple, que deviendraient-elles après sa mort, ou même dans vingt ans quand il serait trop vieux ?). Dieu sait qu'il avait souhaité succéder à Alcocer. Il s'était plu à lui succéder, à agir, à rassembler toutes ces énergies dans le bruit des chariots et les odeurs d'éther. Il y avait éprouvé un plaisir plutôt âpre. Mais aussi, de ce sommet, il ne voyait rien. Du coup, il considéra d'un autre œil la folie de son maître et la fin du vieux Bussy. La sérénité de son père, en revanche, l'intriguait. Il n'était pas possible qu'elle vînt seulement de ce qu'il croyait, depuis la mort de sa femme, vivre en sursis. Était-il si loin de lui, plus proche des autres qui n'avaient pas – il en doutait – le même tourment ? Et comme c'était l'amour qui le conduisait à s'interroger ainsi, il détesta l'amour autant qu'il se détesta lui-même. C'était naïf. Et puis, c'était trop tard.

Pour oublier, il y avait l'hôpital. Et, un peu moins, les dîners chez son père, où désormais Lenormant figurait presque toujours, et les dessins et l'Opéra et de curieuses rencontres aussi. Un soir d'hiver, alors qu'il travaillait à son bureau, deux hommes demandèrent à le voir. Comme ils étaient mal vêtus et que leurs gestes étaient étranges, la surveillante les fit attendre dans une petite salle aux murs nus tout près de la porte d'entrée. Elle les annonça au professeur avec réticence et des mots comme : « Ce ne sont pas des gens bien. » Augustin leur demanda ce qu'ils voulaient. Le plus vieux, râblé, les ongles noirs, portait un méchant costume de drap. De longs favoris grisonnants encadraient un visage rectangulaire aux traits assez fins, et son regard s'attachait longuement aux objets, comme s'il lui avait fallu une longue période d'accoutumance pour en distinguer les contours. Augustin le crut adonné aux stupéfiants, à l'opium peut-être. Le plus jeune, très grand, vêtu d'une veste d'ouvrier et d'un pantalon de coutil, un foulard rouge noué autour du cou, se tenait en retrait, l'air mécontent d'être là. Embarrassés, hostiles, ils expliquèrent à Pieyre qu'ils avaient besoin de lui pour soigner un homme qu'on ne pouvait transporter à l'hôpital. « Que vous ne voulez pas transporter à l'hôpital », rectifia Pieyre qui avait compris. Il prit sa trousse et partit avec le plus âgé vers les fortifications. L'autre devait demeurer à la Pitié, sous la garde d'un infirmier, jusqu'à ce que le médecin revînt. De telles expéditions, sans être fréquentes, n'étaient pas si rares. Au premier étage d'un cabaret d'apaches au nord de la barrière de Clichy, Augustin dut soigner un homme très affaibli, auquel on avait fait un garrot de fortune et qu'il crut reconnaître pour avoir vu son portrait dans les journaux. « Voilà une rencontre à enchanter Marie-Antoinette », se dit-il en suturant une plaie ouverte qui barrait la poitrine. La musique du *Chat noir*, jouée au piano mécanique, traversait les étages. Il n'apprit que bien plus tard que c'était le vieux portier de la Pitié qui avait donné son nom.

Élu à l'Académie de médecine, il dut y prononcer l'éloge de Joaquim Alcocer. Il le fit avec une vivacité qui étonna ses amis et ses élèves. Son père avait pris place au poulailler. Marie-Antoinette n'était pas venue. C'était le même théâtre blanc, mais sans orage.

Peut-être pour avoir craint qu'il ne s'ennuie, et aussi par jeu, et pour d'autres raisons plus obscures, Marie-Antoinette profita d'une absence d'Augustin pour aménager le salon vert. Sa décision prise, elle avait hésité quand même. Le général Grigorieff, avec cet air lointain qu'elle aimait, l'avait encouragée. Quand Augustin vit les boiseries vert tilleul, le lustre de Venise, les trumeaux peints d'après Coypel, il demeura quelques instants interdit.

XVIII

Le cantonnement n'était pas dans la ville, mais de l'autre côté de la rivière après le deuxième pont. Le bruit des souliers ferrés, Germaine Horcholle fut la première à l'entendre, parce qu'elle habitait un peu à l'écart, derrière le jardin du maire. Au lavoir il y a trente ans elle s'était brisé la hanche et depuis, elle passait toutes ses journées près de la fenêtre d'angle, avec vue sur la route jusqu'au pont, à regarder le passage. Elle entendit d'abord un roulement assez vague, un faible bruit plutôt grave et qui ne couvrait pas entièrement le sifflement du vent dans les peupliers. Puis elle distingua plus nettement le rythme des milliers de pas sur la mauvaise route de Chateauneuf, celle qui traverse la forêt. Elle n'eut pas de surprise, ayant lu l'affiche sur le mur d'en face, quelques jours avant. C'était un rectangle de papier blanc à deux drapeaux croisés pour en-tête et qui indiquait où il fallait aller. Sur le mur du lavoir, un bandeau collé pardessus portait la mention : « Les maréchaux-ferrants sont rappelés. » Au tournant elle vit apparaître les chiens de Damien Courtial, qui après la chasse gardait

233

les moutons derrière Nizerolles, et l'été descendait avec eux très bas, jusqu'aux étangs de la Brenne. Ils couraient de front sur la route en aboyant, comme chassés par une force invisible, et pourtant heureux de la précéder. Les soldats apparurent enfin par rangs de quatre, leurs uniformes rouges et bleus maculés de la poussière du chemin. Les officiers, canne à la main, marchaient sur le côté, et de temps à autre faisaient rectifier l'alignement. Alors, remontant d'un coup de reins leur barda, les fantassins tournaient la tête et reprenaient la ligne. Ils commencèrent à défiler devant la fenêtre de Germaine Horcholle, et le bruit désormais étouffant des pas, du cuir sur le sol, de la ferraille – la *Rosalie* venant heurter sur le flanc les bidons de deux litres –, des ordres rauques des sous-officiers, faisait trembler les vitres. Elle reconnut, chevauchant en tête, précédant le drapeau roulé dans sa gaine, le colonel Nanquette, un Ardennais qui s'était fait à la vie du pays et qui, au grand dam de ses officiers, passait ses soirées à l'Hôtel de la Poste à jouer au billard. On avait même prétendu que l'enfant de la petite Thérèse de l'Orme-Diot, celle qui servait chez les Grigorieff, était de lui. Elle reconnut aussi, bien sûr, tous les jeunes qui transpiraient sous le drap, et qui ricanants, fiers ou graves, jouaient à l'homme et voulaient qu'on les regarde. Même un aussi pauvre public que Germaine Horcholle ne leur était pas indifférent, et ils étaient nombreux ceux qui, arrivant à la hauteur de la fenêtre derrière laquelle la vieille les guettait, tournaient un peu la tête, se redressaient, la regardaient en coin, s'admirant eux-mêmes. Elle n'avait pas le cœur trop sec. Elle en remarqua deux ou trois et se dit qu'elle aurait pu aller au lit avec eux, bien des années plus tôt. Ainsi le petit neveu de Gaston le vieux garde, qui avait les mêmes épaules que lui, ces épaules à la fois larges et tombantes qui l'attiraient lorsqu'elle était enfant. C'était avant l'autre guerre, et ses parents étaient métayers chez le comte de Bussy. La terre allait de Saint-Denis jusqu'à Dun d'un seul tenant, et parfois le dimanche le comte venait les voir dans une drôle de carriole à deux places. Ils buvaient ensemble un peu d'alcool de prune, et ses parents admiraient le costume de velours vert du petit Nathanaël dont le prénom était si curieux. Germaine se tenait dans un coin et ne lui avait jamais proposé de jouer ensemble. Ses parents, d'ailleurs, le lui auraient défendu. Le comte avait une moustache blanche très épaisse et presque plus de cheveux. Il ne parlait pas beaucoup.

Les soldats passaient toujours. « Pauvre de nous. Ce que c'est que de nous », se disait Germaine Horcholle, bercée par le flot régulier.

Deux des amis du jeune Bussy n'avaient pas encore reçu leur feuille de route. Le premier devait gagner Toulon, le second les Alpes, et l'on acheminait d'abord les troupes de l'Est. Eux n'étaient pas saisis par la fièvre, seulement par un ennui plus profond que d'habitude. Il y avait aussi la peur, mêlée au désir de se distinguer quand même. Au reste, comment y parvenir ? En quelques semaines l'infanterie serait à Berlin, effaçant la défaite de 70, et toute la gloire serait pour elle ; et puis, sur la mer, les exploits se font moins voir : ils sont collectifs, ils sont lointains, ne mettent guère en valeur. Quant aux Alpes, que faire au pied des glaciers, entre les chèvres et les sommets ? Mais surtout la guerre se présentait à eux comme un ensemble de difficultés insurmontables, puisqu'il faudrait voyager par devoir et non plus par plaisir, se hâter, commander, obéir, et, par force, s'oublier. Ils avaient réduit le monde à leur mesure. Le monde protestait, croyaient-ils. En fait il ne protestait pas, il se déplaçait seulement. Eux se voyaient emportés par le flot. S'ils ne le connaissaient pas, ils devinaient que l'univers, là-bas, dans la guerre, n'était pas insupportable seulement par l'inconfort, mais par la rigueur, à laquelle rien ne les avait préparés, des lois qui le gouvernaient, insaisissables pour eux comme pour les autres dans leur caractère mêlé, à la fois prosaïque et cosmique. Par les fenêtres de la bibliothèque, ils voyaient un petit segment de route entre les haies, et, au-delà, les champs d'avant la moisson tremblant sous le soleil. « La moisson passera. Nous reviendrons pour les vendanges », disaient les hommes sur les chemins et dans les fermes. Quatre prolonges d'artillerie, les servants assis contre les caissons, le dos à la croupe des chevaux, passèrent au trot dans la direction de Bourges. Ils eurent à peine le temps de les voir.

Un peu plus loin en contrebas, le général Grigorieff s'enfermait parmi ses insectes. Marie-Antoinette le rejoignit. On entendait les cris des enfants, qui jouaient près de la serre. Jules, le fils du régisseur, passa dans la cour, une sorte de ballot sur l'épaule. Il était assez mal bâti, les épaules rentrées. Il leur avait dit au revoir, avec un regard d'enfant triste de devoir retourner à l'école. Marie-Antoinette le vit s'en aller et s'assit aux pieds du général qui ne parlait presque plus depuis le matin. Elle ressassait des pensées douloureuses et confuses. Un moment elle fut près d'évoquer Augustin.

— Parfois je voudrais qu'ils se révoltent, dit-il. Eux, eux seulement. Ils en ont le droit.

— Ils croient que c'est l'ordre des choses...

— Et c'est tout le contraire. Pour ceux dont c'est le métier... ou pour les déclassés, les aventureux, les fuyards... ceux qui voient l'ordre entrer dans leur vie...

— Au son de la musique militaire.

Il sourit, posa la main sur son épaule et reprit :

— Les autres, ils ont l'habitude. Mauvaise habitude. Les femmes les remplaceront pour la moisson.

— Peut-être qu'ils reviendront vite. On le dit un peu partout, et dans les journaux.

— Tu lis les journaux ? demanda-t-il avec une affectueuse ironie.

— En ce moment, c'est bien le moins.

Le général voulait suivre son idée. Il y revint.

— Je n'aime pas cette impression que dans ces moments-là, même dans ces moments-là, les choses sont à leur place. Elles ne le sont pas, n'est-ce pas ?

Marie-Antoinette songea qu'il était trop vieux pour partir. Elle en fut heureuse, brusquement. Ce jour d'été était comme gris, accablé d'incertitudes. Au moins les enfants garderaient leur père. Comme s'il l'avait deviné, le général cligna de l'œil :

— J'ai fait mon temps, hein ?

Leurs gens soldats, sauf le régisseur qui ne pouvait plus beaucoup travailler, il faudrait sans doute s'organiser différemment. D'abord les champs, les blés, le maïs ; puis la moitié du jardin potager ; accepter de voir l'autre moitié en friche, comme à l'abandon.

– Je ferai la prune quand même, dit le général.

– Je m'occuperai des fleurs, dit Marie-Antoinette.

Des fleurs, son esprit passa à la serre, puis à Augustin, puis à Bussy. Un sentiment d'impuissance et de révolte lui souleva le cœur. Au-dehors, ses enfants l'appelaient.

Les fantassins passaient à présent sur l'Auron. Les deux ponts successifs étaient si étroits qu'il fallait réduire le front des troupes, et la fin de la colonne piétinait en attendant son tour. Des plaisanteries fusèrent, des cris joyeux à l'adresse de deux filles qui prétendaient passer les ponts en sens inverse. « Viens donc, la Lucie, tu feras cantinière! » Et toute une section d'éclater de rire. « C'est ça, viens courir ta chance », ajouta méchamment un petit caporal frisé, au front ruisselant de sueur, le képi sur l'arrière du crâne. La Lucie servait à boire au *Café des abattoirs*, celui où fréquentaient les sous-officiers. C'était une longue fille brune au visage fané, aux jambes épaisses, mais dont le regard montrait de la volonté. Elle aurait donné beaucoup pour s'en aller ailleurs, quitter enfin cette chambre au-dessus de la grande salle d'où elle voyait la mort des animaux dans la cour sanglante d'en face, et, le dimanche, les fous se promener sur la route. Elle s'était donnée à plusieurs parmi ceux qu'elle avait connus là, sans beaucoup d'espoir, avec courage, entêtement. Un jour, certainement, un homme l'emmènerait, et tout serait oublié.

Le piétinement sourd reprit de l'autre côté des ponts. Les gradés avaient fait taire les soldats et d'ailleurs ceux-ci, montant la côte assez raide qui menait à la mairie, économisaient leur souffle. Après une heure de marche ils n'étaient plus si farauds. Ils n'avaient jamais eu tant de drap sur eux ni d'aussi beaux souliers. Ils n'avaient pas l'habitude de fusils aussi lourds. La chaleur du pays, elle, restait la même, mais à présent ils ne pouvaient plus s'échapper vers la rivière et nager dans l'eau fraîche et boueuse. Quand même ils n'étaient pas mécontents de partir. Parfois, lorsque le temps des mères et des femmes leur pesait, ils s'efforçaient de ressembler à leurs pères, de jouer un personnage d'homme, faute de mieux, et s'aidaient ainsi à accepter. Le départ pour la guerre, c'était dans le rôle, mais c'était aussi en sortir, la liberté, l'aventure. Ne plus subir les femmes, ne plus travailler pour elles qui, génération après génération, élevaient des hommes pour qu'ils leur conviennent. Curieusement, les solitaires étaient plus réticents, eux qui n'avaient rien à faire du devoir et du bonheur, rien à fuir. Damien Courtial, qui gardait les moutons à tête noire et vivait presque en sauvage, Jean Lepeu à qui son père avait donné une petite ferme, ou le vieux Bastien, le frère de la sorcière de Corlay, gardien de nuit à l'asile. Ceux-là avaient poussé comme la mauvaise herbe sur les toits, sans se soucier du monde. Ils se sentaient étrangers à la guerre et convaincus qu'ils n'en tireraient rien. Ce mouvement ne leur disait pas grand-chose. Ils étaient tristes.

Parvenu sous les platanes de la grand-place, le colonel Nanquette poussa un soupir en regardant le café. Par les vitres ouvertes on voyait le billard. Il reconnut la silhouette de l'instituteur qui lui fit un signe de la main, auquel il ne crut pas devoir répondre. Leur amitié, au début, avait fait un peu scandale. Il était entendu que les militaires étaient, d'ordre des choses, du côté de l'église. Mais ils étaient de la même région, et s'étaient accordés sans peine. L'instituteur s'enflammait à propos de l'Alsace et Nanquette, qui avait combattu aux colonies, lui racontait les misères de la guerre. Puis ils buvaient, de la bière brune surtout. Ils jouaient au billard ensemble. Le colonel n'allait pas dans les châteaux, où d'ailleurs il était rarement prié, sauf parfois à Bussy, où passait de temps à autre un médecin de Paris du nom d'Augustin Pieyre, un homme sans apprêts, aux silences honnêtes. Le colonel ne comprenait pas bien qu'il ait choisi cet endroit. Dès son arrivée, Nanquette avait voulu présenter ses devoirs au général Grigorieff, dont la réputation était grande à l'armée. Le général l'avait déçu, refusant d'évoquer son passé, l'air vraiment d'un civil. « Un retraité, un horticulteur. Ou bien il se moque de moi. » Sa femme était très belle et trop jeune pour lui.

Il ordonna au commandant en second de reprendre la troupe en main avant de déboucher devant l'église, et passa devant le café les yeux fixés sur l'horizon. Sous le portail en roussaille, le curé n'avait pas l'air content. L'idée de l'Allemagne traversa l'esprit du colonel Nanquette. « Il sera bien temps plus tard », pensa-t-il. Deux gendarmes, tenant leur monture par la bride, se raidirent au passage du drapeau roulé dans sa gaine. Les ordres descendirent. On entendit les gradés crier pour couvrir le bruit des pas : « Levez la tête ! attaquez le sol du talon ! écoutez-vous marcher ! » Un frémissement parcourut la petite foule assemblée sur la grand-place. « Écoutez-vous marcher... » La guerre serait facile. Le maire ôta gauchement son chapeau.

Peu à peu la foule s'enhardit, les hommes criant, les femmes applaudissant, et, parfois, rompant les rangs pour embrasser les soldats. « A Berlin ! à Berlin ! » cria Paturon, le marchand de bêtes, aussitôt imité par son valet de ferme réformé pour imbécillité. « C'est ça ! et le Kaiser on l'assoira sur son casque à pointe ! » éructa quelqu'un. Une femme glapit : « Salauds de Boches ! salauds de Boches ! » Pourtant la bonne humeur l'emportait. Électrisée par le spectacle, la foule s'ébranla, épousant la forme du régiment, l'entourant, et ce troupeau prit la route de la gare. Des fous apeurés, craignant d'être écrasés, rentrèrent précipitamment à l'hospice. Des infirmiers en blanc, ceux qui ne partaient pas, se bousculaient aux balcons. C'était à qui crierait le plus fort. Dans sa maison près du pont, Germaine Horcholle n'entendait presque plus rien. « C'est déjà fini », se dit-elle. D'habitude, c'était jour de marché. Elle s'endormit, les mains crispées sur le pelage du chat.

Charles Pieyre s'était réveillé plus tôt que d'habitude. Toutes fenêtres ouvertes, il écouta quelques instants les bruits du dehors, s'attendant à des clameurs, à de l'agitation. Il se souvenait de 1870 et des chansons. C'était la même saison. Place de la Bourse, une grande foule avait entonné *La Marseillaise*. Sa femme et lui avaient vu Marie Sasse la lancer debout dans sa voiture, près des Italiens. Partout des hommes pâles, tendus, des femmes aux gestes grisés, des groupes se formant, se déformant, partant en tourbillons sur les boulevards, vers les gares. Aujourd'hui, rien de pareil. Seul le murmure de la fontaine troublait le silence de la place. Charles descendit dans sa librairie, l'esprit occupé d'un souvenir qu'il ne parvenait pas à préciser. Sur une des grandes tables en bois, la femme de charge avait déposé tous les journaux du matin. Il se rappela *La Liberté*, les cartes des chemins de fer de l'Allemagne. La lumière, déjà chaude à huit heures, envahit la librairie.

Florence avait attendu des journées entières aux Batignoles. On y tenait l'inscription pour la viande. Dans les files interminables, des vétérans, des gardes nationaux, des petites filles, des grisettes, le cheveu au vent. Ce spectacle l'amusait beaucoup, comme celui des Halles, où le pavillon de la marée débordait de viande de cheval, où les bourgeoises se battaient autour du marché aux légumes. Tous deux avaient fait le tour de Paris par le chemin de fer de ceinture pour voir les fortifications. C'était la mode. Les jeunes filles grimpaient comme des chèvres sur les talus de sable et collaient les yeux aux meurtrières. Des élégantes sur le chemin de ronde parlaient de bastions, de gabions et de cavaliers. D'ailleurs, partout dans Paris, le *rempart* faisait fureur. On vendait des couvertures de rempart, des lits de rempart, des fourrures de rempart, des gants de rempart...

Voilà. C'est cela. *Pax tibi Marce evangelista meus.* A Saint-Marc, le chemin de ronde autour, au milieu des voûtes, surplombant la nef. Le petit sentier suspendu aux airs de chemins de ronde. Et ce livre sur lequel Florence et lui étaient penchés le jour où l'autre guerre éclata. Sur la couverture on voyait le lion de Venise la patte posée sur les Écritures. *Pax tibi Marce evange-lista meus.*

Charles Pieyre jeta un regard désolé à Humboldt, à Feuerbach. Aux *Aventures d'un homme de qualité dans le labyrinthe de l'amour.* « Dire qu'il va falloir à nouveau les appeler les Boches. Quel ennui. » Il sortit en chemise sur le pas de sa porte, une tasse de café à la main. Tout était calme. Il vit passer un fiacre, un homme qui faisait des moulinets avec sa canne. Il entendit une automobile qui devait descendre vers l'église de Saint-Germain. « Mais aussi, pourquoi ne restent-ils pas chez eux ? C'est bien, l'Allemagne... Et nous, ma foi... même l'ami Klein doit être fâché de voir revenir l'Alsace... » Il passa une veste et se mit en route pour l'Hôtel de Ville. Augustin ne viendrait pas avant midi. *Pax tibi Marce evangelista meus.*

A l'Hôtel de Ville il trouva davantage de monde. Les journaux parlaient d'enthousiasme et d'engagements volontaires, mais ici la foule était plutôt silencieuse. De petits groupes se formaient. On commentait les nouvelles. Il y avait beaucoup de vieux comme lui et le petit peuple du Marais, du quartier Saint-Paul, de la Bastille. A la Bastille, où l'on trouvait un régiment de cuirassiers qui tôt ou tard traverserait la ville, sûrement il y aurait des cris, des femmes hurlantes, de jeunes gandins en canotier suivant les chevaux aux croupes énormes, marchant dans le crottin. Pour le moment la pâte n'avait pas encore levé. « Nous avons sûrement raison, pensa Charles Pieyre ; mais il y a de meilleures causes. » Des bateaux passaient sur la Seine. Tous paraissaient attendre, ils ne savaient quoi.

Charles Pieyre s'assit sur une borne à l'angle de la

place. Derrière lui des voitures automobiles, des fiacres, des attelages de toutes sortes, des omnibus, arrêtés par le flot humain. C'était comme un jour de marché, sauf ce silence imprévu. Il éprouva de la fatigue. Il pouvait voir les fenêtres de son enfance, là, quelques mètres au-dessus de lui, si près, closes à présent. Ainsi c'était cela, la vie. Il pensa : « Tout recommence donc... Mais moi, si j'étais parti aussi loin que Nathanaël, je ne serais pas revenu... J'aurais fait comme Ulysse... On croit qu'il veut rentrer mais tous les prétextes lui sont bons pour ne pas revoir cette île ridicule qui fait pourtant les meilleurs fromages de chèvre, Ithaque, son pays... sa femme... son fils... son peuple à gouverner... tous les profanateurs... A la place de Nathanaël, j'aurais fait éternellement le tour de la France et je n'y serais plus rentré... *Et celui qui vit encore, captif au bout des mers, ou s'y meurt ? Je voudrais savoir, malgré ma peine.* » La dernière guerre, c'était Florence. Il l'avait perdue pendant la guerre. Une autre guerre la rejetterait plus loin dans le passé. Enfin il l'avait trouvée, la raison de son trouble. Il fut triste. Il se crut si vieux, si faible. *Pax tibi Marce evangelista meus.*

Augustin s'assit dans le canapé, étendant ses bras en croix, s'appropriant le meuble dans son entier, comme il faisait toujours. Il avait observé son père à la dérobée, et ne l'avait pas trouvé meurtri. Charles Pieyre était toujours le même, attentif et absent à la fois. Il paraissait même plutôt gai. Il raconta à son fils la promenade dont il rentrait tout juste et qui l'avait mené à l'Hôtel de Ville où il y avait un grand concours de foule. Il évoqua 1870. « C'est étonnant, cette nécessité mystérieuse qui nous jette les uns contre les autres tous les trente ans. » Augustin était plus prosaïque. Il interrogea son père sur l'Allemagne. Charles Pieyre, au contraire de son fils, y avait voyagé. C'était avant l'autre guerre. Il lui parla de la chaleur, des costumes, de la poésie, des forêts et de la fadeur de tout – et aussi de leurs rêves anciens, incompréhensibles. Tous deux étaient vaguement émus. Rien n'était différent mais c'était quand même un moment solennel. Ils s'en souviendraient plus tard. Il y avait aussi entre eux trop de paroles retenues, et le temps de les dire était passé. Quand Augustin partirait-il ? Il attendait encore des instructions. On l'enverrait probablement dans un hôpital de campagne, au front ou en arrière des lignes.

— Je suivrai l'armée, comme les putes et les trafiquants, dit Augustin.

— Ils croient qu'ils vont galoper jusqu'à Berlin ! Je les ai vus en 70, nos généraux. Trop gras ou trop maigres. Et toutes ces figures pâles, ces teints cireux. Les Prussiens sont rouges et ont bon poids.

— Il n'y a pas de raison de les croire plus intelligents que les nôtres...

— Certes pas, mais les Français passent leur temps avec des députés et des filles. Trop de putains, trop de politique, voilà bien le militaire français.

— Ça me les rend plutôt agréables. Parce que franchement les autres, gonflés de lait de chèvre et de métaphysique...

Charles Pieyre sourit.

— Du lait de chèvre ? Tu dis ça pour Schlieffen ?

245

– Oui. J'ai lu je ne sais plus où, ou c'est peut-être Klein qui me l'a raconté, que Schlieffen se nourrissait exclusivement de lait de chèvre. C'est peut-être un racontar. Enfin Joffre, ses rôtis et son sommeil, j'ai plus confiance.

– Échangeons-les... J'ai toujours eu l'idée que le plus sûr moyen de prévenir les guerres était d'échanger tous les dix ans gouvernements et états-majors...

– Juste. Et puis ils seraient peut-être déçus par Paris, ce qui simplifierait les choses.

– Nous par Berlin, sûrement. Mais eux ?

Ils devisèrent ainsi tout en déjeunant. Augustin raconta l'hôpital. La plupart des infirmiers partaient. On recrutait des femmes et on rappelait des infirmiers retraités. Augustin retrouvait des visages connus pendant l'internat, et trouvait singulier que ce saut dans l'avenir qu'était la guerre se traduisît immédiatement par un retour au passé. Beaucoup parmi ces vieillards le considéraient avec méfiance. Ils se souvenaient de Dieuleveult et d'Alcocer. Par quelles manœuvres ce petit interne avait-il réussi à usurper leur place ? Puis ils se raisonnaient. Ce n'était plus leur époque. La guerre seule faisait illusion.

Sûrement Lacombe resterait, dit Augustin. Lacombe n'était pas de ceux qui partent. Depuis quelque temps déjà, ils trouvaient moins à se dire. Était-ce à cause de Marie-Antoinette, qui concentrait sur elle l'attention qu'il portait d'ordinaire à d'autres êtres ? Les êtres étaient devenus fades. Tous étaient fades, sauf elle – et bientôt elle en retour. Mais aussi Lacombe jalousait Augustin. Lenormant, lui, partirait par bravade. Toute sa vie, Lacombe aurait donc vu les catastrophes de haut. Jamais il n'aurait été pris dans les filets de la bêtise, de la force brute, de l'histoire. Son intelligence l'aurait, contre toute attente, préservé. C'est un peu injuste, mais c'est sa vie, dit Augustin. Trop sage pour rien vouloir prouver. Trop prudent.

– La chirurgie fait des progrès durant les guerres, non ?

Par la fenêtre ouverte on entendit au loin des roulements de tambour et les premiers accents de *Sambre et Meuse*.

– Ça pouvait pas durer, dit Charles. Le voilà, le vacarme. Sans doute des territoriaux.

– Tu sais, certains jours, j'ai souhaité partir, tout laisser. Ce n'est plus le cas maintenant.

– Le vieil esprit de contradiction...

Au moment où Augustin débouchait une eau-de-vie de prune, cadeau de Marie-Antoinette, ils entendirent tinter, en bas, la porte de la librairie. Le consul en retraite avait prévenu qu'il passerait. Ces derniers temps il était venu souvent à la librairie. Charles le trouvait désespérant et drôle ; et très intelligent aussi. Fort répandu dans les milieux littéraires, il avait fait connaître la librairie des Deux-Mondes à ses amis. Un soir il avait amené Heredia pour y lire des vers et depuis lors, en guise de bonjour il déclamait :

– « Et l'implacable Phré couvre l'Égypte entière... »

Charles se pencha sur l'escalier et répondit :

– Il n'y a personne en bas parce que c'est la guerre. Le public est en haut. Montez donc.

Le consul gravit péniblement l'escalier et parvint dans l'appartement.

– Si vous avez encore quelques paroles vaines à prononcer, allez-y pendant que je reprends mon souffle. Après il sera trop tard.

Augustin lui tendit un petit verre de prune.

– Un peu de prune pour échauffer votre monologue ? Elle vient de chez moi, dans le Berry.

(Il n'aurait rien dit de tel il y a seulement six mois, pensa son père. C'est à cause de Marie-Antoinette, sûrement.)

Le consul tomba dans un fauteuil, le verre à la main. Charles Pieyre le trouva plus gros qu'avant. Et le teint trop gris.

– Content de vous voir tous les deux. Ils font tous leurs bagages. Ils ont l'air pressé. L'air important, dit l'Égyptien, sans emphase aucune.

Augustin l'interrogea sur le Quai d'Orsay.

– Depuis ma retraite je n'y mets plus guère les pieds, et puis maintenant c'est fini pour eux, ils ont craché leurs dernières arguties. Place à la poudre. Il y a Berthelot, qui est vraiment méchant. Rare qualité chez un diplomate.

– Vous connaissez Viviani ?

– Je l'ai vu autrefois en Égypte. C'est un névropathe. Du gibier pour vous, professeur. Vous savez, nous ne sommes pas si bien pourvus... même Clemenceau, voyez-vous... Hier j'ai déjeuné avec son secrétaire, un garçon un peu triste que j'avais connu au Panama. Il m'a avoué qu'il faisait tenir la voiture chargée et bâchée parce que le vieux ne voulait pas revoir la Commune. Rien que ça.

Le consul, qui était fin, stigmatisa la tristesse des hommes de gouvernement. Ils avaient pourtant de quoi s'amuser, avec le vice et les hasards, et les autres petits mots, mordants, acides, de la politique, ceux qu'on ne prononce jamais. Ils disposaient aussi des cours d'Europe, des mines du Creusot et des vignobles et des Balkans, de tout ce dont on doit s'arranger. Des amis politiques, des ennemis tout court, des solliciteurs et des poules, deux ou trois intelligences à qui parler. « Pourquoi la tristesse ? » s'interrogeait le consul en clignant de l'œil. Et il remarquait avec l'air entendu que les seuls à n'être pas tristes étaient ceux qui pratiquaient cet art comme un métier. Augustin écoutait avec beaucoup d'attention.

Le libraire, qui n'aimait pas la politique concrète, tenta de dévier le flot naissant vers la littérature et les littérateurs.

– Vous n'allez pas fermer, au moins ? interrogea le consul. Ce serait affreux. Si vous fermez, Louÿs ne sortira plus de chez lui et Régnier s'exilera à Venise. Et puis à nous deux, au milieu des livres, nous pourrions convaincre D'Annunzio d'entrer en guerre à nos côtés...

– Oui mais D'Annunzio tout seul, sans l'Italie, dit Augustin.

D'Annunzio, quand le consul, qui l'avait connu à Rome, l'avait amené, Charles Pieyre l'avait trouvé décevant. Pierre Louÿs, avec son air de fatigue et de vice, lui avait plu davantage. Régnier était reparti sans prononcer trois mots.

– Je dois y aller, dit Augustin. Remettre un peu d'ordre à l'hôpital.

– Voilà bien la guerre... C'est l'ordre... C'est pourquoi elle plaît à tous les timides, ceux qui enfants refusaient d'aller dire bonjour au milieu du salon de leurs parents, sous les lumières trop dures, avec ces femmes trop grandes... La sobriété, mes amis... Un peu de sobriété nous contentera, c'est lâche mais c'est ainsi. A la guerre les femmes disparaissent et nous avons si peur d'elles...

(Toujours cette manie de s'expliquer, pensa Charles Pieyre. Encore un qui ignore le confessionnal.)

– Les femmes avancent partout... Il y a dix ans elles n'étaient pas admises à l'orchestre, à l'Opéra... L'orchestre était un lac noir et blanc d'où s'élevait un murmure profond. Maintenant on y voit des cheveux et des perles, on y entend des rires... J'y vais comme dans le salon de mes parents... La même peur... Vivement la guerre...

– Chacun ses peurs, dit Augustin en lui serrant la main.

Il descendit l'escalier, entendit quelques mots encore :

– La mort! Mais la mort, cher ami, ce sont des ténèbres vertes... et...

Dans la rue il croisa la femme de charge. Son fils partait l'après-midi même gare de l'Est. Désemparée, elle ressassait de pauvres encouragements, qui s'adressaient à lui, à elle, au petit univers qu'elle s'était créé à force de travail et de patience. En la voyant s'éloigner, Augustin fut pris du désir de revoir Marie-Antoinette, un désir plus violent qu'aucun de ceux qu'il avait éprouvés jusque-là.

Il prit le chemin de son ancien collège. Jamais il n'y était revenu. C'était, sans doute, le jour qu'il fallait, avec une lumière oblique déjà, rasant le faîte des arbres et les maisons les plus hautes. Le collège était vide. Il revit la première cour, avec le fronton surmonté d'une descente de croix en bois peint; et la seconde, un peu surélevée, finissant en préau, en chapelle. La masse imposante de l'église du collège dominait, elle, l'ensemble des bâtiments.

Il s'assit en étude. Le jour passant à travers les vitres élevait vers le plafond de larges colonnes de poussière. Tout était calme. « C'est comme avant », se dit Augustin en suivant du doigt les dessins qu'il avait faits jadis au couteau sur le bois clair de son pupitre. « Et si, à force de ne pas oublier, d'écouter ces pas dans les profondeurs du collège, la scène allait revivre, les *autres* rentrer, revenir, ceux qui sont morts aussi ? » Plusieurs de ces enfants étaient déjà morts. Comme sa mère et le père de sa mère, gantier à Belleville. Les parents de son père étaient sous la terre dans un petit cimetière de village, près de Beaune-la-Rolande, et personne n'y allait plus jamais. Il se leva, poussa la porte avec regret. « Je ne sais pas ce qui est le plus terrible : qu'au-dehors tout change, ou qu'ici rien n'ait changé. »

Juliette Alcocer n'imaginait pas la victoire. Elle imaginait les pires choses. Il faisait si beau. Tout était tellement gris. Elle fit préparer les meubles pour qu'on les transporte en province, où elle s'exilerait. Les tapis roulés furent rangés dans la volière. L'hôtel mis en ordre, on entendait tous les bruits. C'était une musique insinuante, bien faite pour se souvenir. « Je n'y arriverai donc jamais », pensa-t-elle, se décourageant. Le bon et le mauvais ne quittaient pas sa mémoire. « Aimer est si terrible, si lourd à supporter, qu'il faut bien s'entendre, pour porter ce poids à deux. » Ils ne s'étaient pas entendus, mais, lui disparu, n'avait pas cessé d'aimer. « J'ai découvert un autre secret : on ne cesse pas d'aimer. » Le parquet craqua dans le couloir, comme sous ses pas à lui. Elle sursauta, se leva du fauteuil, s'y rassit, avec un pauvre sourire.

Jacques Klein vidait sa deuxième chope au *Bar lorrain*, en haut du boulevard de Sébastopol, à deux pas de la gare de l'Est. La curiosité l'avait conduit au milieu de la cohue, au milieu des réservistes, des familles, des voitures arrêtées. Des vagues humaines montaient vers la gare, les unes bruyantes, les autres silencieuses, et le moins étonnant du spectacle n'était pas cette succession d'humeurs différentes, à si faible distance de temps. Il entra dans la gare, jouant des coudes, trébuchant sur des sacs, des ballots. Des officiers trop gras, hier encore commerçants ou employés de banque, quittaient femmes et enfants. Il y en avait de solennels et d'autres qui étaient désinvoltes. Une compagnie des bataillons d'Afrique embarquait au milieu des rires, dans le sifflement de la vapeur, et sur le wagon de tête on pouvait lire : « Place aux chasseurs légers, morts aux Boches, souvenir de la Fathma », et plus bas : « A nous les femmes au késer ». Les *joyeux* en s'entassant dans les *quarante hommes six chevaux* se moquaient des pères de famille aux airs empruntés. Les poules s'accrochaient aux portières et les mères de famille feignaient de ne pas les voir. Parfois, en contournant un groupe au milieu de la cohue, Klein entendait de fades conseils et les hommes étaient absents déjà. C'étaient les derniers moments. Ce train, sur cette voie, c'était celui de Baccarat, de la route de Niederbronn. Sur le quai voisin le convoi des *joyeux* s'ébranla. «*A la Bastille, on l'aime bien, Nini peau d'chien...*», chantaient les plus jeunes pour couvrir le grincement des essieux. Les poules s'étaient tues et quelques-unes pleuraient. La vague suivante, celle du silence, déferla sur la gare.

La *Brasserie des bords du Rhin* affichait *fermé pour cause de guerre.*

XIX

A l'aube du 21 août, le corps colonial traversa la Semoy, après une longue marche à vide dans une obscurité que la brume rendait plus impénétrable encore. Il fallait se porter droit au nord et tomber au flanc des forces allemandes défilant à travers le Luxembourg belge. Déjà c'était l'automne, un automne froid. L'été n'aura pas duré longtemps, pensaient-ils tous en regardant l'eau grise sous les ponts, dans le petit matin. De l'autre côté des poteaux frontières rouges, jaunes et noirs, les Belges attendaient, réchauffant de leurs encouragements les soldats sitôt qu'ils avaient traversé. Leur accent faisait sourire, mais ils servaient du bon café dans des marmites en fer-blanc sorties sur le bord des fenêtres. Les fenêtres étaient ornées de pots en cuivre. Les seuils étaient en pierre de taille. Les maisons en brique, d'une méchante couleur brune, ne ressemblaient en rien aux dernières maisons françaises. Les chasseurs d'Afrique lancés en éclaireurs partaient déjà plus loin.

Le lendemain aux mêmes heures, la division à laquelle appartenait le 89e d'infanterie, qu'on appelait le régiment des Berrichons, traversa la rivière à son tour. Comme lassés du spectacle, les Belges étaient restés chez eux. Il faut dire que les soldats défilaient sur les ponts depuis quarante-huit heures. Plus de café. Plus de chasseurs d'Afrique, mais des dragons, galopant tout autour.

— Mais où nous emmènent-ils?

Au-delà des ponts c'était encore la brume et la forêt. Des sapins noirs couvrant de courtes montagnes, et pas un bruit.

— Mais où allons-nous?

— Fous la paix un peu, répondit Damien Courtial en buvant à son bidon.

Depuis le début des Ardennes, les hommes ne se parlaient presque plus. Tout était dit. Sauf pour celui-là, qui se trouvait avec eux on ne savait pourquoi, par erreur sans doute, car c'était un Parisien. Il comprenait encore moins que les autres et il était plus seul. A Paris, sa mère tenait le ménage d'un vieux libraire, place Saint-Sulpice. Il poussa le coude de Damien Courtial, qui s'étrangla:

— Et toi tu es d'où?

Le soldat referma son bidon.

— Je te l'ai dit cent fois. De Dun-sur-Auron, département du Cher.

Un autre s'approcha.

— Je connais Dun, c'est là où ça a l'air tout mort. Ils y mettent les fous.

— Parce qu'on y dort bien. On y dort sans arrêt.

— Et tu y as échappé? fit le caporal

La plaisanterie était commune. Quelques hommes rirent, par habitude.

– Moi je suis du faubourg Saint-Martin, dit le petit égaré.

– Qu'est-ce qu'on s'en fout, mon vieux, répondit Damien Courtial. Puis, l'air paternel, il l'aida à remonter ce barda presque aussi grand que lui, qui le prolongeait étrangement vers le haut. La troupe s'ébranlait à nouveau.

– Vers la guerre, petit Parisien, vers la guerre, dit Damien en le prenant par l'épaule. L'enfant tremblait.

Dans la forêt, ils suivirent des layons entièrement rectilignes, coupés parfois par des ravins profonds. L'armée n'était plus qu'une longue file de fantassins progressant dans l'inconnu dans un bruit de ferraille, de branches cassées, de respirations. Enfin vers le soir ce fut la lisière et le village de Rossignol où l'on établit le bivouac. Le bourg était plein de soldats. La division coloniale y était passée la veille, laissant un régiment pour attendre. Les rues étaient semées de faisceaux. Débarrassés de leurs sacs, les hommes, crottés jusqu'au dos, terreux, trempés de sueur, se précipitèrent dans les maisons où on leur servit du café. Puis, groupés autour des cantines disposées en carré sur la grand-place, ils firent bouillir des quartiers de bœufs dans de grandes marmites. Ils chantèrent les chansons que les gradés leur avaient apprises depuis que les trains militaires les avaient débarqués à Rethel. On évoquait la fameuse Nancéienne qu'ils n'auraient pas connue :

As-tu connu la putain de Nancy

Il était aussi question du Piémont ou de Neerwinden et les soldats chantaient sans comprendre. Damien

Courtial et le conscrit du faubourg Saint-Martin s'assirent un peu à l'écart, sur un banc, et mangèrent en silence. Calme, réfléchi, Damien était respecté de ses camarades. Sûrement, il serait vite nommé caporal.

Après dîner, le chef de bataillon Crasselle passa lui-même parmi les groupes d'hommes. Damien s'approcha pour entendre :

– Ne vous en faites pas. Reposez-vous cette nuit. Nous sommes réserve générale d'armée.

Il retourna vers les tentes à quelques rues de là. Derrière une toile éclairée de l'intérieur, il surprit la conversation de deux lieutenants. L'une des deux ombres chinoises disait :

– Moi, tu comprends, je ne peux pas m'en passer, du secret des femmes. Comment te dire ? Je veux connaître le secret de leurs vies. A toutes. J'en suis fou. C'est le secret de la vie.

– Eh bien maintenant tu devrais penser à autre chose, répondait l'autre avec philosophie.

Damien, lui, pensait à ses deux grands chiens qu'il avait confiés au chef de la gare de Rethel. Ils ne seraient pas malheureux. Le chef de gare était un fort gaillard qui chassait lui aussi, et dont le chien était passé sous un train quelques semaines auparavant. Pourtant il eut du remords de n'avoir pas laissé ses bêtes au pays. C'était idiot de les avoir menées si loin dans l'Est pour finir par les laisser dans cette ville inconnue ; mais d'un autre côté, il n'aurait pas supporté de les confier à quelqu'un qu'il connaissait. Le chef de gare ferait l'affaire. Il leur donnerait bien à manger et cette guerre-ci n'était pas de celle où l'on tue les chiens.

– Soldats! L'heure est venue d'en finir. Vous allez vous porter en renfort de vos camarades coloniaux dans la forêt de Rossignol. Ensemble vous refoulerez l'ennemi!

La forêt de Rossignol s'étendait au-delà des limites du village, et, depuis près de trois heures en effet, on y entendait le canon. Formé en carré sur la grand-place, le régiment subissait la harangue d'un général de brigade à cheveux blancs. A côté de lui, le colonel Nanquette, qui n'écoutait guère, regardait la forêt d'où s'échappaient, par plaques, des fumées blanches. La troupe, surprise, était tendue. A cinq heures du matin, aux premières lueurs, les gradés l'avaient rassemblée comme chaque jour, mais avec cette fois un frémissement qui ne trompait pas. Le brouillard ne s'était pas levé.

– Chacun fera son devoir! Et mettez-vous dans la tête que toute défaillance devant l'ennemi sera punie de mort. Il y aura des gendarmes derrière la ligne de feu, et tout homme essayant de gagner l'arrière sera fusillé sans jugement.

– Même les blessés? demande un imbécile.

Le général, qui n'a pas entendu, se penche vers le colonel.

– Mon général, vous n'auriez pas dû parler des gendarmes. Ce sont de bons soldats.

Le général hausse les épaules.

– Nanquette, vous avez trop vécu aux colonies.

C'est au tour du colonel de n'y rien comprendre. Alors il commande le départ et, le premier de la division, le régiment se déploie pour aborder la forêt en ligne.

– Comme quoi qu'on n'est plus réserve générale d'armée, grimace Bediou, qui vient de Corlay.

– A moins que ça n'aille déjà pas très bien, réplique un autre. Et il jette son cigare, un de ces gros et longs cigares belges qu'on achète là-bas si bon marché.

Le régiment prend la formation de combat dans un repli de terrain de l'autre côté de la ville. Puis il commence à marcher à travers bois. La canonnade se rapproche doucement et, parfois, un homme, saisi par la peur, vomit. Il faut se frayer un passage à travers les taillis, les ronces. Le tir accéléré des batteries de 75 qui ont pris position autour de Rossignol achève d'abrutir les soldats.

Damien Courtial marche depuis des heures. Il ne voit pas toute sa compagnie, à peine sa section. De temps à autre, il encourage le Parisien, à voix basse. Soudain des balles sifflent, cassant des branches. Des feux de salves crépitent partout. Les hommes se jettent au pied des arbres. Un sergent désemparé, cherchant l'ennemi du regard, est abattu, mort. Quelle heure est-il ? Dans les sous-bois gagnés par l'ombre, on voit jaillir des éclairs. Où sommes-nous ? se demande-t-il. Peut-être ont-ils perdu le régiment, ont-ils tourné sur eux-mêmes. Peut-être les feux qui les déciment sont-ils français. On ne voit plus un officier. Les gradés se découragent. Les hommes commencent à s'affoler.

– C'est un traquenard !

– On va finir dans ce putain de bois !

Damien n'a pas peur des forêts. Il est surpris de n'avoir pas peur du tout. Profitant d'une accalmie dans la fusillade, il se redresse et entraîne la section sur la gauche, au hasard. Ce faisant il s'éloigne du feu roulant de la canonnade. Il entend la sonnerie de la charge :

> *Y a la goutte à boire, là-haut!*
> *Y a la goutte à boire!*

Inutile d'y retourner, se dit-il.

La petite colonne marche encore longtemps dans la forêt, puis débouche enfin en lisière du bois. Les hommes, soulagés, s'embrassent, plaisantent. Damien est inquiet. Il a fait du mieux qu'il a pu, mais qu'a-t-il fait ?

Ils sont sur une hauteur, et peuvent apercevoir en contrebas des champs, entre des bouquets d'arbres, de petits villages aux toits rouges. On ne voit pas un soldat mais le paysage est piqué d'étoiles blanches ou noires, sali par l'éclatement incessant des schrapnells. Derrière eux, maintenant, le roulement du canon se fait moins fort. La nuit va tomber.

Damien remet son monde en route. Il a trouvé un chemin qui descend vers la plaine de l'autre côté du bois, où désormais la fusillade a cessé. Il craint seulement de rejoindre les lignes ennemies, mais, se dit-il, il n'y a rien d'autre à faire qu'à marcher. Ils marchent longtemps en silence. C'est la nuit à présent. Enfin ils débouchent sur une grande route bordée de peupliers. Après quelques minutes, une silhouette se dresse devant eux.

— Et allez donc! Où allez-vous ? Qui commande ici ?

C'est un officier d'artillerie, enveloppé dans son grand manteau à collet.

— 89ᵉ d'infanterie, deuxième compagnie, première

section. Nous nous sommes perdus dans les bois de Rossignol.

– Eh bien restez ici, dit l'officier. Vous protégerez mes batteries pendant la nuit.

Le long de la route, des 75 sont alignés. Ce sont peut-être ceux-là qui les rendaient sourds tout à l'heure. Les canonniers ronflent sous les caissons, roulés dans des couvertures. Les Berrichons et le petit Parisien s'étendent dans les fossés, tout équipés, le sac sous la tête et le fusil entre les jambes. Une pluie fine commence à tomber. Les hommes qui ont froid se serrent les uns contre les autres. Au fond de la musette, sous les grenades, il reste à Bediou un morceau de pain tout couvert de rouille. Il en tend la moitié à Damien, qui le partage à son tour. « Je me demande bien ce qu'ils sont devenus, les autres », dit une voix. « T'en fais pas », répond Damien sans y croire. Puis c'est le silence. Au moment de s'assoupir, Damien est réveillé en sursaut par un cri.

– Alerte! Les uhlans! Les uhlans!

Tous bondissent sur la route, en tirailleurs, le fusil à la main.

– France! dit une voix dans la nuit.

Ce sont des chasseurs d'Afrique qui regagnent les lignes. Trop énervé pour s'endormir, Damien roule une cigarette de gris. Plus tard, vers quatre heures, un canonnier tuera une vache qu'il avait prise pour un uhlan et qui n'avait pas obtempéré aux sommations réglementaires.

Au matin, Damien et ses hommes suivirent les batteries, qui se mirent en position près d'une rivière, sans doute un affluent de la Semoy. Il y avait là un grand concours d'artillerie. Les batteries belges, surtout, les étonnèrent. Les hommes en sabots, en bras de chemise, portaient d'étranges casquettes qui les faisaient ressembler à des marchands de peaux de lapin. Ils étaient familiers avec leurs chefs. Ils apprirent aux Berrichons à tirer à la ficelle et, le soir, partagèrent avec eux le pinard et le *gros cul*.

Le lendemain un adjudant vint chercher Damien Courtial et ses hommes. Ils apprirent alors que le corps colonial et sa division d'appui avaient disparu dans les bois de Rossignol. Du 89ᵉ il ne restait presque rien. Le colonel Nanquette était mort en faisant le coup de feu. Un homme – le petit-neveu de Gaston, le garde de Bussy – avait pu ramener les couleurs au terme d'une course épuisante à travers bois. Les Berrichons survivants furent reversés dans un autre corps. Damien Courtial fut cité à l'ordre du régiment disparu, quelques jours après, dans un petit village des Ardennes dont les habitants avaient fui.

Le voïvode Putnik était un long vieillard aux airs d'écrivain. Il se mit en état de défendre la Serbie, dont les soldats portaient les équipements français, sauf le curieux bonnet de laine grise qui leur couvrait la tête. Ils avaient aussi des 75 et quelques ambulances d'armée.

Augustin s'était laissé surprendre par une voix qui lui disait de s'en mêler, de ne pas rester sans savoir. Paris avait pris son visage de guerre, exclamations et lumières étouffées. Les Sénégalais de Drude s'étaient portés aux barrières pendant que les uhlans atteignaient Viarmes. Le canon de la Marne avait tonné sans arrêt, avant que la bataille ne reflue vers ailleurs.

A la Pitié, Augustin, Lacombe, Lenormant et tous leurs aides opéraient sans cesse. Les convois tournaient dans la cour. On en tirerait des hommes maculés de terre et de sang. Certains étaient déjà morts. Curieusement Lacombe peinait, débordé par ce flot, et, sa bonne humeur disparue, serrait les dents, toujours près de lâcher prise. Le petit Lenormant, apparemment si fragile croyait-on, se rendait au contraire indispensable. Efficace, entraînant, il poussait à cette grande roue installée au cœur de Paris et vers laquelle confluaient les survivants des combats. Pour ceux qui y travaillaient, il était là, le centre de la guerre. Les champs de bataille du Nord et de l'Est n'étaient qu'une périphérie insignifiante, abandonnée aux caprices sanglants du hasard. « Ils ont réveillé l'ancien chaos », disait Lenormant de son air d'égyptologue, et ces paroles n'étaient pas très différentes de celles de Nathanaël. Elles éveillaient chez Augustin un écho bizarre.

Peu à peu, le désir de s'en aller grandit en lui. D'une certaine manière, il avait toujours désiré s'en aller. Jusque-là, il avait seulement bougé. Le soir dans sa chambre, au milieu de ses dessins, il se voyait comme un homme placé devant un voile qu'il lui faut déchirer. Que Nathanaël n'ait rien découvert à ce jeu ne signifiait pas qu'il en irait de même pour lui. Nathanaël était mort et il ne s'y habituait pas très bien : mais lui était vivant et libre. Libre d'apprendre et de découvrir, de déchirer le voile. Il pressentait que contrairement à l'opinion reçue, au-delà du voile rien n'était pareil. Il était impossible à la fin que le monde n'eût que ces deux dimensions qu'il lui avait toujours connues. Il fallait se porter ailleurs. Deux, c'était un mauvais chiffre. Le général et lui, Marie-Antoinette et lui, son père et lui, Nathanaël et son père, Paris et Bussy, Lacombe et Lenormant, elle était décevante, cette vie de couple éternelle. Sûrement il y en avait une autre.

La guerre était un excellent prétexte, ou plutôt une bonne occasion. S'offrait à lui la possibilité de pénétrer par effraction, à la faveur du carnage, à l'endroit où certains fils se nouent. Et de rentrer en lui-même. Oui, c'était une occasion exceptionnelle que ce bouleversement. Jamais la paix n'en présenterait de pareille. Cette guerre, Augustin était décidé à ne la voir qu'ainsi. Pour le reste, il ne l'aimait ni ne la comprenait. Elle était trop grande. Ses ressorts demeuraient cachés, inexplicables. Il prenait en pitié ces pauvres hères qui l'affublaient de mots et de sentiments humains, comme une terrible déesse de bronze à laquelle on mettrait des haillons. Les haillons étaient bleus, de la couleur du ciel.

La mort, même en quantité, ne le déroutait pas. Il en avait l'habitude. Celle-ci présentait simplement des formes plus atroces et c'était tout. D'autres morts, auxquelles il n'avait pas assisté, celle de Nathanaël par exemple ou celle d'Alcocer, l'avaient plus durablement affecté, parce qu'elles ne ressortissaient en rien à l'ordre des choses. C'étaient en quelque sorte des *échappées*. Décidément, il lui fallait partir. Peu importait où.

Enfant, lui aussi avait passé de longues heures, les

soirs d'été, sur un balcon à regarder la rue. L'air était lourd, et la rue en bas presque invisible sous le feuillage épais des arbres. Les rares passants semblaient désœuvrés. La ville s'endormirait donc sous le soleil. Attendre ou partir, c'était cela la vie – toute la vie.

On cherchait un médecin pour l'armée serbe. Augustin se fit connaître. Les bureaux, surpris, tergiversèrent un peu. L'âge et la qualité du postulant les embarrassaient. Un général dont il avait naguère soigné l'enfant fit le nécessaire. Lacombe ayant montré des signes de défaillance, on fit venir, pour diriger le service, Zorn, qui était à Saint-Vincent-de-Paul. C'était un Alsacien méthodique et froid. Augustin partit sans rien dire, évitant les discours et l'émotion. Il n'était pas mécontent. Son père le conduisit à la gare. Le train partait vers le sud et on n'y rencontrait pas de soldats, sauf quelques permissionnaires. Ils déjeunèrent tous les deux. On aurait dit un jour de vacances. Ils avaient peine à trouver leurs mots. « Tu avais une belle réputation, c'est vrai, dit Charles Pieyre. Mais la réputation c'est déjà la mort, le passé. Tu fais bien. » « Dit-il seulement la vérité ? » pensa Augustin, et un sentiment mêlé d'angoisse et d'affection l'étreignit. Lorsque le train s'ébranla dans la gare à peu près vide, il ébaucha un signe d'adieu pour le vieillard resté au bout du quai et qui le regardait partir avec une tendresse muette. Charles Pieyre, lui, ne fit aucun geste.

Le train fila dans ce pays de l'arrière, désert et calme. On voyait des femmes dans les champs et des

vieux dans les gares. A Menton un douanier lui dit :
« Vous en avez une guerre, là-haut... » Puis ce fut
l'Italie, âpre et noire sous un soleil froid.

Le voyage prenait des jours. Augustin dormit. Il
rêva. Ce furent des jours de balancement monotone et
d'arrêts dans de petits endroits inconnus, avec un café,
une fontaine, deux ou trois femmes, et il se demandait
comment on pouvait y vivre. « Au fond, c'est comme
Bussy. » Il réalisait soudain qu'il pensait à Bussy et à
ses alentours comme à la pauvre vie de ces campagnes
traversées, comme à un théâtre d'ombres qu'on avait
dû démonter après son départ. Tout cela était derrière.
Seule, Marie-Antoinette ne l'était pas. Il lui semblait
qu'elle le protégeait, de loin, avec cet air de tout
connaître, de tout accepter joyeusement, qui n'était
qu'à elle. Qu'il ouvrît son *Télémaque*, qu'il descendît
faire quelques pas sur un quai ou échangeât quelque
parole avec ce douanier planté là dans un couloir, dernier vestige d'un monde disparu, elle le voyait, l'encou-
rageait. C'était un précieux réconfort. Bien sûr, c'était
par goût du possible qu'il était parti, ce goût si fort en
lui qu'il avait fini, non par tuer ses sentiments pour
elle, mais par ôter du prix à cette aventure. Mais son
souvenir vivant, l'accompagnant dans ce voyage, triomphait de l'échec. C'était comme s'ils eussent été, brusquement, transportés ailleurs, libres de tout. Il savait
bien qu'elle ne voyait pas les choses de la même
manière. Ses exigences n'étaient pas les mêmes. Aussi
longtemps qu'il était resté, Augustin lui avait suffi.
Comme le reste. Elle n'avait pourtant rien trouvé
d'étonnant à ce qu'il parte. Elle y voyait une caracté-
ristique de l'espèce, un trait dont il fallait s'accommo-

der. C'était la vie. Elle se devait d'accepter la vie. Le sens profond qu'elle en avait s'imposait à Augustin traversant les vallées du Frioul. « Tu as vaincu », souriait-il. Elle était là. Quelle chance il avait! Si Nathanaël avait tant erré, c'était pour n'avoir pas bénéficié d'une telle protection.

Parfois, en s'éloignant, il se laissait pourtant aller à penser différemment, à éprouver une sorte de révolte. Son père avait compris qu'il s'engageât. Marie-Antoinette aussi. Tout le monde comprenait toujours. Il aurait aimé enfin quelqu'un qui ne comprît pas et refusât. C'était peut-être aussi que sa vie donnait à tous l'impression d'une ligne droite. « Une ligne droite! » et il avait un sourire amer. Il faisait ce qu'il avait toujours voulu, mais personne, jamais, ne lui avait montré autre chose à vouloir. Il se demandait d'ailleurs s'il l'aurait supporté.

Les internes l'avaient admiré. Les infirmiers avaient accepté. Tout était dans l'ordre. Mais Marie-Antoinette au moins, croyait-il, aurait dû protester. Elle ne s'en était pas reconnu le droit. Elle avait promis à Augustin de s'occuper de Bussy. Après son départ dans la carriole des premiers jours, elle avait fui chez elle. Ses enfants éperdus avaient vu cette créature toute-puissante, leur mère, pleurer en montant l'escalier. Le général avait attendu un long moment avant de la rejoindre. Il était resté là, sur le seuil, sans oser s'avancer dans la chambre aux persiennes fermées, comme gêné, un peu gauche. « Je t'aiderai, pour sa maison. » Puis : « Parfois les gens bien me fatiguent. Mais je n'en sais rien, au fond. » Et, comme emportée par un sentiment de reconnaissance mêlé d'angoisse et de chagrin elle allait lui demander pardon, il lui avait conseillé le silence avant de redescendre l'escalier.

Le train d'Orient était plein d'autres soldats, la plupart soldats d'occasion comme lui. Dans les wagons de troisième, les plus jeunes chantaient, buvaient, puis s'endormaient. A d'autres moments, ils regardaient passer un paysage qui ne ressemblait à rien de connu, et Augustin savait qu'ils faisaient un grand effort sur eux-mêmes. Cet effort, c'était déjà la vieillesse. Le combat commençait très tôt, dès les premières gares : il fallait bien s'habituer, mettre cet habit trop grand – et survivre malgré tout. A voir, le cœur serré, défiler des villages étrangers, en quelques heures ils prendront des années, songeait Augustin. La guerre leur trouvera une âme d'exilé, la plus insatisfaite, mais la plus solide.

A la faveur d'une halte, il remarqua un jeune artilleur, petite brute épanouie qui buvait à la fontaine avec l'air de se moquer de tout. C'était un sentiment qu'il n'avait jamais connu, celui d'être d'accord avec le monde. A dix ans déjà, l'injustice et l'épaisseur du monde l'accablaient et même, souvent, l'empêchaient de s'endormir. Le petit soldat peut-être ne savait rien de tout cela, sauf s'il dissimulait. Augustin lui-même avait dissimulé longtemps. Il vit ses gestes, entendit son rire après qu'il se fut rafraîchi. « Peut-on cacher un cœur, une âme vraiment défaits ? Je n'en suis pas sûr. » Sauf à considérer que la jeunesse était bien cette terre étrangère qui devient peu à peu entièrement incompréhensible à ceux qui s'en éloignent. Il n'était pas tout à fait impossible que, malgré le trouble de l'enfance, Augustin eût été, autrefois, d'accord avec le monde au point de ne faire qu'un avec lui. Mais il fallait admettre alors que les années passant avaient fait plus que de ruiner cet accord pour le présent et le futur, qu'elles en avaient, rétroactivement en quelque sorte, effacé la trace au point qu'Augustin ne pouvait plus désormais se souvenir d'avoir ressemblé à ce soldat qu'il observait à la dérobée et qui lui paraissait séparé de lui par une barrière infranchissable. Il était là, sans doute, le pire des effets de l'âge. A côté, les autres maléfices du temps étaient secondaires. Même assoupli par l'âge, rendu familier de ses instincts, voire docile à ses appétits, un homme pouvait espérer rester lui-même, dans la succession des années. Mais si ces années en s'écoulant modifiaient à ce point le passé, que restait-il de lui-même ?

Naguère Marie-Antoinette l'exhortait à l'indifférence, à sa manière discrète, par petites touches. Au fond, elle le croyait inconsolable. C'était bien un tourment d'homme, pensait-elle, un tourment inséparable du désir d'être ailleurs. Quand elle était, rarement il est vrai, plus sévère, elle y voyait aussi de la pusillanimité.

Il dut changer de train pour passer sur les voies étroites. Il vit apparaître des rues en terre battue, de petites maisons en style turc, la neige du Durmitor; les bains surmontés du croissant d'or pour se laver de cette crasse. Au détour d'un contrefort montagneux, le train longeait, au pas, dans un bruit sourd, une ville d'eaux déserte, un marché abandonné. Il entendait crier des noms inconnus, Novi Sad, Ivanica. On croisait, sur la route jouxtant la voie, de longues files de paysans en habits colorés poussant leurs moutons devant eux. Le paysage prit un tour plus sévère. Apparurent les

convois, les uniformes, les bêtes liées par deux, char-
gées de caissons, les charrettes à bras réquisitionnées
remplies de vivres et d'obus, en même temps que des
collines couvertes de pins noirs. A nouveau dans les
lointains le grondement sourd du canon allemand,
l'aboiement rauque du 75, et d'épaisses fumées
blanches, presque immobiles, ponctuant, au-delà des
crêtes, la ligne d'horizon. Augustin prit pied dans la
guerre.

Ou plutôt, il se fit à la guerre comme on se fait à
ces amours tranquilles et fades où rien ne change
jusqu'à ce qu'ils disparaissent comme ils étaient venus,
par hasard, par erreur. Il ressentit très vite la même
inexplicable satisfaction d'être là, au milieu de ce
fleuve qui, digues rompues, prenait possession de tout.
Seul son ascétisme n'y trouvait pas son compte. Il y
avait trop de choses à la guerre. Trop d'êtres et
d'objets ballottés au gré du flot, hommes et chevaux,
pauvre mobilier abandonné sur le bord des routes, dans
un bruit terrifiant. La bonde lâchée, tout s'en allait, les
chaises, les chats, les casques et les bas de laine, les
photographies au sépia, les uniformes et les fusils, les
amitiés et les familles, les haines ancestrales, emportés
par le tourbillon. A d'autres moments, quand c'était
plus calme, la guerre ressemblait au musée de la
guerre : silence profond, factionnaires immobiles, rues
désertes, cuir ciré des baudriers. Cet univers-là, en
outre, n'avait pas partout la même densité. Au hasard
d'une marche, d'un combat, on touchait des parties
plus dures, où la nature avait rassemblé de quoi rendre
le jeu plus cruel encore : certaines troupes, qui se bat-
traient jusqu'au bout, certains hommes, transfigurés

par le carnage. En de telles occasions, les bourreaux et les victimes paraissaient, aux yeux d'Augustin, glisser ensemble, atrocement enlacés, vers un gouffre sans fond.

Lui racontant la campagne de 1870, Nathanaël de Bussy disait : « Je mesurais mal, lorsque j'y pensais enfant, perdu dans mes lectures, ce à quoi l'héroïsme engage. Le mot est trop fort, trop grec. On rêve de nobles attitudes. Mais en fait, c'est seulement tourner chaque jour le dos à ce qu'on aime, ou pis, peut-être, à ce qui vous plaît. A ce par quoi la vie paraît simplement douce, naturelle, offerte, allant de soi et sans détours. C'est un long refus. Tout le contraire d'une crispation. »

Augustin y pensait à présent en remontant d'Uskub vers Belgrade à la tête du convoi d'ambulances. Il pensait : « Tous ces mots n'ont aucun sens. Mais alors vraiment aucun. » Il continuait, malgré la fatigue, d'éprouver à être là une jouissance particulière. Quand il le fallait, il opérait dans des cours de ferme, sur des caisses ou des tonneaux renversés, ou en plein bois, protégé par un piquet de légionnaires. C'était un peu Larrey. Lorsqu'il passait ses instruments à la flamme ou lorsqu'il lançait ses infirmiers dans les villages à la recherche de charpie propre, il se souvenait de ses travaux sur l'asepsie, de ce combat utile qu'il avait mené : le bureau de la Pitié, les seaux débordants de pansements sales, les dessins, l'automate enturbanné, le rire de Lacombe, la lampe et le tabac, son poignet endolori, l'incrédulité. Il se refusait pourtant à la nostalgie et n'éprouvait pas de regret. « Ne rien gâcher. Ne rien perdre. » Peu avant Belgrade, il

271

dut amputer au-dessus du genou le petit artilleur qu'il avait remarqué dans le train, et dont la jeunesse l'avait fait douter. Il y mit toute sa science, et le patient tout son courage. Aussi furent-ils contents l'un de l'autre.

Lorsque Damien Courtial revint en permission, il fut surpris de découvrir son nom sur la grande plaque de marbre de l'église. On y ajoutait, au fur et à mesure, les noms des tués. Il y avait plusieurs noms déjà. Le curé lui expliqua que ces mésaventures étaient fréquentes. Somme toute, il n'était pas mort, et c'était l'essentiel. On effacerait son nom. « Attendez un peu », fit Damien qui avait un humour de sauvage. « Attendez un peu, effacez seulement la date. On verra plus tard. » Il était devenu un héros. Le curé lui trouva une âme d'anarchiste.

En sortant de l'église, il vit passer Marie-Antoinette Grigorieff. Il la salua avec beaucoup de respect. La croix de guerre à sa vareuse, il se sentait un petit garçon. Elle travaillait à présent à l'hôpital militaire de Bourges. De retour dans le pays, elle se partageait entre sa famille et le château de Bussy. Il fallait bien s'en occuper, maintenant que M. Augustin aussi était parti pour la guerre. Le printemps dernier, le vieux général lui-même était venu tailler les haies. Damien poussa la porte du café. A l'intérieur, les soldats en permission et les recrues du centre d'instruction se bousculaient autour des tables. Ça sentait la laine et la sueur. La fumée du tabac gris se collait au plafond bas. A son entrée, le bruit tomba. Le patron poussa vers lui, sur le zinc, un petit verre d'eau-de-vie. A une table tout près, des soldats ricanants poussaient un jeune conscrit, l'encourageant à aborder Damien : « Allez, mais vas-y donc ! Demande-lui comment c'est ! Demande-lui ! » Des rires fusèrent. Damien regarda le conscrit. Il lui rappelait le petit Parisien de la forêt de Rossignol. Il leva les yeux, prit la salle à témoin : « Il ne faudra pas leur dire, hein, après ? Il ne faudra pas leur dire comme on s'est bien amusés ! » Un tonnerre d'applaudissements éclata. Les vitres tremblaient. Sur la place, il n'y avait plus personne.

Marie-Antoinette s'était mise en route pour chez elle. Chaque fois c'était plus difficile de retrouver Bussy, avec ses volets fermés et les housses blanches qu'elle avait mises sur les meubles. Au-dedans rien ne changeait, comme par un caprice du sort. Le bureau d'Augustin était imprégné d'odeurs familières, son tabac, le cuir de Russie. Marie-Antoinette faisait face bravement. « Je lui ai fait aimer les meubles, les objets, maintenant il se venge », souriait-elle. Parfois, au milieu de la nuit, elle se réveillait en sursaut. Le général la trouvait assise dans son lit, si belle et pourtant l'air d'une enfant, le regard perdu, prête à pleurer. Il lui parlait à l'oreille. Il savait quoi lui dire, et elle s'apaisait.

Jamais elle ne doutait d'Augustin. C'était déjà trop dur pour qu'elle pût douter. Augustin avait raison de ne pas donner de nouvelles. Des mots après ce qu'ils avaient connu auraient été insupportables. Un jour, sûrement, il reviendrait.

Les bois qui jouxtent la route de Saint-Denis lui parurent lointains, hors d'atteinte. Les arêtes vives des maisons meurtrissaient la terre. Le soleil froid allongeait les ombres. D'un coup, le paysage devint hostile. Elle se précipita chez elle.

XX

– Réglez sur la cote 108.

– ...

– Eh bien ?

– Plus de cote 108. Une cote 105, c'est tout. Derniers relevés. Cartes fausses.

La guerre sur les cartes, des chiffres, de petits symboles pour les puits ou les tombeaux des rois, des traits rouges et verts, et, par bonheur, les fleuves et les rivières en bleu.

Les collines autour de Belgrade s'effondraient sous les tirs de l'artillerie de Mackensen. La ville, bombardée jour et nuit, pliait, s'enfonçait. Du centre copié sur le Paris de Haussmann, traversé d'avenues aux grandes maisons grises auxquelles, de loin en loin, une coupole fin de siècle donnait un air d'Orient, il ne resterait presque rien quand les caissons seraient vidés. Augustin imaginait le boulevard des Capucines sous une pluie de fer, des chaussées éventrées d'où jaillissent, brisés, les rails des tramways, vestiges de la mécanique secrète des villes que révèlent ces coups déchirants. « Une ville et des canons, la guerre industrielle », se dit-il. Il se reprochait de lui trouver, malgré l'horreur, une beauté puissante, rayonnant jusqu'à l'étouffement. Le déroulement de ces combats à distance évoquait en effet plutôt l'industrie que les anciens conflits. On faisait son travail autour des tubes en fer, au milieu des pyramides d'obus, avec application, régularité. Et là-bas, une ville s'effondrait dans la même poussière grise qui avait enveloppé son édification. Mais des milliers de cadavres joncheraient les rues. Cadavres éparpillés, surpris, si différents de ceux des vrais combats, serrés, roulés en paquets, les mâchoires grandes ouvertes pour le dernier halètement.

En face, l'artillerie alliée s'efforçait de ralentir les tirs de Mackensen, et ainsi, de temps à autre, un duel direct venait se substituer au pilonnage de la ville. Un matin, Augustin avait vu détruire une batterie serbe, pourtant dissimulée en lisière d'un petit bois. Les obus avaient éclaté sur les pièces, et sans doute les servants étaient passés directement du sommeil à la mort. A l'arrivée des ambulances, plus rien ne bougeait. On entendait le chant des oiseaux, et le vent jouant des feuilles de quelques bouleaux épargnés par le feu. Cette scène irréelle s'était inscrite pour longtemps dans la mémoire d'Augustin.

De même les dernières paroles, recueillies quelques semaines plus tôt, de ce sergent de zouaves surpris pillant une maison isolée dans la montagne et condamné à mort. Juste avant que la salve ne le couche dans un fossé sur le bord de la route, il avait dit à Augustin : « Je ne fais pas d'histoires, monsieur le major. Qu'on vérifie seulement si je suis bien mort. » Et à l'aumônier dont il refusait les secours : « Rien à dire, monsieur le curé. Dieu nous punit du mal. Le diable nous punit du bien. Rien à dire. » Après le coup dans la nuque, Augustin vérifia.

Les soldats remettaient l'arme à la bretelle et reprenaient la route. On fit passer à la queue de colonne l'ordre de l'enterrer au moment du bivouac. Ce jour-là le temps était couvert. Des feux, dans les vallées voisines, perçaient la brume. On avait vu sur les hauteurs des cavaliers bulgares. Chaque heure était précieuse.

Avec le petit artilleur qu'il avait amputé, cet homme d'humeur égale avait plu à Augustin. Tous n'étaient donc pas des enfants humiliés, tôt marqués par les premières gifles de la vie, s'arrangeant, et plutôt mal, de ce qui arrive. Ces derniers s'abandonnaient très vite et lâchaient prise, ou bien faisaient sur eux-mêmes les tristes efforts qu'il faut. Il se voyait ainsi, et Bussy et son père, et Alcocer peut-être, et même Klein parmi les fous, et la plupart de ceux qu'il avait connus et aimés. Les autres, heureusement ignorants, animaux, on eût dit qu'ils n'avaient pas de souci.

Puis ce fut la retraite. Les Français se l'expliquèrent mal. Ils n'avaient presque pas vu leurs adversaires. Curieuse guerre, dans ces montagnes, avec trop de feintes et d'esquives. L'armée du voïvode Putnik se prépara à redescendre vers l'Adriatique par les défilés du Montenegro et de l'Albanie. Le voïvode Putnik ! Les Français se moquaient de lui, le soir, autour des feux – mais sans méchanceté.

L'ordre vint de commencer le repli à une heure fixée dans la nuit, ni avant ni après. Le soleil disparu, les feux éteints, le régiment et le petit convoi d'ambulances furent plongés dans une ombre épaisse. Les soldats, auxquels il avait été défendu d'user de leurs lampes électriques, se sentaient seuls, isolés, loin de tout, et chaque bruit dans la forêt leur faisait redouter, et espérer aussi, l'ennemi invisible. Ils communiquaient en chuchotant. Cette guerre étonnante finissait dans un murmure. « A la guerre, surtout dans les tranchées, dit à Augustin le chef du bataillon, on ne voit que ce qu'on fait. »

Le village mort de Kaluckovo s'anima dans la nuit, sans ces exclamations qui accompagnent d'ordinaire le départ d'une troupe. On entendait seulement la basse continue des chariots, des ambulances, et, parfois, le claquement d'un fouet. Un juron aussi, quand des ombres se heurtaient. Augustin laissa partir le train régimentaire, qui devrait gagner le premier la gare de Strumnitza, parce qu'il voulait voir, connaître l'impression d'être suspendu au-dessus des combats, entre l'affrontement et la retraite. Les hommes des sections de l'arrière-garde, prêts à quitter leurs tranchées, s'aperçurent soudain que la batterie qu'ils soutenaient n'était plus là. Un nouveau murmure, légèrement plus fort, parcourut la tranchée. Tout ce qui pouvait rouler était déjà ailleurs. Ils étaient les derniers. Ils étaient seuls. Le chef de bataillon, qui consultait sa montre toutes les deux minutes, ne parlait pas. Énervés, plusieurs hommes pissèrent dans le boyau. Le silence retomba, troublé, de temps à autre, par un mot étouffé, par le bruit d'une arme. Une sorte d'exaltation s'empara d'Augustin.

Rampant sur le terre-plein, un éclaireur serbe se rétablit dans la tranchée devant le chef de bataillon. Couvert de terre, il tenait à la main son bonnet de laine grise. Ce détail amusa Augustin. On aurait dit un rabatteur devant les maîtres de la chasse. D'un bout à l'autre du boyau les soldats se tournèrent vers l'éclaireur, essayèrent d'entendre ses paroles, mais il parlait trop bas. « Il faut s'en aller maintenant. Les Souabes sont tout près. » A l'instar de tous les Serbes, il disait « Les Souabes » comme les Français « Les Prussiens ». « Ce n'est pas l'heure », répondit l'officier, saisi pourtant, comme ses hommes, par l'angoisse. Alors ils virent s'élever, à quelques centaines de mètres en face, des feux de Bengale qui donnèrent à la nuit une étrange couleur vermeille, et les premières silhouettes ennemies, qui leur parurent immenses, se découpèrent sur l'horizon. Ils ne criaient pas comme d'habitude. Ils ne couraient pas non plus. Ils avançaient sur eux, régulièrement, se regroupant dans leur marche jusqu'à former une vague précédée de l'éclair des baïonnettes. Il restait quelques minutes, dix, vingt peut-être. « On s'en va », dit le chef de bataillon. Bondissant en arrière, les fantassins descendirent vers la plaine. Quand ils y eurent rejoint le reste du régiment, ils entendirent le claquement des mitrailleuses laissées sur place, et dont les servants devraient décrocher à la grâce de Dieu.

Le silence et la nuit enveloppaient chacun de ceux qui composaient cette longue colonne serpentant à travers la Macédoine. « Faites passer : est-ce que tout le monde suit ? » Il n'y avait plus de troupe, mais une collection d'individus auxquels il était défendu de fumer, de chanter, de parler même ; une collection disparate, dont les moutons, les mulets, les chariots, les chiens courant tout autour, venaient accentuer l'allure bizarre. Les routes, si peu définies, étaient toutes relevées de quelques centimètres de la boue d'une argile tenace. Parfois l'une de ces créatures tombait, se redressait aussitôt. La colonne ne s'arrêtait jamais plus de quelques heures et reprenait sa marche; la nuit, le jour. Elle traversait des oueds qui rappelaient l'Afrique aux zouaves du convoi. La vitesse ne changeait pas. Une retraite, et non la fuite, mais une retraite si longue, si dure, qu'elle faisait apparaître immense le pays traversé. Si le rythme changeait, c'était du fait de ces sursauts qui animent les trop longues colonnes en marche, des arrêts brusques, des distances rattrapées en se hâtant. Avant d'aborder les défilés, on brûla le matériel inutile. Beaucoup s'acquittèrent de cette besogne de destruction avec une joie sauvage. La vie civile ne leur offrait pas de ces occasions-là. La cavalerie bulgare vit ces épaisses fumées grises à travers le brouillard. Le lendemain, les cavaliers passèrent au milieu des brasiers froids.

Le silence imposé aux soldats les renvoyait de l'espoir à l'inquiétude. Un matin, une onde d'insouciance parcourait la colonne. Le soir, les troupiers marchaient tête basse, fatigués, mais surtout accablés de questions qu'ils ne pouvaient pas partager. L'ennemi suivait-il ? Et pourquoi ? Ne s'arrêterait-on qu'en Grèce ? Et les Grecs ? Faudrait-il aussi combattre les Grecs ?

Pour passer les cols on dut abandonner les ambulances et convoyer les blessés dans des chariots, ou à dos de mulets, ou les porter à bras. On racontait que les Serbes de la tête de colonne avaient dû prendre leur vieux roi sur leurs épaules. Alors que le régiment s'élevait dans la montagne, une fusillade éclata en contrebas, tout près de la ville éphémère que les soldats en retraite venaient depuis des jours habiter pour la nuit. « Un foyer sans femme », avait souri Augustin. Un foyer voué à disparaître, emporté après eux. Qui tirait ? L'ennemi était-il nombreux ? Augustin vit les troupes de l'aile droite, à moins d'un kilomètre, un peu plus haut, s'enfoncer paisiblement dans la montagne. Chaque pas était un effort. Quand en tête on s'arrêtait pour faire le point, pour consulter la carte, les soldats accablés se reposaient debout, jambes écartées, les yeux au sol. Dans la montagne, le brouillard était plus humide et plus froid. Les colonnes convergèrent. Les unités se profilant comme des rochers, apparemment immobiles, troublaient un peu le silence avant de disparaître. Le souffle court, épuisés par les pentes, les soldats se réjouissaient quand même d'avoir quitté les marais, la plaine fangeuse aux maisons éventrées. L'espoir de la dernière côte, du dernier raidillon, les poussait en avant. Enfin ils arrivèrent au sommet, d'où le flot s'écoula vers une campagne moins grise. Jour ou nuit ? Du haut des montagnes, on ne voyait pas la mer.

XXI

Le *Charles-Roux* entrait dans les eaux noires du
port. Au fond du golfe où elle s'étage, la ville apparaissait aux blessés de plusieurs armées rangés sur les
ponts, des soldats de l'ANZAC, des Serbes, des Français. Ils voyaient peu à peu grandir les cinquante
minarets et leurs arbres verts et, en haut de la colline,
les remparts turcs aux airs de forteresse et qui, à demi
détruits, n'étaient plus que des nids à cigognes. L'air
de la mer le cédait peu à peu à l'air de la ville, encore
étouffant vers le soir. Une lourde rumeur montait du
port et des maisons. Les soldats avaient désappris les
bruits de la vie civile. Ils écoutaient dans la fièvre ceux
de l'Orient, plus forts, plus captivants que ceux de leur
jeunesse, avant la guerre. Beaucoup avaient été blessés
à Gallipoli. Ils avaient connu là, croyaient-ils, l'enfer.
Un soleil droit, des pierres chauffées à blanc, de la
broussaille, et le tir assourdissant des canons de marine
par-dessus leur tête – et quelquefois sur elle. En haut,
inaccessibles, des Turcs et des officiers allemands. Des
vagues de soldats kaki, de soldats bleus, s'étaient élan-
cées successivement sur les grèves étroites balayées par

la mitraille. Sortir des tranchées, c'était prendre pied sur une terre plate, désolée, où il fallait courir très vite. Mais au moment de mourir, ils avaient eu devant les yeux le doux, l'absurde spectacle d'une mer scintillante et calme où passaient les bateaux. Ç'avait été plus que la guerre, et Salonique, apparemment, ce serait plus que la paix. Le simple mot d'Orient les avait tant fait rêver.

Avant l'entrée du port, une vedette de cuirassé approcha le cargo-hôpital par le flanc. Un matelot en col bleu se dressa, les mains en porte-voix :

– Avez-vous du courrier ?

Ils avaient beaucoup écrit sur le bateau. On envoya trois sacs.

Après une demi-heure de manœuvres, trois cuirassés – un grec, un anglais, un français – étant déjà à quai, le bateau-hôpital fut au mouillage. Les soldats accoudés au bastingage voyaient rouler les tramways. Une foule énorme attendait, face à la mer. Elle se divisa pour laisser passer des sections de brancardiers et des ambulances hippomobiles. Le déchargement commença. Saisis par les odeurs et par les cris, plusieurs soldats, hébétés, s'assirent sur les bornes en pierre, aussitôt assaillis par des bandes d'enfants en haillons. Une petite fanfare aux uniformes disparates attaqua *Sambre et Meuse*.

– *Sambre et Meuse*, t'entends ? dit un soldat qui débarquait. C'est vraiment la guerre des loufes.

– La guerre des rastas, surtout. C'est genre Kasbah ici, à ce qu'on m'a dit.

– Tu vois bien.

– *Sambre et Meuse*, quand même ! Quels ahuris.

283

Aux terrasses des cafés, des Turcs coiffés du fez lisaient *Le Nouveau Siècle*, un journal allemand écrit en français. Deux sous-officiers empêchèrent leurs hommes de l'acheter. Des gradés australiens regardaient paisiblement la scène. Leurs soldats ne lisaient que l'anglais.

A deux môles de là, Augustin s'habituait au paysage. On aurait dit les photographies sépia des albums de géographie qui représentent les ports exotiques ou les comptoirs français, Pondichéry, Yanaon, Karikal et Mahé. Marie-Antoinette lui avait offert un livre de Jules Verne illustré d'images lointaines. *Bourses de voyages.* Y voyait-on seulement Salonique ?

Deux, trois ambulances furent amenées au bout du quai. Les soldats valides y portèrent leurs camarades. Certains ne disaient rien, d'autres voulaient plaisanter, rire de cette nouvelle aventure. Là-bas, c'était ici, si loin. La plupart n'avaient jamais quitté, non pas la France, mais une petite patrie particulière, et pourtant ils n'étaient pas inquiets. C'était ailleurs. Ils s'y feraient. Ils auraient de quoi parler, en revenant. Les ambulances parties, le quai se vida peu à peu. Les soldats partirent par groupes vers les cafés, sauf quelques-uns qui restèrent assis sur les caisses de vivres à regarder le port et au-delà. La foule des habitants, elle, quittait son point d'observation pour se retirer plus haut, vers les lumières, car bientôt la mer, sans lune au-dessus, allait s'enfoncer dans le noir. Les piquets de garde prenaient position un peu partout. Dans ceux qui étaient bien en vue, les soldats conservaient une allure martiale. Dans les autres, ils avaient tôt fait de déboucler le ceinturon, et, assis sur les murets de terre sèche, jambes pendantes et pipe à la bouche, de sortir les cartes crasseuses qui les avaient distraits pendant le voyage et dont ils ne se lasseraient pas.

Le dernier contingent débarquait d'un petit vapeur.

– Adieu Moudros, adieu les puces! cria un zouave en jaune qui venait du cap Hellès. Une tempête de rires l'accueillit. Il rejoignit ses camarades en ordre de section, et la petite troupe quitta le port au pas, par rang de quatre, au son d'un clairon fendu. Les grosses gamelles luisaient aux derniers rayons du soleil. Ils contournèrent la ville par de petites rues bordées de maisons basses, la plupart faites de paille et de terre, certaines construites en style occidental, avec de pauvres colonnettes encadrant des façades rectilignes; ils défilèrent entre deux cimetières turcs et gagnèrent la campagne, descendant vers le Vardar. Les femmes macédoniennes, les reins pris dans de larges ceintures, quittaient les champs pour les voir passer. Les cigognes, qui les avaient suivis un temps, s'étaient arrêtées en haut des derniers minarets.

Maintenant il fallait oublier. Augustin aurait aimé oublier, retrouver la pureté des premiers jours, une page blanche où écrire ce qu'on doit, rien de plus.

L'Orient n'y suffirait pas. C'était une terre sans charme. Dès l'abord il l'avait jugée fade, malgré les minarets, les Serbes aux bonnets gris, les Turcs et les espions. On trouvait dans cette ville des occasions d'avoir pitié : le petit fonctionnaire macédonien, qui ne peut plus payer l'hôtel et marche toute la nuit sur le

port en prétendant se promener, les tentes des réfugiés
– tentes de ceux qui auront porté des chapeaux même
s'ils n'en portent plus, et tentes de ceux qui n'en portaient pas, bien séparées – le troupeau des orphelins
ramassés sur les sentiers de montagne de la retraite, les
blessés, les désœuvrés. On y trouvait aussi des occasions de se distraire. Les mille petits trafics, les bains
de vapeur, les femmes koutso-valaques qui vendent de
si jolis chaussons de laine, et surtout les quiproquos et
les rencontres : le consul de Bulgarie et l'officier français forcés de partager la même table, faute de place,
l'Autrichien inconnu qui propose du feu et les jurons
dans toutes les langues (« Ici c'est Berne et Byzance,
disait l'aide de camp du général Sarrail. Berne,
Byzance et bordel. » Et il éclatait d'un gros rire.) Un
zeppelin tombe, et des patrouilles de cavalerie lancées
dans la campagne retrouvent ses occupants tous nus
devant le feu où sèchent leurs vêtements. Il y a aussi
les Grecs qui vont, qui viennent, qui rendent les honneurs ; et bien sûr, tous ces fantassins français qui
puent la Marne et la Somme et se bousculent au beu-
glant des armées. Il y avait de tout à Salonique, et
même, l'hiver, de la neige étincelante comme du sel.
Augustin n'y trouva pas de raisons d'oublier.

Il n'était plus très sûr qu'il y eût un voile à
déchirer. C'était là le bout du monde, celui qu'on voit
aux cartes anciennes. Au bout du monde, il retrouvait
cette même vieille histoire. Oublier, et pour y parvenir
se refuser aux souvenirs, aux émotions. Pratiquer la
terre brûlée. Il n'y pouvait rien. C'était son lot, et
aussi, peut-être, celui de tous. Souvent, lorsqu'il marchait dans les rues basses pour se rendre à l'hôpital, il

se reprochait d'avoir dépensé tant d'énergie en vain, de s'être gardé plus qu'il ne fallait, et même ses enthousiasmes passés lui paraissaient étranges. Il eût mieux valu ressentir d'autres choses – mais lesquelles ? –, goûter la vie différemment. « Mais je suis ainsi. Je n'y peux rien. Est-ce ma faute ? » La révolte le gagnait. Il fallait résister encore.

Non, l'Orient n'était d'aucun secours. Il y avait bien une armée d'Orient, une école française d'Orient, une question d'Orient, mais il n'y avait pas d'Orient. Seulement une terre triste et sale avec des heures pour la prière. A ce compte, les rues orientales de Paris, la rue du Montenegro et même la rue de Salonique, offraient au rêve des aliments plus riches. L'Égypte de Nathanaël ne devait pas être très différente. Assis sur une borne sur la route de l'hôpital ou attablé devant un café turc, peu sensible au spectacle d'une foule bigarrée, Augustin ne voyait plus de raison de revenir sur son ancienne prévention contre les voyages.

Tout d'un coup, il se retrouvait seul avec au cœur cette indécision qu'il avait entrevue dès la fin de l'enfance et qu'il avait toujours refusé d'accepter. « Aurais-je dû rester ? Pouvais-je aimer différemment ? Et que peut-on préférer au travail ? » « Pendant ces longues années je me suis diverti. A quoi bon ? Il faut bien se perdre de vue un peu. » A présent la paix factice à laquelle il tenait était rompue. Il continuait pourtant de se dire qu'elle ne manquait pas de sagesse : tous ces destins absurdes et le sien, il fallait bien s'en accommoder. Ce hasard insupportable, il l'avait aimé aussi. « J'ai joué, j'ai perdu. » Il se souvenait du Dieu cruel d'Alcocer et de certains mots du vieux consul, qui lui donnaient le haut-le-cœur : « Il n'y a pas de secret. Une émotion chasse l'autre jusqu'à la fin. »

Il lui fallait durer. Et pour durer, tout oublier, parce qu'il en avait décidé ainsi des années auparavant et qu'il était trop tard pour changer. Mais c'était impossible. Il était bien temps de s'en apercevoir. Il sut qu'il ne se débarrasserait pas du fardeau. Le temps passé avait déposé, par couches successives, des milliers d'images aussi présentes qu'au premier jour. Ainsi le passé le disputait-il sans cesse au présent. Le Paris de sa jeunesse, les voyages de Nathanaël, la maison abandonnée du Berry, le sourire de Marie-Antoinette dont il ne parvenait plus à imaginer les traits, l'hôpital, Lacombe et Lenormant, la librairie de son père pesaient d'un poids trop lourd. « Il y a trop de choses dans une vie. Trop de choses. » Et, en marchant sous le soleil, il dodelinait de la tête comme un enfant qui découvre l'injustice.

Il n'avait pas voulu recevoir de lettres. Il en souffrait. Pourtant, il n'y avait pas d'autre issue. Inutile d'aider la mémoire, ce monstrueux animal tapi au fond de soi et qui se repaît de tout. Seul Klein, qui s'en moquait, lui envoyait des lettres d'Alsace. Il y racontait *la tête du vieil Armand* et les diables bleus lancés vague après vague dans la forêt contre les mitrailleuses allemandes. Augustin ne répondait pas, n'ayant rien à dire qui soit nouveau.

Rien à dire qui soit nouveau. Le soldat français du camp de Zeïtenlik, dans la plaine marécageuse, qui fait sa manille ou sa bourre, comme le soir chez lui, il a le même air qu'à Dun ou à Corlay. Avant de se coucher, après le vin chaud, il va voir ses armes comme hier il allait voir ses outils. Peut-être la montagne de coussins est-elle toujours dans le salon. Tout doit être vide à présent. Met-elle encore la robe verte du temple de Cnide ? Ce soir peut-être elle regarde les illustrations de Doré pour *Les Trois Mousquetaires* dans la bibliothèque aux insectes. Se pourrait-il qu'elle rêve aussi ? Avec les autres, on ne sait jamais.

Il y a les morts de la fièvre paludéenne. On les enterre dans de grandes tranchées, très tôt le matin. Les infirmières ont le même manteau bleu. On dit quelques prières, les mêmes qu'à Saint-Augustin.

Décidément, Klein ne saurait rien. Ce n'était pas la peine. Rien à dire qui soit nouveau. A Marie-Antoinette seulement Augustin aurait voulu écrire, non pour lui dire ce qu'il voyait, mais pour apprendre d'elle ce qui pourrait enfin lui être utile. Bien sûr, il était orphelin.

Il n'était pas toujours d'humeur si sombre. Il avait toujours ressenti une certaine exaltation à l'idée du devoir, et la perspective d'une journée bien remplie lui faisait plaisir. Une énergie apparemment inépuisable, venue il ne savait d'où, l'animait. Il trouvait à l'employer. Les camps alliés se succédaient, à partir du rivage, sur plusieurs kilomètres. C'était, autour de la ville, un immense arc de cercle de tentes blanches plantées sur les étendues insalubres qui s'étendent à perte de vue vers le delta du Vardar. Sur ce domaine, l'intendance avait installé une vraie ville, avec cinquante fours pour le pain du soldat, des gares et des hôpitaux surtout. Le paludisme faisait des ravages. La moitié des malades du quatrième hôpital de campagne, celui que dirigeait Augustin, en étaient atteints. Deux fois par jour, ils recevaient la visite des médecins coloniaux et de ceux de l'institut Pasteur. Avec l'un d'eux, Augustin noua des relations qui lui rappelaient un peu Lacombe et l'hôpital. C'était un homme jeune encore et protestant qui s'appelait Armand-Delille. Ils s'étaient mal abordés : « Vous ne seriez pas par hasard le professeur Augustin Pieyre ? – Par hasard, je le suis, en effet. » A présent ils riaient ensemble entre deux opérations. Armand-Delille avait la manie de citer les psaumes dans les situations les plus incongrues et se plaignait des lapins qui gênaient sa chasse, en France. C'était l'occasion de parler un peu de Dieu et beaucoup de la campagne. Le plus jeune s'étonnait bien que le plus ancien ait quitté la Pitié et ses gloires. Augustin disposait des rares questions personnelles d'un geste évasif. Les infirmières et les soldats n'allaient pas si loin. Ils disaient de lui : « Il est bien. »

Mais Augustin redoutait le soir et le moment de rentrer seul chez lui. Il habitait une villa de construction récente sur le bord de la mer. Une cantine dans un coin, un lit, et c'était tout. « Il est fini, le temps des meubles. » Les premiers soirs, encore épuisé par la retraite de Serbie, il s'était laissé aller à la nostalgie de l'exil. « Là-bas, c'est pareil. Ce sera toujours pareil à présent. » Elle était désespérante, cette impression de tout savoir enfin. Heureusement, il ne l'éprouvait pas toujours.

Augustin Pieyre traversa la salle commune de l'hôpital central. Il y régnait une odeur de pus, mais le
plancher était nettoyé, et les fenêtres ouvertes. C'était
mieux qu'à la Pitié. On voyait quelques prisonniers
allemands et turcs, reconnaissables à leurs vareuses
accrochées aux montants des lits en fer. A un prison-
nier allemand qu'on avait dû amputer et qui était persuadé qu'on l'avait fait parce qu'il était allemand, sans
que ce soit nécessaire, on avait donné comme voisin de
lit un Français, amputé lui aussi, pour que l'Allemand
vît bien qu'on coupait aussi les membres des Français.
L'Allemand était triste et silencieux. Il répondait à
peine à son voisin, qui lui offrait du tabac et s'efforçait
de le comprendre. Augustin allait sortir quand il surprit au passage le mot d'une forme étendue sur un lit à
la forme la plus proche – il ne voyait pas leurs
visages : « Et Marie ? Le Justin il lui tournait autour
déjà quand on partait. » Il eut le cœur saisi par une
sorte de froid.

Klein lui avait écrit. En Alsace c'était aussi dur
qu'avant, et la lassitude perçait derrière les moqueries.
« Cette lente progression de l'humanité, du trilobite à
Poincaré, mon Dieu, quelle horreur... » Il donnait
aussi des nouvelles de son père et de Bussy. Une fois
par mois le vieux libraire descendait à Bussy pour y
passer la nuit. Sans doute il y faisait du feu. Augustin
l'imagina dînant avec Marie-Antoinette et cette pensée
le réconforta. Il mit la main à la poche de sa vareuse
et y froissa la lettre.

Au bout de la salle commune il y avait deux ou trois bureaux de l'administration. On l'appelait le bureau des statistiques. Un capitaine de l'infanterie coloniale le dirigeait. Le soir, Augustin apprenait le jeu d'échecs à ce curieux officier qui fumait des cigares, regrettait Saint-Louis du Sénégal et n'aimait pas la guerre. Sa passion des arbres le rapprochait de Nathanaël : le Licuana spinosa (philosophique), le Sabal black-burniana (satanique), l'Hyophorbe amarigaulis (érotique), le Livinstone australis (aventurier) les enchantaient. A Salonique, le capitaine tenait le registre des morts.

Un planton salua. « Bonjour », dit Augustin. Le capitaine se leva. Il était en chemise. Son képi posé à portée de main débordait de cigares clairs.

— Ça va, monsieur le professeur ?

C'était sans ironie. Il y mettait même un peu d'admiration.

— Ça va. Les blessés sont jaloux. En passant dans la salle j'en ai entendu un qui regrettait Marie...

— Marie ? interrogea le planton.

— La ferme, toi, dit le capitaine.

— Enfin... soupira Augustin en s'asseyant.

— Ça, enfin, comme vous dites. Tous les mêmes. Je n'y comprends rien. Enfin ! Enfin qu'on est débarrassés d'elles, vous voulez dire. De ce qu'elles veulent pour nous.

Augustin fit un geste familier, celui qui signifiait « peut-être ». Il ouvrit un petit calepin noir.

— Cinq aujourd'hui. Je vais vous donner les noms et les numéros.

Le capitaine prit note et dit :

— Voilà. Il faut savoir ce qu'on a perdu.

C'était un peu avant Noël. Noël là-bas, ce n'était pas la même chose du tout. Le temps était assez frais. Augustin fut surpris de la chaleur soudaine. Il dégrafa son col. Il s'assit.

– Ça ne va pas?

Il ne répondit pas. Sa tête s'embrasait doucement, le cou d'abord, puis les mâchoires, les joues, le front. Il vit le planton saisir une bouteille d'eau, le capitaine venir vers lui, le minaret trembler, derrière la fenêtre.

– Mon commandant... dit le planton.

Augustin écoutait la rumeur confuse de l'hôpital, le roulement des chariots. Le roulement des chariots sous le ciel gris. Le dôme de la Salpêtrière. Il étouffa. Les deux hommes le renversèrent en arrière. Le planton lui pressa un linge mouillé sur la nuque. « Marie... » balbutia-t-il. C'était « Marie-Antoinette » qu'il voulait dire. Le capitaine crut qu'il délirait.

– J'ai la fièvre, dit Augustin.

Autour de lui on s'agitait. Le planton, l'air désolé, continuait de lui baigner la nuque. Une infirmière entra, s'excusa et ressortit. Des soldats regardaient par la porte entrouverte.

– J'ai froid maintenant... je sais ce que c'est... je sais...

– Ne parlez pas, dit le capitaine.

Son bon visage était bouleversé par ce qu'il venait de découvrir. Augustin s'évanouit. Le capitaine cria :

– Brancardiers, nom de Dieu!

Il eut une chambre claire au premier étage de l'hôpital, une chambre où il serait seul. A cet étage, il n'y avait que quatre chambres séparées par un couloir médian. De son lit, il voyait la mer plate et le maigre dessin des côtes. Lorsque la fenêtre était ouverte il pouvait entendre, vers le soir, les crapauds sautillant d'une ombre à l'autre. C'était dans ces moments que le chagrin l'envahissait. Il ne résistait plus. L'envol des buses, la route de Châteauneuf, le pigeonnier de l'Orme-Diot et la serre des Grigorieff, tout ce qui revenait lui serrait le cœur. Quand l'infirmière, entre les crises, lui mettait aux pieds les chaussons de laine, il s'efforçait de ne pas pleurer. Il n'y parvenait pas toujours. L'infirmière détournait alors la tête pour ne pas voir les larmes couler sur ses joues grises.

Pour eux tous, les blessés, les infirmières, les sœurs de l'hôpital, ceux du camp de toile et de la ville qui le connaissaient, c'était une terrible injustice. Beaucoup étaient morts depuis le début. Rares étaient ceux qui n'avaient pas laissé un ami à la Marne ou dans les Vosges, et les fièvres avaient emporté tant de survivants des combats ; mais le professeur Pieyre, le commandant, le major, le docteur ou Monsieur Augustin, c'était différent. Il était gai, il était puissant, il chantait en opérant, c'était le salut, le secours. Des soldats qu'il avait soignés revenaient longtemps après et se tenaient sans rien dire devant la porte ouverte de son bureau, du vin grec, des fruits dans les mains. Quand la nouvelle de sa maladie fut connue, les infirmières durent empêcher les visites. Alors ils écrivirent. Augustin reçut cinquante lettres par jour. Ce n'étaient pas des lettres, mais des mots au crayon, des mots forcés, émouvants, de ceux qu'on peut écrire à un dieu protecteur qu'on voit inexplicablement frappé à mort et sur le point de disparaître. Le plus souvent Augustin ne se rappelait pas les visages, seulement les circonstances. L'infirmière de garde l'aidait :

– Le petit Émile, c'était le Breton que vous avez amputé au-dessus du genou, avant le bombardement.

– *Les Bretons sont dans la peine*, dit Augustin.

Tous ils pensaient fort à lui, et lui se souvenait d'eux et de ceux d'avant, de ces vingt années passées sur le boulevard de l'hôpital, près de la statue de Philippe Pinel. Le chemin pour rentrer chez lui, le marché aux chevaux, la rue Geoffroy-Saint-Hilaire, il les revoyait en rêve. Lorsqu'il s'endormait après un accès de fièvre, le bruit des vieux chariots roulés dans la cour se précisait et l'omnibus descendait le boulevard, appuyé à la croupe des six chevaux. Se pouvait-il que ce trajet indifférent se métamorphosât à ce point, et désormais absorbât tout le reste ? Quand il était moins fatigué, des souvenirs plus nets l'occupaient : Charcot conseillant les femmes à tel patient que la contemplation d'un petite faune de la Renaissance avait plongé dans un état de grande excitation nerveuse, Debove qui avait la marotte de laver l'estomac de ses infortunés clients, cet Autrichien lui racontant les débuts de Semmelweis dans les pavillons battus par la neige de l'hospice général de Vienne ; et la belle voix de Lacombe dans les amphithéâtres et les farces de Klein, qui écrivait : « *Klein est un ivrogne et un fou* » sur les murs de Sainte-Anne pour aller se plaindre ensuite au directeur de l'hôpital. Ces souvenirs-là, clairs, encourageants, étaient des souvenirs du matin. Il pouvait les communiquer à Paul Armand-Delille, qui venait le voir tous les jours vers dix heures, en des phrases dont il prenait soin d'exclure toute amertume. Le soir, c'était plus difficile. Il lui semblait parfois que le désir de vivre, de toucher, de sentir, d'exister auquel il n'avait pas donné, pour quelque raison ignorée de lui-même, entièrement libre cours, n'ayant plus d'avenir, s'était reporté dans le passé, et parait ce passé de couleurs bien plus vives que celles qu'il avait discernées à l'époque. L'amour du consul pour les vins élevés sous le voile, et les carrières de l'Oise en automne, quand Klein et lui s'y promenaient, si jeunes, feignant de croire qu'à force de marcher ils verraient apparaître, au détour d'un chemin de sable, une femme qui saurait tout du monde et leur dirait quoi faire et comment aimer, une femme pour les recueillir; et Marie-Antoinette vers qui le ramenait chaque mouvement de son esprit, bien plus que pendant la retraite ou les premiers moments de son installation à Salonique. Maintenant, elle affrontait la société des hommes, qui reniflent, qui veulent posséder – une société de pauvres hères – mais celle des femmes était-elle si différente? Et jamais Augustin n'apprendrait qu'après son départ, parce qu'elle était triste, un inconnu l'avait eue dans un grand hôtel parisien. A présent tout était là. Le café bu sur la grand-place de Dun après leur première nuit, le phlox d'Amérique, le petit Lenormant auquel il n'avait pas assez dit combien il l'aimait, le salon vert de Bussy. Tout était là, mais sans ordre, lié seulement par lui, par les regards qu'il avait portés et les gestes qu'il avait faits bien avant de se souvenir. Ce monde, dont il était entièrement responsable, n'avait existé et n'aurait donc jamais existé que pour lui. Les figures de sa vie, qu'il se représentait se donnant la main dans une ronde illimitée, malheureuse et légère, personne ne les connaîtrait que lui-même. C'était ainsi. Le temps brusquement aboli, ces figures n'étaient plus que des souvenirs et elles allaient disparaître. Il n'y avait pas de destins, seulement un jeu de glaces où chaque vie se servait des autres pour composer un ballet entièrement singulier et y danser au centre en attendant la fin.

— Voyez-vous, ma sœur, ce n'est pas la peur de la mort qui rend les hommes croyants. Ce n'est pas le désir de la vie éternelle. C'est qu'il est très difficile d'accepter de n'être ni connu ni jugé.

La sœur avait des yeux gris, un joli visage – ce qui étonnait Augustin et lui plaisait. Elle n'était pas sans dureté.

— Vous pensez à la vie éternelle ?

Elle souriait, réservée, attentive. Elle arrangea ses oreillers. L'air était plus frais. Il avait bu un peu d'eau, se sentait mieux.

— L'Éternité, on s'en passe... pardon, ma sœur, mais c'est vrai... quand j'étais petit déjà, l'idée d'un temps infini, quelle angoisse... Vous savez plutôt ce qui est insupportable pour quelqu'un dans mon état ?

Il lui sut gré de ne rien dire, de n'avoir aucune parole d'apaisement, de réconfort. C'était drôle, de parler ainsi des choses si graves.

— C'est que plus personne après moi ne saura la saveur, la saveur que je ne peux pas dire avec des mots, des instants, des passions, de la tristesse... de tout, et même de l'amusement... Emporter ce secret, c'est cela qui est intolérable...

Et bientôt personne ne saura plus la belle voix qu'il avait, et comme il chantait bien, pensa la sœur, qui se défendit d'éprouver du chagrin. Elle répondit :

– Mais c'est cela la vie éternelle... On emporte tout avec soi, et il n'y a plus de secrets...

– Espérons-le, sourit Augustin. Il continua :

– Parfois ce sont de petits secrets, vous savez.

– Vous avez envie de me les dire.

– C'est vrai ; je me les dis à moi-même toute la journée, mais ce n'est pas suffisant... Par exemple c'est le secret des noms. *Noyers-Pont-Maugis*... Je ne sais même plus où c'est, près de Saumur, ou dans l'Est, je ne sais plus et je ne suis même pas sûr de n'avoir pas créé ce nom moi-même à partir des noms de deux villages différents... Eh bien il y a dans *Noyers-Pont-Maugis* un peu de ce que j'ai tant attendu... toute ma vie... que chacun porte en soi d'autres noms ne suffit pas à me guérir... Et *la Marfée* ? Vous connaissez les bois de *la Marfée* ?

– On dirait une légende.

– Allons, ma sœur, je ne vais pas vous raconter des histoires. Ce ne serait pas bien... Il était une fois... Il était une fois l'herbe des rues, le vent sous les portes, le frisson de la malaria, les quartiers perdus, le bruit des troupeaux de chèvres...

– Venise ?

– Comme vous y allez, ma sœur... C'est Salonique...

Il ne pouvait pas vraiment parler avec elle de tout ce qu'il souffrait de devoir emporter avec lui. De Bussy, à l'automne, peut-être, quand la brume entre dans la maison par une porte ouverte, au-dedans ce sont les derniers instants de l'été, et au-dehors, l'hiver. Mais il devrait garder pour lui le goût des femmes lorsqu'elles marchent dans la rue et que l'on voit leurs chevilles gainées de soie, des femmes qui ne chient pas, ne vieillissent pas.

– Vous étiez bien, dans le Berry, n'est-ce pas ? Vous avez des nouvelles de votre maison ?

Elle s'ingéniait, croyant l'aider, à lui représenter la vie facile des jours anciens. Tous les soldats qu'elle avait connus malades ou blessés tenaient à ces images commodes et pendant des heures ils évoquaient leurs champs, l'étable, l'eau-de-vie de seigle en gardant pour eux le souvenir des étreintes. Elle-même, aux pires moments, se revoyait à table, petite fille, le dimanche après la messe, pour ces longs déjeuners de province qui n'en finissent pas.

– Ce n'était pas vraiment ma maison... je l'ai eue très tard... j'en avais tellement envie... pour changer de pays, en quelque sorte... mais ça ne sert pas à grand-chose de mettre un autre couvercle sur la marmite...

(Comme il est triste, se dit la sœur. Il était si gai avant. Pourtant la voix d'Augustin n'avait pas faibli.)

Il ne lui parlerait pas non plus de Marie-Antoinette. Lorsqu'ils souffraient de ne pouvoir s'appartenir, ils se rapprochaient, et, enfin seuls dans ces recoins du malheur, ils n'y étaient pas mal. Ils se serraient l'un contre l'autre en murmurant des mots d'enfants, pour s'endormir.

– Ils vous aiment tellement, tous, ici, dit la sœur.

– J'ai tant travaillé pour oublier, dit Augustin.

Le travail avait compté d'abord. Ce n'était pas facilité ou paresse. Augustin avait cru pouvoir donner forme à la vie si épaisse, si puissante, qui le débordait de toutes parts. A présent la vie triomphait de lui. Puisqu'il allait mourir, elle triomphait dans le passé, bousculant et recomposant tout. Augustin était comme un navigateur qui s'éloigne et voit flamber la côte où chaque maison ouverte livre au feu des trésors insoupçonnés.

Pour la sœur qui l'écoutait sagement, les mains posées sur les genoux, il fit revivre Bourges et ses premiers voyages dans le Berry. L'arsenal de pyrotechnie, la petite maison de Jacques Cœur et surtout l'impression qu'on éprouve, passé le champ de tir au sud de la ville, de basculer dans une petite Sibérie brumeuse, aussi loin de la Sologne toute proche que ne l'est le Jura. Le jardin de Nathanaël qui disait : « Comme les sentiments sont petits, et la création, proliférante. » Les vieilles maisons éventrées par le lierre qui paraissent avoir été bombardées. Et chaque fois qu'il revenait en arrière vers tel paysage ou tel moment, ceux-ci lui semblaient différents. Non que sa mémoire les eût transformés : mais en les conservant pendant qu'il les ignorait, elle en avait précisé les contours, leur avait donné la forme la plus propre à frapper l'imagination d'un homme condamné. Augustin ne reconnaissait pas vraiment le monde qu'il avait connu. Celui-là était étrange. Ses perspectives n'étaient pas les mêmes.

— Si je m'en tire, je saurai quoi faire, dit Augustin.

La sœur dit gravement :

— C'est ce qu'on croit toujours. En fait...

Augustin était troublé par ce qu'il découvrait. Il voulait s'instruire auprès d'elle. Il se moqua de lui-même :

— En fait ?

Elle prit un air moqueur, bien fait pour atténuer le sérieux de ses paroles :

— Il y a un ange à la sortie du jardin d'Eden qui nous empêche de rentrer. Alors nous devons rester là.

Et là, de quelque côté qu'on se retourne, ça fait toujours un peu mal.

– Quand même, dit Augustin. Quand même.

A nouveau le soir tombait. Augustin en fit la remarque.

– Encore un soir. C'est ça qui est pénible, cet espèce d'examen de conscience qui revient.

– Ne vous torturez plus, dit-elle.

Elle tira les volets, alluma la lampe à huile pour qu'il puisse lire. En cette saison la nuit tombait brusquement. Elle déposa sur le bord du lit un petit paquet de lettres et lui dit au revoir. Les lettres arrivaient de France en trois semaines. Une lettre de Damien Courtial, qu'Augustin avait opéré de l'appendicite un peu à la sauvette, un soir à Nizerolles, et qui venait d'avoir la croix de guerre. Une lettre de Klein, et il rit. La gaieté de Klein, le sens qu'il avait du loufoque, étaient irrésistibles. Depuis que la fièvre l'avait tiré hors de lui-même, à Augustin non plus cette guerre ne plaisait pas. « Pense aux saucisses de la victoire, à la *Brasserie des bords du Rhin* ». Il replia la lettre. Il se souvint de Nathanaël qui disait : « Pour peu qu'on y attache de l'importance, l'amitié met entre les êtres autant de distance que d'amour ».

La sœur était jolie. Elle aurait pu être belle ; mais depuis qu'il était privé de Marie-Antoinette, la beauté des autres femmes le gênait. D'ailleurs la beauté l'inquiétait. Une amie de Marie-Antoinette lui avait dit un jour : « Elle est belle. Elle est très belle. » Dans sa voix passait une sorte d'inquiétude, un peu de pitié aussi, et elle semblait remercier la providence de ne l'avoir pas comblée de cette faveur redoutable.

Au-dehors la ronde continue, se dit-il. Ils sont les uns pour les autres. Du tourment. Du plaisir. De l'oubli. Damien Courtial va son chemin. Il pense à moi. Pour me tuer il suffit qu'il n'y pense plus. Chaque homme, le créateur de l'autre. Être seul ? C'est impossible. J'aurais préféré autre chose. Comme dit la sœur, nous avons quitté le paradis terrestre. Son esprit vagabond lui fit imaginer le paradis terrestre comme un café avec un poêle au milieu, peu de tables, et par terre de la sciure de bois. A l'intérieur le temps s'écoule. Pas le temps de la vie, mais un temps quand même. Un temps juste fait pour en jouir.

La nuit tout à fait tombée, il ne voyait plus que les eaux noires et le fanal de la barque-hôpital au bout d'un quai de fortune. C'était à cette heure-là que, depuis déjà de longues semaines, le découragement le gagnait. La montée de la fièvre lui communiquait en effet des impressions contradictoires, bien plus difficiles à supporter, dans leur succession, que ne l'étaient les minutes de simple abattement. Le passé, revenu avec violence dans la perspective de la mort, paré de grâces fortes et entièrement nouvelles, le ramenait vers la vie ; c'était là tout ce qu'il fallait quitter, et c'était impossible. Et à supposer même qu'il vécût, ce qu'à la vérité personne autour de lui ne lui avait laissé espérer, tant les crises étaient fortes, ce passé dévoilé dans toute son ampleur à l'occasion d'une mort prochaine, trompé en quelque sorte par la rémission, saurait bien le charger d'un poids insupportable, et, au-delà des apparences physiques, l'empêcher de vivre. Harassé, grelottant, les yeux fixés sur la lampe à huile, Augustin évoquait Alcocer et Nathanaël. C'était moins dur de passer par

302

là en sachant que d'autres y avaient passé, et avaient trouvé comme lui, il le savait, il en était sûr à présent, que rien ne suffit à combler un homme. Pour l'avoir cru, l'un et l'autre et lui-même avaient offensé les dieux. Le travail, les voyages, le désordre, autant d'offenses. Il eût fallu accepter ; mais on ne peut accepter. Bussy et Lenormant parlaient de ces forces du chaos, toujours prêtes à déferler, et que les rites des anciens Égyptiens visaient à conjurer. Elles étaient là. Elles déferlaient au-dedans de lui, dans ce déchaînement imprévisible du souvenir qu'il était impuissant à endiguer, et qui roulait ensemble les couloirs tachés de sang de la Pitié, la librairie de son père avec les tables cirées où dormaient les vieux livres et les fourrures de Marie-Antoinette qui lui donnaient l'idée du bonheur. Elles déferlaient au-dehors, dans les tranchées boueuses, dans les champs glacés de Dixmude, dans les restaurants de l'arrière où les munitionnaires enrichis caressaient les femmes des héros et ici même, dans ce réduit crasseux où les nations s'enterraient pour vaincre. Tous, et lui-même, avaient rappelé le chaos, l'ancien chaos. Était-il possible qu'il fût sans raison ? Perdus les morts et la Serbie, perdu son père qui se souvenait des Prussiens devant Champigny, son père sans un geste à la gare, perdue Marie-Antoinette qui se retournait dos à lui pour dormir – à quoi rêvait-elle, à sa mère, à la mère de sa mère ? – et son curieux sourire, si tôt le matin avant qu'elle s'en aille, perdue sa maison dans un cercle de forêt. Toutes ces choses perdues et toujours vivantes, plus fortes que n'importe laquelle de celles qui surviendraient, et qui seraient à leur tour prises dans les glaces de la mémoire, pour se dresser à jamais comme autant d'obstacles à la vraie vie. C'est cela que Nathanaël avait craint, qui était parti de lui-même. Et son père, à moitié brûlé, se tenant droit parce qu'il le faut ? Mais aussi c'était leur faute et la sienne. Alors, frémissant de tant d'espérances déçues – d'une espérance éternellement déçue –, Augustin ne détestait pas que tout fût bientôt fini, et de pouvoir enfin trouver le repos.

Parfois au contraire, il se sentait la force de tout recommencer, d'aller tout droit, oublieux du hasard et des orages et, pour finir, de ce paradis perdu dont la sœur lui parlait. D'autres souvenirs l'y aidaient. Sa première rencontre avec Alcocer, quand le vieux maître lui avait montré le service avant de l'abandonner dans la cour, débordant d'énergie, de projets, le cœur serré d'espoirs immédiats. Le désir de posséder Bussy qu'il avait senti monter en lui pendant que Nathanaël, plein d'une fatigue alors incompréhensible, lui en vantait les charmes mystérieux. Le départ pour la guerre, surprendre, passer outre et s'en aller ailleurs ; s'en aller ailleurs comme Léonard dont il parlait autrefois avec Lacombe dans le petit bureau aux dessins étranges, et qui ouvrait plusieurs chantiers à la fois, dans l'exubérance de ses forces. « Tout recommence... au diable ! Tout recommence... » murmurait-il avant que l'épuisement n'arrête ses élans. La sœur qui passait éteindre la lumière lui trouvait, dans le sommeil, un visage apaisé, presque serein.

Ces idées infernales, ainsi qu'il les appelait lui-même, celles qu'il avait fuies depuis sa jeunesse en vertu d'une obscure prémonition, ne le traversaient plus lorsque la fièvre était trop forte. Il voyait seulement les points de douleur, les muscles lourds, les progrès de l'infection, comme sur un écorché. Il les voyait distinctement. Pour distraire son esprit, ramené à son corps et presque absorbé par lui, il se représentait l'écorché de Bar-le-Duc et l'examinait en détail, jusqu'à sombrer dans l'inconscience. C'était lutter sur tous les fronts. Ruser ainsi avec tout, des jours durant, le transforma.

Le soir où l'on crut qu'il allait mourir et où les infirmières, la sœur et Paul Armand-Delille le veillaient évanoui, pendant que les soldats groupés autour des feux attendaient les nouvelles, et le murmure de leurs voix de buveurs et de joueurs de cartes ressemblait à une prière, il y avait un dîner chez le général Grigorieff. Le général était en verve. « Les hommes ressemblent à des portraits, mais pas dans les bons cadres. Certains sont perdus dans la toile et les autres dépassent, la tête ou les pieds coupés. » « Augustin ne dépassait pas, ne flottait pas », pensa Marie-Antoinette. Par-dessus la table, son mari lui fit un signe d'intelligence. Puis les invités partirent, et, comme si chacun, à l'instar des musiciens de la *Symphonie des adieux*, avait éteint la bougie de son pupitre, la lumière diminua. Le dernier sorti entendit la voix du général. « Ce qui compte pour nous... » Il était dehors et la nuit était claire. A ce moment, l'infirmière crut qu'Augustin était mort et prit le drap pour en recouvrir sa tête. On l'en empêcha.

Pendant plusieurs jours la fièvre fut moins forte. On le vêtit, puis il se vêtit tout seul. Il put marcher jusqu'à la fenêtre. En se penchant un peu, il voyait de petits personnages vaquer à leurs occupations – comme s'il avait lu un conte ou regardé un tableau maniériste. Tout cela – quelle nouveauté – était présent à son cœur : le mouvement, les couleurs, l'avenir peut-être. Une curieuse gaieté le prenait. Ce qu'il pouvait désormais connaître frémissait là devant lui, tout près, du frémissement divin des premiers jours.

Il reprit ses conversations avec le capitaine du registre des morts. Celui-ci racontait, tonitruant, des histoires de trafiquants qui faisaient venir de Cuba des cigares par caisses, comme des bananes. Il se moquait de tout. « Dieu a créé l'Amérique pour ne pas décevoir le rêve de Colomb, et Salonique celui de Sarrail. » Il interpellait la sœur, qui ne s'offusquait pas. « Il n'y a pas de veau gras, mais on trouvera bien une chèvre, ma sœur! Vous prendrez votre plus grande poêle, les petits soldats vous aideront, les héros de la Somme, et vous ferez frire la chèvre... la chèvre entière... et que la viande soit tendre, avec le sang qu'il faut. On ne gouverne pas sa vie, ma sœur... Et puis le professeur et moi nous boirons du vin grec, parce que nous sommes contents! » Augustin étendait les jambes, regardait ses pieds chaussés de laine, regardait la sœur qui prenait l'air complice. Le lyrisme incongru du capitaine les faisait sourire. Il disait : « Tout est neuf toujours... J'ai perdu mes cheveux et mes amis et nous allons gagner la guerre... Ce n'est pas un jour pour la lassitude... » Les plaques, les monuments aux morts excitaient sa verve. « Ils en élèveront partout, de grands blocs de pierre avec des coqs et des fusils... De vrais tombeaux pour les crevés de la dernière (au mot de « crevés »,

306

Augustin tressaillait en souvenir d'Alcocer)... Surtout pour les crevés qu'on a perdus en route... Volatilisés, les crevés! Et dans trois ans, non, dans un an à peine, ces machines nous paraîtront aussi éloignées de nous que les tombeaux des pharaons... »

Sensible à la douceur inconnue du printemps, Augustin souriait aux pharaons. « Peut-on seulement parler d'une gaieté pharaonique? » L'air du dehors bousculait les fenêtres. La sœur, debout, montrait au soleil un profil charmant.

Le planton du bureau des statistiques suivait le capitaine à trois pas. Il était du même village que les deux malades de la grande salle, que la Marie, que le beau Justin. Le capitaine le plaisantait : « Vous allez revenir de la guerre et revoir la Marie... elle vous dira que vous ne savez rien de la vie, rien de rien du tout, et près d'elle vous serez toujours comme des enfants... » Le planton se désolait. Augustin riait. Les noms lus aux carrefours, le chemin pour rentrer, l'attente imprécise de l'amour — et l'amour qui ne peut disparaître, heureux sortilège. Le capitaine allumait cigare après cigare malgré les objurgations des infirmières. « Faisons de l'argent, mon cher! Après la guerre nous ferons de l'argent! — Je crains que nos occupations ne soient antinomiques », objectait doucement Augustin. — Mais non... faisons de l'argent... nous gagnerons de quoi venger ce passé triste, acheter l'amour des femmes, les hommes et les chevaux... » Quand le capitaine était dans cette humeur, Augustin voyait en lui un Alcocer joyeux, exubérant. « Alcocer, disait Klein, il est cultassier comme on est putassier. Les gens à testicules sont toujours malcommodes. » Celui-là est malcommode, mais pas malheureux malgré son sale travail, pensait Augustin. A l'entendre, tout était bien. Marie-Antoinette apprendrait à ses enfants à siffler les premières mesures de *La Force du destin*, et les chansons qu'il préférait, celles qu'il lui avait laissées. *Les Collets noirs* en l'honneur de la reine guillotinée, et *L'Étang bleu*, avec cet âne au bord qui se rêvait gendarme à pied. Tout était bien.

Lorsque six mois plus tard le *Charles-Roux* quitta les eaux noires du port, Augustin vit sans regret les toits de Salonique s'éloigner et disparaître.

DU MÊME AUTEUR

Aux Éditions Gallimard

LA CORRUPTION DU SIÈCLE, 1988.

L'INFORTUNE, 1990.

en collaboration avec Jean d'Ormesson :

GARÇON DE QUOI ÉCRIRE

Chez d'autres éditeurs

À L'EST DU MONDE, en collaboration avec Gilles Étrillard, Paris, *Fayard*, 1983.

L'INDÉPENDANCE À L'ÉPREUVE, Paris, *Odile Jacob*, 1988.

COLLECTION FOLIO

Dernières parutions

Composition Firmin-Didot
Impression Brodard et Taupin,
à La Flèche (Sarthe),
le 23 octobre 1992.
Dépôt légal : octobre 1992.
Numéro d'imprimeur : 1871G-5.

ISBN 2-07-038562-0 / Imprimé en France.